시간의 밑그림

서암 최 장 호 수필집

시간의 밑그림

초판 1쇄 인쇄 | 2017년 12월 12일
초판 1쇄 펴냄 | 2017년 12월 15일

지은이 | 최장호
펴낸이 | 김명숙

표지디자인 | 민경미

펴낸곳 | 책마루
  등록 | 제301-2008-133
  주소 | 04558 서울시 중구 퇴계로 235 남산자이 304호
  전화 | 02-2279-6729 전송 | 02-2266-0452

ISBN   978-89-98437-07-7 03800
ISBN   978-89-98437-08-4 05800(EPUB2)

※ 이 도서의 국립중앙도서관 출판예정도서목록(CIP)은 서지정보유통지원시스템 홈페이지
   (http://seoji.nl.go.kr)와 국가자료공동목록시스템(http://www.nl.go.kr/kolisnet)에서
   이용하실 수 있습니다.
   (CIP제어번호 : CIP2017033138)
   (CIP제어번호 : CIP2017033596)(EPUB2)

시간의 밑그림

서암 최 장 호 수필집

책 마 루

하늘에 계신 조부모님과 부모님께 바칩니다

시간을 그리며

　라디오 음악방송에서 비발디의 「사계」가 흐른다. 내 인생의 사계가 흐르는 듯하다. 흘러간 세월을 그려본다. 그리고 흘러가는 시간도 그려본다. 흘러간 세월의 밑그림은 선명하지만 흘러가는 시간의 밑그림은 그렇지 않다. 계절은 시간의 약속이고 시간의 모습이다. 시간의 약속에 따라 계절은 모습을 바꾼다. 흘러가는 시간 따라 계절의 모습과 내 인생의 모습도 변한다. 내 인생에서 흘러가는 시간의 밑그림을 바라본다. 시간의 밑그림은 시간의 수채화이고 자연의 순환이다. 이 시간의 밑그림은 교단 퇴직 후 첫 번째 수필집이다. 나의 성찰, 나의 고백, 나의 생활기록이다. 내게 가치 있고 의미 있는 것 그리고 관심과 추구의 대상을 여섯 개의 카테고리로 나누어 음미하여 본 것이다.

　탈고를 하고 퇴고를 하며 1년여 고민 끝에 출판하기로 결단을 내렸다. 내 인생이 자랑할 것 없이 부끄럽기만 하고 내 글 또한 그러하여 선뜻 용기를 내지 못하였던 것이다. 뜻밖의 한국생활문학회 문학상 수상 통지에 힘입어 원고에 숨을 불어 넣었다.

　돌이켜보니 나는 주류로 살지 못하고 변두리 인생으로 살아온 듯하다. 대체로 주연이나 무대의 주변을 서성거린 셈이다. 수도 서울에서 활동하기 보다는 주로 지방에서 30년 이상 활동하였다. 변방 인생이었던 셈이다. 작은 지방 생활 중심이어서 명품 인생이 되지 못하고 짝퉁 인생이 되었다고 할 수 있다. 하지만 다른 인생을 부러워 한 적이 없고 내게는 별 불만이 없는 소중한 삶이었기에 내 인생의 족적에 이정표를 세운다는 마음으로 만용을 부려본다. 나의 에세이집 『캠퍼스의 자화상』을 출판한 지 11년 만의 일이고 정년퇴직 기념집 『시민과 환경』 간행 후 6년 만이다. 퇴직 후의 생각과 마음의 흐름 그리고 생활 내지 활동에 관한 밑그림이다.

정년퇴직 후 6년이란 세월은 그 어느 때보다 빨리 흘렀다. 퇴직 후 나에게는 적지 않은 변화가 있었다. 정시출근이 없어지고 그간 해오던 농사에 주력하게 되었다. 농촌관련사회단체 등 사회단체에서 봉사활동도 하며 문필활동을 또 다른 본업으로 하고 있다. 말하자면 복수전공을 하고 있는 셈이다. 복수전공 인생이다. 농사는 나이와 상관이 많지만 문필활동은 별 상관이 없어 점차 문필활동 쪽으로 기울고 있다. 농사는 힘이 부쳐 점점 감당하기 어려워지고 늦깎이로 문단에 등단하여 집필시간은 점점 늘어나고 있기 때문이다. 글을 쓰면서 철야하는 경우가 종종 생기게 되고 생활이 불규칙하여 지는 것이 고민이다. 요즈음은 글쓰기조차 만만치 않다는 것을 느끼곤 한다.

산속에서 고립된 농촌생활을 하며 「사회에 충실하기」에서 「나 자신에 충실하기」로 생활태도를 바꿨다. 「세상에 손 떼기」와 「글쓰기에 정 붙이기」를 시도한 지도 여러 해가 지나갔다. 퇴직을 계기로 인생의 정리기에 들어섰다는 마음으로 시민사회단체나 정부관련 활동 등 외부활동을 하나 둘 정리해 나간 것이다. 몸과 마음이 한결 가벼워지고 지출도 감소되었다. 그러나 새로운 생활로 전환되며 새로운 활동이 수반됨이 불가피함을 깨닫게 된다. 나만의 의지만으로 될 수 없는 것도 있다는 것을 절감하고 있다. 아직은 건강이나 경제면에서 큰 어려움이 없기 때문이라 자위해 본다. 나의 「욕심 버리기」와 「함께하기」는 내 생활을 바꾸고 내 인생을 바꾸는 듯하다. 가까운 친인척 중 어려운 사람들이 있어 오래전부터 조금씩 배려도 하고 전문지식과 교직을 통한 사회봉사활동은 해 오고 있었지만 사회에 기여가 되는 일은 별로 하지 못하였다. 함께하기는 나 하나 챙기기에 급급하여 사회에 보탬이 되는 일은 별로 하지 못하였던 것에 대한 성찰이다. 이에는 생활의 가치를 창조하고자 하는 마음과 재능기부의 성격도 있다.

「새로운 인생의 시작」과 함께 「잔여인생 정리하기」로 떠날 준비도 함께 하기로 하였다. 시작과 끝을 동시에 생각하며 시작과 끝에 관련된 활동을 하는 것이다. 그러면서 시작과 끝, 알파와 오메가는 결국 하나라는 것을 깨닫는다. 그리고 인생은 결국 시작과 끝이 따로 없고 서로 바로 이어지는 원이라는 생각에 이른다.

이 책속에는 나의 자전적 수필이 포함되어 있다. 이제까지의 나의 삶을 정리한 글이다. 이는 나의 「잔여인생 정리하기」의 하나이기도 하다. 모교인 고려대학교 65동기회의 『광복세대의 꿈과 삶』(서정시학, 2016) 출판기획에 따라 원고제출 요청을 받고 또한 학과동기들의 집필권유를 받아 집필하였던 것이다. 동기 자서전 편집위원회의 편집방침에 따라 나의 원고는 1/3정도 생략되어 출판되었지만 여기에는 원고 전체를 수록하고 일부를 수정 보완하였다. 수필집 속에 자전적 수필을 포함하여 다른 수필집과의 차별화를 시도한 것이다. 실험수필집적 성격을 띤다할 수 있다. 고대와 숙대 총장을 역임하신 차낙훈 은사님은 숙대총장 퇴임 후 자서전 집필을 하지 않으시느냐는 나의 질문에 자서전은 자기변명이라고 말씀하셨다. 자서전 중에는 자기변명이나 자기과시가 두드러진 것도 있고 타인이 대신 집필한 것도 있다. 요즈음은 자서전 쓰기가 유행하는 듯하다. 이 글은 나의 주관이나 감성, 의지보다 외부에 나타난 객관적 사실 위주로 정리되었다. 그래서 나 스스로 쓴 나의 생활기록, 「나의 실록」이라 해도 과언은 아닐 것이다.

지난해 가을 캐나다 로키를 보기 위하여 이른 아침 캐나다 밴쿠버공항으로 이동하면서 맑은 하늘에 선명하게 나타난 무지개를 본 적이 있다. 그것도 2중으로 보이는 쌍무지개였다. 국내에서도 보기 어려운 무지개, 더욱이 쌍무지개를 외국에서 보다니… 어렸을 적에는 비가온 뒤엔 어렵지 않게 무지개를 볼 수 있었다. 비온 뒤 갠 하늘을 수놓은 무지개는 참으로 아름답고 보기 좋았다. 그리고 신비스러운 희망이고 이상이었다. 나는 동네 아이들과 함께 무지개를 잡는다고 뛰어다녔다. 이상을 좇아 희망을 잡고자 뛰어다녔던 것이다. 나는 인생을 정리하면서 한편 무지개를 좇는다. 이율배반적이라 할 수 있을지 모르겠다.

퇴직 후에도 무지개를 좇아 바쁘게 살아가는 삶의 향기가 은은히 배어 나오기를 기대한다면 그것은 무리이고 오만일까.

인생은 수필을 만들고 수필은 인생을 윤택하게 한다. 뒤늦게 윤택한 인생을 좇아 나선다. 욕심에는 염치가 없다는 것을 깨달으며 내 생각과 내 판단이 옳은지를 자문한다.

이 수필집에는 월간 「한국수필」, 계간 「생활문학」, 계간 「현대시문학」, 인터넷신문 「후아이엠」, 한국수필가협회 기념집 「군산」(2016.7.), 한국수필작가회 30주년 기념집 「헤세와의 조우」(2016.12.), 한국수필가협회 2017 대표선집 「사람, 집 그리고 길」(2017.2.), 현대시문학 엔솔로지 「바람구두를 신은 랭보의 꿈」(2016.4.) 등에 게재된 나의 수필이 포함되어 있다. 중학 2학년 때 「달력」이란 수필이 교지에 실린 이후 50년 이상 간간히 수필을 써 오고 있지만 아직도 수필은 쓸수록 어렵다는 것을 절감한다. 그 한계를 극복하고 젊은 날의 꿈을 이루고 싶은 마음에 다시 도전에 나선다.

이 수필집을 상재하면서 곁에서 도움을 준 베아따와 원제, 가영, 민영에게 감사한다. 또한 글감으로도 도움을 주시는 하늘에 계신 조부모님과 부모님, 그리고 그리운 우리 5남매의 동생네 가족을 기억하며 고마움을 전한다.

2017년 10월 반달숲에서

서암 최 장 호 崔章鎬

차례

I. 인연과 추억

II. 문화와 기행

Ⅲ. 인생과 종교

차 례

IV. 인간과 사회

V. 농촌과 자연

Ⅵ. 자전적 수필

1. 인연과 추억

시인의 추억, 동자스님의 추억

지난 토요일 원로 시인 한 분을 만났다. 그는 신간이라며 자기 시집 한 권을 내게 주었다. 나는 기왕이면 사인까지 해 달라고 그의 손앞에 책을 내밀었다. 시인은 겉표지 다음 장에 내 이름과 자기 성명을 한자로 곱게 써서 다시 내게 주었다. 최근 월간문학에서 출판한 따끈따끈한 시집이었다. 시집 제목은 ─ 아 아 어머니 ─

천안 행사 참석관계로 밤늦게 잠자리에 들어 베개에 비스듬히 기대 노시인의 시집을 읽었다. 제목 그대로 시인의 어머니에 대한 추억, 사모곡이었다. 구구절절이 여류시인의 어머니에 대한 애정과 추억이 녹아있었다. 시집 전편이 시인의 어릴 적부터 어머니가 그의 품속에서 영면할 때까지 어머니를 애틋하게 그리워하는 내용 일색이었다. 시인 어머니의 성품과 시인의 어머니에 대한 효심이 그대로 전달되어 왔다. 팔순 중턱의 노시인과 그 어머니가 마주앉아 도란도란 정겹게 얘기하는 모습이 머릿속에 그려졌다. 그리고 그 모습은 마치 오래된 사대부가 한옥 정원의 한 그루 소나무처럼 기품 있고 아름답게 내 마음에 다가왔다.

나는 시집을 단숨에 읽어가다가 「봉숭아꽃물 들면」이란 시 앞에선 책장을 넘기지 못하였다.

봉숭아꽃 물들면

생각나셔요 어머니?

이렇게 한 아름 여름밤이면

뽀오얀 손끝마다 꽃물 들이며

보조개가 웃던 제 예쁜 친구들이…

……

어머니,

제 꿈길에 자주 뵈는 그 집 앞 뜰엔

이 여름도 봉숭아 다홍 꽃이 피었을까요?

예처럼 아롱지게 피었을까요?

(아 아 어머니, 월간문학. 21쪽)

그리고 나도 모르게 타임머신을 타고 수십 년 전으로 돌아갔다.

공주 마곡사 은적암 외딴 토담 별채.

나는 조용한 곳에서 공부한답시고 대학 마지막 여름방학 3개월을 그곳에서 보내고 있었다. 공부하다 지루하면 뜰에 나가 화단을 살피기도 하고 생쥐가 봉숭아 줄기를 타고 오르면 봉숭아 꽃대가 꺾어지지 않고 흔들리기만 하는 것을 신기하게 바라보곤 하였다

그 때쯤이면 어느새 10세 내외의 동자스님이 내 곁에 와서 나와 같이 말없이 봉숭아꽃을 바라보곤 하였다. 주지스님의 잔심부름이나 하는 그는 하루 종일 심심하여 내 곁을 맴도는 듯하였다. 회색 승복 입은 그의 모습은 무척이나 슬퍼보였다. 나는 내 곁에 다가온 그에게 한쪽 팔을 뻗어 그의 어깨를 감싸주었다. 그러나 그것은 마음뿐이었다.

주지스님이 대전역 앞에 버려져 울고 있는 그를 데려왔다 하였다. 그는 학교도 승방에도 안 다니고 작고 큰 시계 바늘의 5분과 1시간을 구별하지 못하였다. 걸핏하면 「비극이다」라고 뇌까렸다. 어디서 들었는지 「인생은 비극이다」라는 말을 하는 듯하였다. 어쩌다 내가 대나무 장대로 감나무 꼭대기에 매달린 연시를 따서 주면 얼굴에 칠갑을 하며 맛있게 먹었다. 동자스님은 사람이 있으면 내게 아저씨라고 부르다 둘만 있으면 부끄럽다는 듯 나지막하게 오빠라 부르기도 하였다.

찬바람이 나 내가 서울로 돌아간다 하자 그는 앞뜰의 봉숭아꽃을 따 돌에 으깨 내 손톱에 얹고 그 잎으로 칭칭 감아 봉숭아 꽃물을 들여 주었다. 백반도 없이 들인 봉숭아꽃물은 남자의 손

톱에도 곱게 물들었다. 그가 들여 준 봉숭아물은 내 손톱위에서 빨간 매니큐어보다 부드럽고 고운 붉은색을 띠었다. 헤어짐을 서운해 하는 그에게 나는 내년에 다시 올 것이라고 말해주었다.

나는 서울에 와서도 손톱에 물든 봉숭아꽃물을 지우지 않았다. 버스 손잡이를 잡으면 봉숭아꽃 물든 손톱이 반짝거렸다. 남자가 손톱에 무슨 봉숭아꽃물을 다 들이나 하는 말이 들리는 듯도 하였으나 지우고 싶진 않았다. 궁금해 하는 가족에게만 그 사연을 이야기하고 남이 물으면 적당히 둘러대었다. 손톱에 스며든 봉숭아꽃물은 그 해가 넘어갈 때까지도 지워지지 않았다. 봉숭아꽃 물든 손톱이 동자스님처럼 느껴졌다. 동자스님이 항상 내 곁에 있는 듯하였다.

내년에 다시 올 것이라 말해주고 떠나온 후 세월은 덧없이 흘러 어느새 수십 년이 지났다. 20대 짙푸른 대학생이던 나는 어느새 황혼녘에 들어서게 되었다. 그 동안 나는 그에 대한 약속을 지키지 못하였다. 그에 대한 약속을 지키지 못한 것이 두고 두고 미안하고 후회되었다. 평생 마음의 빛으로 남아 있게 되었다. 그때 그 동자스님은 지금은 어디서 어떻게 살고 있을까….

나는 동자스님에 대한 이러 저러한 생각에 잠겨 밤새 잠을 청하지 못하였다. 새삼 그가 그리워졌다. 나도 모르게 뜨거운 물기가 두 줄기 내 뺨 위로 스며들었다. 어느새 밝은 아침햇살이 내 얼굴 위로 들어왔다.

맞선보기와 결혼 전 데이트의 추억

　인생은 추억을 만들어 가는 여정이다. 결혼생활은 더욱 그러하다. 추억의 가치는 헤아릴 수 없다. 우리는 한평생을 살아가면서 별의 별일을 다 겪게 된다. 즐겁고 행복한 일들도 있고 슬프고 힘든 일들도 있다. 모두가 추억거리가 된다. 다양한 일과 체험은 모두 추억의 용광로 속에 투입되어 용해된다. 그리고 투입된 여러 재료들은 출처를 묻지 않고 추억의 용광로에서 하나로 섞여버린다. 그 다음 하나의 단일 제품으로 생산된다. 결혼의 경우에는 결혼생활이란 이름으로.

　부부싸움을 하며 각자 자기 길을 가자고 소리소리 지르고 돌아서서도 추억이 가로막아 발길을 떼지 못하는 경우가 허다하다. 부부가 함께 했던 추억이 떠올라 망설여지고 주저앉게 되는 것이다. 고난을 함께하며 힘든 세월을 함께 극복한 추억일수록 더욱 가슴과 뇌리에 깊게 메모리 되어 강력하게 작용하게 된다. 결혼 전의 아름답고 신비스럽고 행복했던 추억들은 부부를 결속시키는 강력 접착제가 되며 결혼생활이 지속적으로 굴러가게 하는 수레바퀴가 된다. 추억 중에서도 맞선과 결혼 전 데이트는 아주 특별한 추억거리가 아닐 수 없다.

　얼마 전 함께 TV를 보던 막내딸이 엄마 아빠는 사이좋게 지내다가도 왜 툭닥 거리며 싸우느냐고 물었다. 나는 주저 없이 부부싸움은 칼로 물 베기라고 하지 않느냐고 말해주었다. 그리고 부부싸움이 없으면 결혼생활이 끝장날 수 있다고 역설적으로 말해주었다. 부부싸움 없이 냉전기류가 오래가면 결별로 이어질 수 있기 때문이다. 바다는 잔잔하다가 폭풍이 일면 거센 파도가 덮쳐 버리지만 폭풍이 지나가면 다시 잔잔하고 평온한 상태로 돌아간다. 물을 칼로 베면 다시 합수되어 종전대로 된다. 한편 물은 흐르거나 움직여야 썩지 않고 칼로 물을 베는 것은 물이 움직이는 효과를 만들어 주는 것은 아닐까?
　부부싸움은 흔히 사소한 일에서 비롯된다. 그러나 부부싸움은 사소한 일에서 비롯되건 대수로운 일에서 비롯되건 감정의 충돌이나 싸움의 강도는 차이가 없다. 보통 부부싸움은 시간이 흐르면 유야무야되어 버린다. 그러나 심각하게 다투고 냉전 상태가 오래 지속되는 경우에도 결혼 전의 추억과 결혼 후의 함께 했던 추억이 떠올라 덮어두는 경우가 허다하다.
　우리 부부에겐 결혼 전의 추억이 많지 않다. 맞선보고 바로 결혼했기 때문이다. 결혼 전 데이트하며 아기자기하고 즐겁고 행복한 추억거리를 많이 만들지 못한 것이 두고두고 후회되기도 한다.

　모처럼 우리 부부가 과년한 막내딸과 창덕궁 나들이에 나섰다. 예전에는 창덕궁보다는 비원, SECRET GARDEN으로 널리 불리었던 고궁이다. 나에겐 잊지 못할 추억이 있는 곳이기도 하다. 비원을 구경한지 몇 십 년이 흘렀는지 모르겠다.

　창덕궁 앞에는 가든타워 건물이 아직도 그대로 남아있었다. 내가 30여 년 전 1월 31일 집사람과 맞선을 본 곳이다. 나는 한 동네 교우의 소개로 가든타워 커피숍에서 집사람과 당사자끼리 처음 만났었다. 당시 나는 수줍음이 많아 여자의 얼굴을 똑바로 쳐다보지 못하고 눈길을 피해 얼굴 옆을 응시하며 여자를 이미지로 보았었다. 지금은 많이 개선되기는 하였지만 여자를 이미지나 분위기로 파악하는 경향은 여전하다. 남자의 경우는 여자보다는 덜하지만 이미지로 파악하기는 마찬가지이다. 사람을 요모조모 뜯어보며 분석적으로 파악하기 보다는 전체를 이미지로 보는 것이 더 정확하게 파악할 수 있었던 때문이다. 나는 사진이나 사물의 아름다움을 실상으로 상세하게 보기보다는 흑백이나 실루엣으로 보았을 때 더 아름답고 예술적으로 느끼기도 한다. 당시 집사람은 나를 처음 보는데도 나를 똑바로 쳐다보며 말을 하여 당돌하다는 느낌을 받았었다. 내가 그러한 느낌을 말하였을 때 집사람은 사람이 말을 할 때는 상대방의 눈을 보며 말해야지 어딜 보고 말하느냐고 나에게 핀잔을 주었다. 상대방의 눈을 보지 않고 말을 하면 비굴해 보이거나 음흉스러워 보인다는 것이었다. 그 말은 지당한 것이었다. 나 또한 그것이 상식이고 일반적이라는 것도 알고 있었다. 하지만 성격상 또 나 나름의 인물 파악법, 신상파악법도 일리가 있다고 생각하여 쉽게 고치지 못하였다. 나는 사람을 이미지로 머리보다 가슴에 입력하였을 때 그 영상은 더 오래 지속되기도 한다. 나와 집사람은 처음부터 이렇게 크게 달랐다. 우리는 그렇게 서로 다른 데 흥미와 재미를 느꼈다.

우리는 맞선본 후 몇 번 데이트도 하지 못하고 2월 28일 엠버서더호텔에서 약혼을 하였었다. 그리고 선보고 한 달 반 만인 3월 17일 결혼식을 올렸었다. 내가 그와 결혼을 서두른 것은 처음 본 얼굴에서 어머니의 이미지를 엿보았기 때문이다. 그로 인하여 처음 보았지만 낯설지 않았고 맞선 보는 데 지쳐 있었기 때문이었다. 더욱이 내 여동생들이 여고 다닐 때 같은 학교 교복을 입고 같은 성북동 버스정거장에서 같은 85번 버스를 타고 다녔던 후배였다는 말이 크게 마음을 움직였던 것이다. 그 외에도 그의 집이 우리 집에서 직선거리로 백여 미터 떨어진 근거리에 있어 친근감이 들었기 때문이었다. 우리는 같은 교인이어서 우리 부모님이 결혼하셨던 명동성당을 택해 조촐하게 결혼식을 올렸었다. 신부는 두 여동생의 여중고 후배이지만 나와의 결혼으로 언니가 되었다. 공교롭게도 집사람의 생일이 3월 8일이고 나의 생일이 3월 31일인데 큰딸의 생일이 3월 17일, 우리 결혼기념일이 된 것이다. 또한 막내딸의 첫 직장 근무지가 바로 창덕궁 앞 가든 타워, 우리가 맞선보았던 건물이었다는 것에 의미를 찾아보려고 애를 써 보기도 하였었다.

나는 집사람과 막내딸 사이에서 창덕궁 앞길을 걸으며 맞선 본 당시를 회상하면서 결혼과 인연 등을 화제로 이야기를 나누었다. 그리고 옛 것에 대한 향수를 느끼며 창덕궁 돈화문에 들어섰다.

창덕궁은 태종5년인 1405년 경복궁에 이어 두 번째로 건축된 이조의 궁궐로 유네스코문화유산으로 등록되어 있었다. 궁궐은 비교적 관리가 잘되고 있는 듯 보였으나 몇 일전 내린 비로 흙바닥이 질퍽거렸다. 관람객들이 질퍽거린 흙길을 밟고 다녀 궁궐의 문턱이 지저분해지고 구두와 바지밑단에 진흙이 묻었다. 긴 덮게라도 깔아두었으면 하는 생각이 들고 보다 철저한 고궁 관리가 아쉬웠다. 창덕궁은 여러 건물들이 뒤엉켜 꾀나 복잡한 구조로 되어 있었다.

대조전은 왕과 왕비의 거실로 모서리에 용머리가 붙어있는 침대도 있었다. 특히 유리창도 있고 서양식의자가 놓여있는 것이 인상적이었다. 건물 앞 양쪽에는 드므라고 하는 방화수를 담아두는 큰 사발 같은 용기가 눈길을 끌었다.

창덕궁 길을 나와 언덕길을 오르니 세종 때 장영실이 만들었다는 해시계, 앙부일구가 놓여있었다. 이 해시계는 오목한 솥단지 모양으로 주조된 것이었다. 해가 비추어 만들어 내는 그림자가 15분 간격으로 분도기모양에 표시가 되어 시간을 알도록 되어 있었다. 또한 수평이 되어야만 정확하게 측정할 수 있어 앙부일구밑받침에는 물을 담아 수평을 조정하는 수평기가 붙어있었다. 우리 셋이 시험 삼아 해시계를 보니 손목시계와 큰 차이가 나지 않아 그 정확성에 놀라지 않을 수 없었다.

해시계를 보고 다시 언덕길을 오르자니 내가 집사람과 맞선보기 전 어머니의 소개로 당사자끼리 맞선보고 데이트하던 장소가 떠올랐다. 그녀와 처음 만난 날 나는 비원으로 가자고 하여 바로 이곳을 찾았었다. 우리는 이곳 인근 한적한 언덕에 나란히 다리를 뻗고 앉아 서로의 전공이며 졸업한 초, 중, 고교에 대하여 대화를 나누었었다. 그녀는 키도 컸지만 엉덩이도 크고 씩씩한 남성적 이미지로 회상되었다. 요즈음 가끔 미국 프로레슬링 WWE에 등장하는 디바들을 볼 때마다 그녀의 이미지가 오버랩되어 혼자 미소를 지어볼 때가 있다. 나는 그 오솔길을 걸으며 잠시 그녀 생각에 잠겼지만 집사람보다 결혼하지 않은 딸의 기분이 어떨지 몰라 그녀 얘기는 꺼내지 않았다. 창덕궁 언덕길을 셋이서 오르내리며 나는 혼자 히쭉히쭉 웃었다. 집사람과 결혼 전 데이트하던 일이 생각났기 때문이다.

혜화동성당 앞길에서 삼선교 방향으로 올라가며 집사람이 슬그머니 나의 오른손 새끼손가락을 잡았다. 나는 무의식적으로 손을 뿌리치며 왜 새끼손가락을 잡느냐고 퉁명스럽게 한마디 하였다. 그리고 새끼손가락을 잡고 걸으면 손가락을 삘 수 있다고 말한 것이다. 그 후 집사람은 그 때 일을 수차례 내게 언급하였다. 창피하고 부끄러웠다는 얘기였다. 솔직히 손을 잡으려면 손 전체를 잡아야지 손가락 하나만 잡고 걷다가 잘못하면 손가락을 다칠 수 있다고 생각한 때문이었다. 그런데 결혼 전 호젓한 언덕길에서 사이좋게 데이트를 하면서 왜 그런 말이 내 입에서 튀어 나왔는지는 아직도 잘 모르겠다. 어찌됐건 그것도 결혼 전의 추억거리가 되어 결혼생활 40년이 가까워 오지만 아직까지도 이야기 거리가 되고 있다. 그리고 한바탕 웃기도 한다. 나는 뒤늦게 미안한 생각을 가져본다. 이러한 맞선보기와 결혼 전 데이트에 대한 추억은 아련하고 재미있고 결혼생활의 무료함을 달래주는 양념이 되기도 한다. 또한 그러한 추억은 결혼생활의 위기에서 회복시켜주는 회복제가 되기도 하고 변화무쌍한 결혼생활을 안정시켜주는 평형수가 되기도 한다.

알함브라 궁전의 추억

  기타연주곡 「알함브라 궁전의 추억」 선율이 심금을 울리는 그라나다 알람브라 궁전은 항상 내 마음 속에 살아있었다. 선편으로 모로코 카사브랑카에서 스페인으로 돌아와 버스 편으로 중부 발렌시아에서 남부 안달루시아로 향했다. 플라멩코 춤과 오페라 카르멘, 세비야(세빌리아라고도 함)의 이발사 그리고 투우로 유명한 안달루시아 내륙지방 세비야, 코르도바, 그라나다를 둘러보기 위함이었다. 세비야에서는 세계 3대 성당으로 잘 알려진 고딕양식의 대성당과 투우장을 둘러보았다. 어둠이 내린 후에는 집시가 연상되는 플라멩코 전문무도장에 가서 공연장에서 제공하는 음료수를 마시며 플라멩코 춤을 구경하였다. 무희들의 정열적이고 역동적인 춤을 보노라니 나도 모르게 앉은 자리에서 발이 굴러졌다. 플라멩코 춤 학교가 있다는 것이 흥미로웠다. 사진으로 보고 말로만 듣던 플라멩코 춤과 대성당 그리고 투우장을 보니 스페인을 다 본 듯하였다. 다만, 투우장만 보고 투우를 보지 못한 것이 못내 아쉬웠다.

코르도바에서는 한니발 장군의 해운국가 카르타고 거주지였다는 역사지구를 살펴보고 그라나다로 행했다. 연주곡 「알함브라 궁전의 추억」으로 유명한 알함브라 궁전이 머릿속에 먼저 그려졌다. 달리는 버스 창밖으로 기독교문화 속에 이슬람문화가 느껴지는 안달루시아를 구경하며 내내 스페인을 대표하는 작곡가이자 연주가인 타레가의 낭만적이면서도 애처로운 기타 연주가 들리는 듯하였다. 알함브라 궁전에 대한 비극적인 스토리를 알고 있기에 그 곡은 더욱 애잔하고 비장하게 들렸는지 모르겠다. 기타연주곡 「알함브라 궁전의 추억」은 타레가가 그라나다를 방문하였을 때 느낀 감동을 기타로 옮긴 것이 아닌가!

알함브라 궁전은 첫눈에 출입문 등 아치형이 많은 웅장하면서도 섬세한 건축구조의 이슬람 궁전임을 알 수 있었다. 많은 방문객 틈에 끼어 나스르 궁전으로 들어갔다. 궁전은 술탄이 살았던 공간이라 한다. 궁전은 여러 개의 궁으로 나누어지고 각 방의 벽면과 기둥은 물론 천장까지도 이슬람 특유의 문양으로 장식되어 있었다. 또한 궁전에는 정원이 있고 물이 담겨 있는 연못 같은 것이 있어 건물의 아름다운 모습이 물에 비쳤다. 외부의 성채에서는 눈 아래 그라나다의 전경이 한눈에 들어왔다. 한눈에 보아도 외부의 침략에 대비하여 고지대에 견고하고 아름답게 건축된 궁전임을 알 수 있었다.

13~14세기 섬세한 이슬람 건축미를 보여주는 알함브라 궁전

은 유럽에 있는 이슬람 건축물 중 최고의 걸작으로 손꼽히며, 유네스코 세계문화유산으로 지정돼 있었다. 궁전은 스페인에 존재했던 마지막 이슬람 왕조인 나스르 왕조의 무하마드 1세 알 갈리브가 13세기 중반에 세우기 시작했으며 현재 남아 있는 궁전의 모습은 대부분 14세기에 완성된 것이라 한다.

1492년 가톨릭과 이슬람세력은 그곳 그라나다에서 전투를 하게 되고 가톨릭 세력의 공격을 막지 못한 나스르 왕조의 마지막 왕, 보아브딜은 궁전을 포기하고 아프리카로 떠나게 된다. 그가 아름다운 알함브라 궁전을 돌아보며 슬픔에 잠겨 눈물을 흘리자 그의 어머니는 "뒤돌아 보지마라 우리는 새로운 왕조를 창건하러 간다"고 말해 주었다 한다. 물론 어쩔 수 없어 왕궁을 포기하고 떠나가는 아들 이슬람 왕을 위로하고 격려하기 위하여 한 말이라 생각되나 그 어머니가 여장부 이상의 대단한 사람으로 다가왔다. 자기가 지배하던 아름다운 궁전을 가톨릭 군대에게 내어주고 떠나가는 이슬람 왕의 신세 한탄과 후회와 실의에 빠진 아들을 위로하고 격려하는 어머니의 모습이 머릿속에 그려졌다. 그러자 「알함브라 궁전의 추억」 기타 연주가 더욱 애절하고 처연하게 들리는 듯하였다. 알함브라의 궁전에서의 낭만과 비극적 상황이 기타선율에 그대로 전해져 그 상황들이 기타소리에 따라 머릿속에서 전개되었다. 그리고 이어서 텍사스 독립전쟁 초기 알라모 요새의 전투를 그린 서부영화 「알라모」가 연상되었다.

요새를 지키려는 의용수비대가 엄청난 병력의 멕시코 군대와 맞서 죽음을 각오하고 부녀자와 아이들만은 살리기 위해 요새를 떠나보내는 장면과 처절하게 사투를 벌이는 전투장면들이 오버랩 되었다. 전쟁과 전투는 비극이고 승자에게도 상처뿐인 영광이 될 수 있다는 것을 되새겨본다.

오늘같이 음산한 날은 스페인 여행에서 돌아본 알함브라 궁전을 추억하며 기타 연주곡 「알함브라 궁전의 추억」을 다시 듣고 싶어진다.

나의 인생 여정, 길

　우리 인생에서 길이란 어떤 의미가 있을까?

　내가 중학교 2학년 때인가, 방학숙제로 길에 대하여 산문을 써 냈던 기억이 난다. 당시에는 길에는 여러 종류가 있다고 하고 학문의 길, 구도의 길에 대하여 글을 썼었던 듯하다.

　이제 황혼의 나이에 접어들어 내가 다니는 길을 생각해 본다. 그리고 내가 다녀온 길에 대하여도 생각해 본다. 나의 인생은 내가 다닌 길의 총합으로 파악할 수 있을 듯하다. 내가 다닌 길을 모두 연결하면 오늘의 나에 이른다. 길은 인생 궤적이요 삶의 수레바퀴 자국이다. 이제껏 살아오면서 국내외 적지 않은 길을 다녔다. 특히 많이 다녔던 길을 생각해 보니 네댓 개의 길이 떠오른다. 그리고 짧은 기간이긴 하지만 미국의 동서부에서 다녔던 길도 눈에 선하다.

　먼저 내가 초등학교 다닐 때 오고 갔던 서울 돈암동 길이 생각난다. 6·25동란 피난살이에서 돌아와 나의 유년 시절을 보냈던 언덕길이다. 우리집이 초등학교 후문 바로 앞에 있어 그곳에서 그 초등학교를 5년여 다녔다. 집과 학교와의 거리가 가까워 엎드리면 코 닿을 거리라고 했었다. 그런 관계로 나는 수시로 방과 후에도 다시 학교운동장에 가서 신나게 놀았다. 그러나 전쟁 후 폐허에서 놀 곳도, 놀 거리도 마땅치 않아 하루의 대부분을 집 앞 길에서 뛰어 놀면서 지냈다. 길거리 인생이었다고 할 만하다. 지금까지도 나는 그 길은 눈을 감고서도 다닐 수 있을 듯하다. 그 길을 뛰어 다니며 조부모님의 보호 아래 나는 내 인생의 기초체력을 키웠고 꿈을 키웠다. 내 인생에 있어 가장 즐겁고 행복하게 추억되는 길이기도 하다.

그 후 서울 중구 정동에 있는 중학에 입학하며 고등학교까지 그 집에서 학교를 다녔다. 집에서 학교까지의 거리가 멀어 중학시절에는 주로 전차를, 고등학교시절에는 버스를 타고 다녔다. 전차는 학교까지 가는 직선 노선이 없어 돈암동이 종점인 전차를 이용하여 혜화동과 종로5가를 지나 을지로 4가에서 내려 남대문 방향으로 가는 전차를 갈아탔다. 남대문에서 내려 그곳서부터는 지금은 대한상공회의소 건물이 있는 남대문초등학교 앞을 지나 서소문 길을 걸어서 학교를 오고 갔다. 내가 유소년시절 서울 변두리 길을 오가며 생활을 하다가 생전 처음 시내 상업중심가를 오가며 도심의 생활상을 보고 익힌 것이다. 내가 다닌 도심의 길은 걸어서 가든 교통수단을 이용하든 훤하게 알게 되었고 그 변화도 즐기게 되었다.

고등학교시절에는 주로 85번 버스 노선을 이용하여 학교를 다녔다. 그 길은 성북동에서 출발하여 혜화동, 창경원과 돈화문을 지나 중앙청에서 광화문을 거쳐 시청 앞까지 이어졌다. 시청 앞에서는 덕수궁 길을 따라 정동교회 앞을 지나거나 서소문 길을 따라 학교를 다녔다. 주로 고궁이나 정부종합청사 등 관공서가 있는 길이었다. 고궁 길은 계절에 따라 모습을 바꿔 4계절 모두 마음에 들었다. 그리하여 가끔은 계절 불문하고 먼 거리를 걸어서 다니기도 하였다. 봄에는 창경원 담장 쪽 동물원근처에서 개나리꽃이 새로운 희망을 전해 주는 듯 노랗게 물들어 볼만하였다. 특히 늦봄이면 창경원의 벚꽃들이 하얗게 피어나 장관을 이루었다. 여름에는 전구 간 모든 길의 백양나무 가로수들이 파랗게 우거져 그늘을 만들어 주었고 그늘 따라 휘파람을 불며 걸어 다니는 것이 좋았다. 가을에는 가로수의 단풍이 쓸쓸하게 휘날리고 창경원과 창덕궁의 고즈넉한 돌담길의 운치를 즐길 수 있었다. 특히 대한문에서 미국대사관 앞을 지나는 덕수궁 돌담길은 고풍스런 분위기와 어울려 가을정취를 흠뻑 느낄 수 있게 하였다. 그리고 겨울에는 길고 긴 고궁 길 따라 흰 옷을 입은 눈길을 밟으며 뽀드득 소리를 듣는 것도 좋았다.

나는 중앙청과 정부청사 앞길을 지나다니며 가끔은 공무원이 되는 꿈을 꾸기도 하였다. 특히 미국대사관 앞길을 다니며 외교관이 되고 싶다는 생각을 하였다. 집에서 중고등학교까지의 길은 나의 청소년시절을 지켜보며 키워준 은혜의 길이기도 하다.

내가 고등학교 3학년 때 우리 집은 돈암동에서 성북동 한옥으로 이사하였다. 대들보가 한 아름이나 되고 본채와 별채가 이어져 있는 한옥이었다. 조부모님과 부모님께서는 본채를 쓰시고 우리 형제들은 별채에 기거하였다. 그곳에서 나는 안암동에 소재한 대학을 다니게 되었다. 주로 버스를 이용하여 성북동에서 돈암동과 안암동 길을 오갔다. 그러나 가끔은 걸어서 다니기도 하였다. 또한 집 근처 성북동 버스종점 인근에는 만해 한용운이 살았던 심우장과 전형필의 간송박물관 그리고 이효석, 정지용 등과 9인회를 함께 하였던 이태준 생가 등이 있기도 하여 가끔은 저녁을 먹고 성북동 길을 따라 산책을 다니기도 하였다

집에서 대학교까지 가는 길은 비교적 직선으로 쭉쭉 뻗어 있었고 행인도 많지 않아 조용하고 쾌적하였다. 그러나 친구들과 밤늦도록 술을 마시고 밤 12시 통행금지시간을 넘겨 학교 앞에서 집에 올 때면 단속을 피해 안암동 애기 능 뒷산 길을 이용하여 돈암동 종점으로 내려오기도 하였다. 돈암동 천주교회 근처를 지날 때에는 초등학교 2학년 때의 짝꿍 생각이 났다. 내가 충남 예산 시골 초등학교에서 편입하여 핫바지 저고리를 입고 다니며 급우들에게 놀림을 받을 때 그녀는 고립무원의 나를 감싸주었다. 그러나 내가 연필심에 침을 발라 진하게 공책에 글씨를 쓸 때면 침 바르지 말고 필기하라고 핀잔을 주기도 하였다. 얼굴은 기억이 나지 않지만 추억만큼은 생생하였다. 그리고 그녀가 살던 집 동네를 지나갈 때면 의례 그 짝꿍 생각이 났다. 대

학을 다니면서는 친구들과 막걸리를 마시기 위하여 안암동에서 제기천변에 이르는 좁은 골목길을 누비고 다니기도 하였다. 돈암동과 안암동 그리고 제기동 길은 대학뿐만 아니라 대학원까지 포함하여 족히 8년 이상 오고 간 셈이 된다. 그 길은 나의 대학생활과 성년시절 나의 탈바꿈과정을 함께하였다.

나는 결혼을 하면서 15년간 정들었던 성북동 집과 길을 떠나 강남 도곡동 아파트로 이사를 하게 되었다. 이사 직후 한창 계획도시로 개발 중인 강남의 바둑판처럼 그어진 길이 낯설었지만 바로 익숙해지게 되었다. 강남의 길은 강북에 비하여 널찍하여 가슴이 뻥 뚫리는 듯하였다. 1년 후 부모님을 모시기 위해 청담동 단독주택으로 이사를 하며 직장이 있는 천안캠퍼스로 출퇴근하게 되었다. 출퇴근 길은 학교 통근버스로 경부고속도로를 달려 천안까지 왕복하는 길이었다. 정년퇴직 시까지 미국생활 2년을 제외하고 30년을 한결같이 서울과 천안 간 고속도로 길을 왕복한 셈이 된다. 휴일을 제외하고 매일 하루 2시간 여를 서울에서 오산 평택 안성을 거쳐 천안까지 가는 고속도로 위에서 생활한 것이다. 출퇴근도 일과이다 보니 퇴근버스에서는 잠을 청하고 출근버스에서는 보통 눈을 감고 그 날 강의를 정리하거나 논문 구상을 하였다. 버스 탑승시간도 연구시간이고 강의준비시간이고 작업시간이 되었다. 달리는 고속도로 길도 연구실이요 작업장이 된 셈이다. 그야말로 고속도로 인생이라 할 수 있겠다.

또한 고속도로 길을 달려 이동하여야 먹고 사는 역마살이 낀 인생이라고도 할 수 있을 것이다.

출근길은 보통 아침 7시 10분에 집을 나서 지하철로 논현역까지 가서 그곳에서 신사동 통근버스정거장까지 걸어가 7시 35분에 출발하는 통근버스를 타고 천안까지 달려가는 것이었다. 퇴근길은 천안캠퍼스에서 오후 5시 20분 출발하는 통근버스를 이용하여 경부고속도로를 달려 서울 강남으로 돌아오는 역순 길이었다. 칸트가 80평생을 고향에서 일과에 따라 정확하게 생활하여 마을 사람들은 그를 보고 시계를 맞췄다고 하지만 나 또한 그에 못지않게 30년 동안을 동일한 길을 동일한 시간에 오고 간 생활을 하지 않았나 하는 생각이 든다. 칸트는 일생을 완벽한 로드맵에 따라 살았다지만 나는 그런 생활은 어느 면에서는 너무 단조롭고 건조하고 재미없지 않을까 하는 생각을 해 본다.

미국 뉴욕에서 다닌 길도 비록 1년여 짧은 기간 동안이지만 내 인생에 강렬하게 인상 지워진 추억의 길이 아닐 수 없다. 나는 1989년 말 가족과 함께 문교부 파견 방문교수 신분으로 콜롬비아대학교가 소재한 미국 뉴욕으로 출발하였다. 대학은 만하탄에 있었지만 우리 가족은 어린 학생들이 있어 안전하고 조용한 롱아일랜드 리틀넥에 집을 구하였다. 그리하여 거의 매일 맨하탄으로 가는 LIRR이라는 롱아일랜드 기차를 타고 왕복하게 되었다. 출퇴근길은 롱아일랜드 더글라스턴과 한인 밀집지역이던 훌러싱지역을 거쳐 맨하탄 펜스테이션에 가서 다시 지하철로 갈아타고 할램지역 인근의 대학을 오고 가는 것이었다. 내 생전 처음 매일 기차를 타게 된 것이다. 기차는 지상구간과 해저터널을 달렸지만 전철은 지하구간만을 달려 지상은 볼 수가 없었다. 매일 동일한 길을 왕복하였지만 전연 지루하지 않았다. 달리는 기차 길 주변을 통하여 미국 서민들의 생활상을 볼 수 있었고 좋아하는 훌러싱 외곽의 맷츠야구장도 볼 수 있었다. 펜스테이션에서 대학까지 가는 길에는 브로드웨이와 타임스케어가 있어 종종 가족이나 친구들과 그 길을 거닐었다. 맷츠야구장에서는 가족과 함께 미국 프로야구를 구경하고 브로드웨이에서는 「캣츠」 등 뮤지컬을 보았다. 또한 그 길가에 있는 영화관에서 친구와 함께 영화를 보기도 하였다. 만하탄에서 오가던 길은 문화예술과 오락으로 통하는 통로였다. 지금도 리틀넥 집에서 나와 역으로 가는 동네 길을 걸어 가 기차를 타고 이 동네 저 동네를 거쳐 펜스테이션까지 가서 지하철로 학교까지 다니던 길이 눈에 선하다. 이 길은 나에게 새로운 세계를 눈뜨게 하고 시야와 안목을 넓혀준 길이기도 하다.

결국 내 인생은 몇 개의 길로 연결되어 있음을 깨닫는다. 앞으로 어떤 길을 가게 될지는 나 자신도 궁금해진다. 과거의 길은 장기간 반복되는 왕복의 길이었지만 미래의 길은 그와는 다를 것으로 예상된다. 결국 어느 시점에서는 천국에 이르는 영원한 길로 출발할 것이다. 그 때까지 어떤 길을 갈 것인지 고민하고 또 고민해 보아야겠다. 내가 가는 길 위에서 석가모니처럼 인생에 대한 깨달음을 얻고 득도할지도 모른다는 생각은 허황된 망상일까?

아버지의 교훈

아버지를 생각하면 눈시울이 뜨거워진다. 어머니 일찍 돌아가신 후 노년에 암 투병으로 고생 끝에 돌아가셨기 때문이다. 우리 자식들의 효성이 부족하였던 것이 회한으로 남아 있기 때문이기도 하다. 아버지에 대한 추억은 적지 않다. 우리가족이 한국전쟁으로 피난을 떠나던 4살 때부터 아버지께서 우리 집에서 돌아가시던 날까지 40여 년간의 크고 작은 일들이 추억으로 남아 있다.

내가 초등학교에 다니던 때는 전쟁 직후여서 의식주 모두가 열악하였다. 물자는 부족하고 먹거리나 볼거리 할거리가 모두 부족하였다. 우리세대는 전쟁 직후 초등학교에서 구호물자로 나온 우유덩이를 가마솥에 끓여 나누어 주는 우유를 줄서서 타 먹기도 하였다. 양곡도 부족하였지만 반찬거리가 부족하여 무를 쓴 맛이 날 정도로 짜게 하여 먹어 이름을 짠지라고 하였다. 꽁보리밥 한 그릇을 김치와 짠지 하나로 먹어치웠다. 그러한 때에 생일날 등 가끔 고기나 생선 반찬이 밥상에 오르기만 하면 가족 모두 달려들어 마파람에 게 눈 감추듯 후딱 먹어 치웠다. 그러나 우리 5남매는 달랐다. 아무리 좋은 귀한 반찬이 나와도 잽싸게 달려들어 다투며 먹지 않았다. 우리들은 서로 눈치만 살피며 달려들지 못하고 침만 흘렸다. 지금 생각해 보아도 우리 5남매는 먹는 것 가지고 싸운 적은 별로 없는 듯하다. 그러한 우리들을 보시고 아버지는 경쟁심과 투쟁의식이 없다고 말씀하셨다. 우리의 강하지도 악착같지도 못한 성격을 생각한 때문이었을 것이다.

초등학교 고학년 때인가 어느 날 아버지는 야구글러브를 사다 주셨다. 그 후부터 우리 형제들은 그 글로브를 끼고 집 앞 도로에서 수시로 야구공을 던지고 받았다. 또한 그 무렵 아버지는 베개를 가지고 안방과 건넌방을 오가며 자기 뒤에 있는 사람에게만 패스를 하는 럭비를 가르쳐 주셨다. 앞에 있는 사람에게 패스를 해서는 안 된다는 것이 재미있어 패스를 받으면 빨리 뛰어 패스해 준 사람보다 앞서 달리곤 하였다. 내가 공이라면 야구공, 럭비공 가리지 않고 무슨 공이든 좋아하게 된 것은 바로 어릴 때 야구 캐치볼을 많이 하였기 때문이다. 내가 중학교에 입학하여 영어를 처음 배우며 영어숙제로 i am a boy를 노트에 10번씩 쓴 적이 있다. 수업시간에 숙제검사를 받으며 보니 내가 쓴 소문자 i는 어느새 대문자 I로 고쳐져 있었다. 깜짝 놀라 확인해 보니 아버지가 어느새 고쳐 놓으셨던 것이다.

그리고 책을 읽으란 말씀도 없이 간간히 학생잡지 학원이나 문학 서적을 사다 주셨다. 우리는 심심하면 그런 책을 재미있게 읽었다. 특히 「부활」이나 「죄와 벌」 등 톨스토이나 토스토에프스키 같은 러시아 문호의 소설을 읽으며 분량이 많아 지루해 하자 러시아 문호의 장편들은 처음에는 내용이 여러 갈래로 갈라져 혼란스러우나 점차 주제가 모아지고 단순화 되어 간다고 한마디 해주셔서 포기하지 않고 완독할 수 있었다.

나는 부모님으로부터 공부하라는 말을 들어본 적이 없다. 더욱이 아버지는 학교에서 몇 등 내에 들어야 한다든가 장학금을 타야한다든가 하는 말씀을 하신 적이 없다. 내가 공부를 뛰어나게 잘한 때문이 아니다. 다만 숙제만큼은 어떤 일이 있어도 빼먹지 않았다. 집에서 하는 공부는 그것이 전부였다. 아버지는 오히려 1등만이 좋은 것은 아니라고 하셨다. 남에게 뒤져도 안 되지만 너무 앞서가는 것도 좋은 것은 아니라는 것이었다. 내가 아버지의 말씀을 제일 잘 따른 것은 바로 그 말씀인 듯하다. 내가 이제까지 공부를 썩 잘하거나 어느 사회에서 특별하게 뛰어나지 못한 것은 악착같지 못한 성격 탓도 있지만 아버지의 영향도 없지 않을 것 같다. 오늘날과 같이 1등 상품만이 살아남는 치열한 경쟁시대에는 어울리지 않는 낭만적인 말씀이 될지 모르겠다.

대학 재학 중 법대 교학과에서 내게 장학금을 받을 수 있으니 극빈자 증명을 해오라 하였다. 장학금을 받을 수 있는 성적이 되니 가정형편이 어렵다는 증명서를 동회에서 발급받아 오라는 것이었다. 아버지께 말씀드렸더니 학자금은 대줄 수 있으니 장학금은 가정형편이 어려운 친구들에게 양보하라고 하셨다. 당시 대학은 시골에서 소 팔아 자식 교육을 시킨다하여 우골탑이라 하였었다. 아버지도 1남 3녀 중 아버지만 대학을 다니시고 고모들은 고등교육을 받지 못하였다. 당시 나는 아버지의 말씀이 이해가 안 되고 서운한 생각까지 들었으나 중년이 넘어선 후에야 아버지의 깊은 뜻을 이해할 수 있게 되었다.

아버지는 법원 서도회에서 여초 김응현 서예가로부터 서예를 배우시며 붓글씨로 「가화만사성」이란 가훈을 써 주셨다. 집안이 화목해야 모든 일이 잘된다는 것이다. 우리나라 가정의 가훈으로 가화만사성이 8,90%를 차지한다는 말이 있을 정도이니 우리나라 사람들이 가정의 화목을 얼마나 중요시하고 있는지를 짐작할 수 있다. 나는 제사 때마다 참석자들인 우리 형제자매와 다음 세대들에게 이를 상기시키곤 한다.

우리 가족은 조부모님 때부터 천주교를 믿어왔지만 제사와 차례는 유교식으로 하였다. 천주교식 제례법이 나온 후에는 그에 따라 제사를 지내고 있다. 제사를 할 때면 참석자 중 제일 나이가 어린 다음 세대들에게 우리 집안의 가훈이 무엇인지에 대하여 묻곤 한다. 그리고 한자로 써 보라고 한다.

천주교박해시대에는 천주교도들은 제사를 지내지 않는다 하여 참수를 당하기도 하였다. 그 후 천주교로부터 우리나라의 제사는 조상을 섬기는 아름다운 미풍양속으로 인정되고 지금은 천주교 제례법까지 나와 천주교식 제사가 권장되고 있다. 우리는 그에 따라 제사 중 형제자매가족들이 함께 성가를 부르며 아버지가 써 주신 가훈을 되새기고 있다. 그리고 부모님을 추념하며 우애를 다지는 것이다.

조부모님은 아버지를 당신 이상으로 끔찍이 아끼고 사랑하셨다. 손자인 어린 내가 보아도 느낄 수 있을 정도였다. 부모님은 우리 5남매를 자신보다 훨씬 아끼고 사랑하셨다. 혹시 잔치 집 등 어디서 맛있는 음식을 대접받게 되면 부모님은 그것을 싸가지고 집으로 가져와 우리들에게 나누어 주셨다. 내가 간혹 누구에게서 맛있는 것을 받으면 그 자리서 받아먹지 못하고 집으로 가지고 와 동생들과 같이 먹기도 한 것은 은연중에 부모님과 조부모님으로부터 보고 배운 것이었다. 사랑은 내리사랑이란 말은 허튼 말은 아닌 듯하다.

예로부터 엄부자모라 하였지만 우리 아버지는 겉으로는 엄격하시면서 속으로는 한 없이 자애로우셨다. 우리 5남매는 어렸을 적에도 회초리로 종아리를 맞아본 적이 없는 듯하다. 부모님의 말씀에 순종만 한 것은 아닌데도 말이다. 큰 소리로 야단을 맞아 본 기억도 별로 없다. 아버지는 우리들에게 직접적으로 이렇게 하라 저렇게 하라 말씀하시지 않으셨다.

우리가 스스로 깨닫고 배우고 하도록 하셨다. 그리고 넌지시 우리를 유도하셨다. 야구글로브를 사다 주시며 운동을 즐기도록 하여 주시고 문학책을 사다 주시며 문학에 눈 뜨도록 하여 주셨다. 운동을 하라 책을 읽으라는 말 대신 운동기구를 사다 주시고 책을 사다 주신 것이다. 우리가 잘못하면 야단을 치시기 보다는 스스로 뉘우치고 다시는 똑 같은 잘못을 하지 않도록 하시었다. 우리 5남매의 성격이 경쟁을 피하고 강하지 못한 것을 파악하시고 경쟁심이나 투쟁의식을 갖도록 하시었다. 그러면서 우리의 힘든 삶을 염려하여 1등에 집착하거나 너무 앞서가지 말라고 하시며 남의 시기나 질투의 대상이 되지 않도록 배려하셨다. 일찍이 모난 돌이 정 맞는다는 것을 깨우치도록 하신 것 아닌가 한다.

내가 남보다 뛰어나지는 못하나 내 나름 내 몫을 하고 조금이나마 남의 몫까지 부담하며 남을 도와 줄 수 있게 된 것은 아버지의 보이지 않는 가르침과 교훈에 힘입은 것이다. 아버지는 보이지 않는 교훈으로 우리를 교육하셨던 것이다.

나는 한평생을 살아오면서 아버지의 교훈을 무의식적으로 내 인생의 좌우명으로 삼아 왔다. 내 자식들은 어떠한 교훈이나 좌우명으로 이 험난한 인생길을 헤쳐 나아갈지 걱정이 된다. 아버지의 교훈을 생각하니 두 눈에서 그리움 가득한 뜨거운 눈물이 두 줄기 흐르는 것이 느껴진다.

옛 것을 찾아서

– 창경궁과 북촌 기행 –

과거가 없는 현재가 없고 현재가 없는 미래도 없다. 그래서 더욱 과거를 궁금해 하고 옛 것과 뿌리에 대한 향수를 갖는지도 모른다.

음력 1월 1일, 서울은 아침부터 찌푸렸다.

신정에 차례를 지낸 나는 느긋하게 아점을 하고 집사람과 막내딸을 구슬러 옛 것을 찾아 창경궁과 북촌 구경에 나섰다. 강남의 거리는 텅 비어 있었지만 강북 창경궁에서 창덕궁에 이르는 거리는 붐볐다. 차도는 차량으로, 인도는 행인들로 꽉 차 있었다. 행인들 중에는 외국인도 적지 않았다. 대부분이 창덕궁에 들어가려는 인파였다. 구정이라고 하여 고궁을 무료 개방하는 것도 이곳이 붐비는 이유의 하나가 될 듯하였다.

돈화문은 옛 모습 그대로였다. 수십 년의 세월이 흘렀지만 내가 중고등학교를 다니며 등하교 길에서 늘 보았던 낯익은 모습은 여전하였다. 나는 옛 것에 대한 향수를 느끼며 창덕궁 돈화

문에 들어섰다. 창덕궁은 비원 즉 비밀의 정원이라고 불리울 정
도로 잘 정돈된 아름다운 궁궐이었다.

우리는 창덕궁을 휘둘러보고 창덕궁 언덕길을 내려와 창경궁
으로 연결된 도로를 따라 그곳으로 넘어갔다. 창경궁은 내가 어
렸을 적에는 창경원으로 불렀었다. 창경원에는 동물원도 있어
초등학교 다닐 때에는 소풍도 다녔던 곳이다. 우리 성북동 집과
는 버스 서너 정거장 거리였지만 40여년 만에 와 보는 것 같았
다. 감개가 무량하였다. 나는 서둘러 그곳 연못, 춘당지부터 찾
았다. 춘당지는 내가 중학시절 보았던 것과는 달리 연못 한가운
데 소나무가 있는 동산이 만들어져 있었다. 나는 이곳에서 내가
중학교에 진학하던 해 겨울, 어머니로부터 스케이트를 배웠었
다. 꽁꽁 얼은 이 연못에서 어머니는 나의 두 손을 잡아주시며
스케이트칼날 위에 서서 앞으로 지쳐나가는 스케이트걸음마부터
가르쳐주셨다. 그 때를 생각하니 환갑 연세에 일찍 돌아가신 어
머니의 손 체온이 느껴지는 듯하였다.

나의 중학 입학선물로 부모님이 사주신 스케이트는 구두가 너
무나 컸다. 스케이트화 뒤꿈치에 솜을 넣고 스케이트를 배우던
첫째 날 발뒤꿈치가 홀렁 베껴졌었다. 집에 돌아와 상처 부위를
머큐롬으로 소독하고 흰색 다이아징 연고를 바르고 두껍게 거즈
를 대었다. 그리고 또 다음날 어머니와 함께 춘당지에 가서 스

케이트를 탔었다. 지금 같으면 발뒤꿈치 상처가 아물 때까지 기다렸다가 완쾌 후 다시 시작했을 것이다. 그때를 추억하며 스케이트 타던 코스 주변을 걸어보았다. 2월 중순이지만 날이 포근하여 춘당지는 얼지 않고 물위에는 나무 그림자가 비쳤다. 내가 어릴 적에는 2월이면 춘당지는 물론 방안에 둔 자리끼까지 꽁꽁 얼고 문고리에 손이 쩍쩍 달라붙곤 하였었다. 불현듯 하루 종일 내가 스케이트 타는 모습을 지켜보시며 발을 동동 구르시던 어머니의 모습이 떠올랐다. 날이 너무 추워 장갑 끼신 손을 비벼대시기까지 하셨다. 당시 연못 주변에 부는 칼바람은 너무도 매서워 힘주어 스케이트를 타도 눈물이 나곤 하였었다. 어머니를 생각하니 갑자기 눈시울이 뜨거워졌다. 어머니 돌아가시고 30여 년이 흐른 지금에서야 그것을 깨달았다. 나이 칠십 줄을 바라보며 철이 든 것이다. 갑자기 나 자신이 미워지고 어이가 없었다. 나는 내 자식에게 어머니처럼 그리하지 못하였다. 슬그머니 곁에 있는 딸에게 미안한 생각이 들었다. 어머니는 어떻게 그리하셨을까 하는 생각을 한동안 지울 수 없었다. 내가 어머니를 추모하는 것이라고는 고작 어머니께서 일제시대 여고 스케이트 선수로 경기대회에서 수상하신 메달을 몇 개 소중하게 간직하는 정도로 생각되었다.

춘당지 위쪽으로는 그 당시 보았던 유리온실이 그 모습 그대로 남아있었다. 안내판을 보니 1909년에 완공하여 식물원으로 공개한 것으로 되어 있었다. 식물원 내부로 들어가니 국내외 다양한 식물과 분재들이 전시되고 있었다. 그 중에는 흰 매화와 붉은 동백 그리고 노란 가지복수초 꽃이 추운 겨울에도 고결하게 피어 있었다.

우리 세 가족은 서울대병원 앞 창경궁 정문을 나와 궁의 고풍스런 담장을 끼고 다시 창덕궁 쪽으로 걸었다. 몇 번인가 그 길을 걸어 다녔던 중, 고교시절이 그리워졌다. 집사람도 또한 그러하였다고 하며 공감을 표시하였다. 우리는 앞서 입장하였던 창덕궁 담장을 따라 원서동 길을 걷다가 왼쪽 가회동 길로 접어들었다. 고색창연한 한옥집들이 저녁 분위기와 어울려 평화롭고 정감 있게 느껴졌다. 우리는 예스런 주변 분위기를 즐기며 우리의 원래 본적지 주소를 찾아보았다. 가회동 1번지까지는 쉽게 찾았지만 우리의 원래 본적지는 보이지 않았다. 북촌을 관광하는 외국인들 틈에 끼여 돌아다니다 뜻밖에 대로변에서 딸이 찾아내었다. 가회동 큰 오르막길 모퉁이 작은 집이었다. 아담하고 정감 있게 느껴지는 한옥이었다. 처음 보는 집이지만 남의 집 같지 않았다.

이 집은 조부님이 아버지가 화동 제일고보에 입학한 후 충남 홍성에서 이사하셨던 집이었다. 말하자면 이 집은 우리 가문의 지방시대를 마감하고 서울시대를 열게 한 바로 그 집이었다. 나는 학교를 다니면서 호적등본을 제출할 때마다 본적지로 표시된 이 주소지가 궁금하였고 어디 있는 집인지 알고 싶었다. 우리는 선대의 서울 유학시절을 생각하며 집 주변을 이리저리 돌아다녀 보았다. 그리고 이 집에 대한 애정을 느끼며 다시 매입하면 좋겠다는데 일치를 보았다.

날이 어두워질 무렵 우리는 그 본적지를 지나 세종조 청백리 맹사성 집터를 찾았다. 그는 세종 때 좌의정을 지내고 이조 최고의 재상으로 평가되는 인물이 아닌가! 그는 검은 소를 타고 다닌 것으로도 유명하지 않은가!

그가 10세 이후 어린 시절을 보낸 고향은 충남 온양이었다. 온양 맹사성 고택은 홍성 출신 최영 장군이 친분이 두터운 맹사성 조부에게 물려주었던 집이라 한다. 맹사성은 고려의 충절 최영 장군의 손녀사위가 되고도 인품과 재주가 뛰어나 이조에 발탁되었다.

우리는 수시로 홍성을 오가며 가끔 최영의 생가와 맹사성의 온양 고택 앞을 지나곤 하였었다. 「북촌 최고의 전망대 맹사성 고택」이란 도로 표지판을 따라 올라가니 맹사성 고택이란 표지석이 나왔다. 그 앞을 지나 조금 더 오르니 「고불 맹사성 집터」라는 입간판이 나타났다. 찻집이었다. 찻집 내부는 벽면 가득히 다기들이 진열되어 있었다. 우리는 뽕잎차와 매실 요구르트를 마시며 거실 문밖으로 나가 사방을 둘러보았다. 사방이 발 아래 내려다 보였다. 이 집은 인근에서 제일 높은 집이라고 표시되어 있었다. 종업원에 물으니 집은 행정구역상 삼청동에 속한다고 하였다.

나는 왠지 집사람과 딸에게 미안한 생각이 들어 맛있는 저녁을 먹자고 하였다. 그러나 구정이어서 영업을 하는 음식점이 쉽게 눈에 띄지 않았다. 삼청동 골목길을 내려오며 집사람과 딸이 영업 중인 오리엔탈 스푼이란 음식점을 찾아내었다. 아시아 여러 나라의 음식을 제공하는 체인점이었다. 우리는 태국과 중국 음식 세 접시를 가운데 놓고 정겹게 나누어 먹었다.

귀가길, 셋이 지하철 좌석에 나란히 앉아 우리 가족사의 3세대를 돌아보며 옛 것을 그리워하였다.

어떤 인연

나는 인연을 소중하게 여긴다. 그래서 악연이라 하더라도 인연을 끊어버리는 것은 가급적 삼가고 있다. 인연은 예측가능성이 높은 것이 아니고 또 맺어지는 것은 흔한 일이 아니다.

인연이란 관계성에서 중시되고 의외성에서 놀라움을 주기도 한다. 특히 불교와 같은 종교에서는 각별한 의미를 부여하기도 하며 모든 존재는 인연에 의해 생겼다가 인연에 의해 소멸한다고 한다. 살다보면 뜻하지 않은 곳에서 인연이 맺어지기도 한다.

오라버님!

정감 있고 절제되고 예스런 여성의 목소리였다.

내 생전 처음 오라버님이란 호칭을 들어보는 듯하였다. 요즘 세상 어디에서 그와 같은 호칭을 들어볼 수 있단 말인가!

오래전 어떤 M.T.에서 술을 마시던 여학생이 지나가던 지도 교수인 나에게 왕오빠라고 불러 세웠던 때의 야릇한 느낌하고도 다른 느낌이었다. 오라버님이란 다정스런 호칭은 오빠나 왕오빠라는 말보다 내 가슴속 깊이 젖어들었다.

　나는 오라버님이라고 부르는 소리에 거의 반사적으로 뒤를 돌아보았다. 중년의 한국 여성 네 명이 나를 쳐다보고 있었다. 우리 스페인, 포르투갈, 모로코 여행단의 일행이었다. 나는 용수철처럼 튀어나가 그들이 들고 있는 휴대폰을 빼앗다시피 넘겨받았다. 그리고 마리아 루이사 공원을 배경으로 사진 몇 장을 찍어 주었다.

　그들은 선글라스와 스카프로 한껏 멋을 부려 꽤나 세련되고 예뻐보였다. 나와 그들과의 만남은 그리 이루어졌다. 뜻밖의 인연이 아름다운 세비야 마리아 루이사공원에서 맺어진 것이다. 그 전까지는 우리 일행 25명 중의 한 팀이라는 것만 알았지 서로 대화하거나 접촉한 적이 없었다. 나도 그들에게 마리아 루이사 공원과 황금의 탑을 배경으로 사진을 찍어 달라고 부탁하였다.

　마리아 루이사공원은 역사 깊은 고도 세비야를 흐르는 과달키비르강가에 있었다. 과달키비르강은 스페인 남부 안달루시아 지방을 흐르는 긴 강이었다. 강에는 유람선이 푸른 물결을 헤쳐가고 강가에는 크지 않은 부두도 있고 강 건너편으로는 아담한 카페도 보였다. 공원은 수십 미터 되는 야자나무와 같은 열대식물과 원형의 대형 분수, 울긋불긋한 키 작은 꽃무더기 그리고 그 옆에 배치한 벤치 등으로 꽤나 아름답게 조성되어 있었다. 안달루시아지방에서는 최고로 아름답고, 스페인 전역으로서도 아름답기로 손꼽히는 공원이라 하였다. 본래 궁전이었으나 스페인 마리아 루이사 왕비가 시민에게 기증한 후 공원으로 용도변경된 것이었다.

내가 올라가 보고자 했던 황금의 탑은 마리아 루이사 공원 한편에 다각형의 거대한 탑으로 세워져 있었다. 탑 상층부가 황금으로 둘러져 있어 그러한 이름이 붙었다는 설이 있었다. 탑은 1220년 이슬람교도들이 과달키비르강을 통과하는 선박들을 검문하기 위하여 세워진 것이다. 마젤란이 세계 일주 항해를 떠난 것을 기념하여 지금은 해양박물관으로 이용되고 있었다.

우리 여행단이 세비야 황금의 탑을 보기 위하여 버스에서 그 근처 도로변에 내렸을 때, 9월의 햇살이 따뜻하게 내려쬐고 있었다. 마침 그곳에서 축제가 열리고 있어 남녀 브라스밴드가 신나는 행진곡을 연주하고 있었다. 그 주위에는 수많은 인파가 운집되어 있었다. 마치 우리 일행을 환영하는 환영인파처럼 보였다.

나는 그 많은 인파를 헤치고 어렵사리 황금의 탑에 접근하였다. 그러나 그들은 나보다 먼저 탑을 보고 공원을 산책하며 사진을 찍고 있었던 것이다. 그들은 우리나라 중부 소도시에 이웃하여 사는 가까운 지인 사이라 하였다.

우리 여행단은 황금의 탑을 뒤로 하고 세비야 스페인광장으로 이동하였다. 스페인광장은 긴 회랑이 있는 파노라마 사진 같은 석조 건축물과 맑은 물이 흐르는 운하 그리고 분수 등이 잘 조화된 넓은 광장이었다. 특히 건축물에는 아치형 기둥과 탑이 있어 더욱 웅장하면서도 아름다웠다. 배우 김태희가 플라멩코춤을 추는 TV 광고도 이곳에서 촬영한 것이라 하였다.

내가 홀로 광장 이곳저곳을 보며 돌아다니자 그들은 또 오라버님 하고 나를 불렀다. 스페인광장 한편에 줄지어 서 있는 관광마차를 함께 타자는 것이었다. 마차는 서로 마주보며 앉게 되어 있는 무개 6인승으로 고급스럽고 고풍스러웠다. 우리 다섯 명이 서로 마주보며 나란히 관광마차에 앉으니 마치 중세의 귀족, 귀부인이 된 듯하였다. 마차는 세비야대학과 세비야성당을 끼고 고색창연한 세비야 시가지를 돌았다. 우리는 아이들처럼 환호도 하고 즐거워하며 함께 사진도 찍었다. 그 이후 나는 그들의 기가 세서인지 그들에게 자석처럼 달라붙어 함께 어울리게 되었다. 그들은 내가 부담스러워 하지 않도록 배려하고 챙겨주었다. 음식을 먹을 때는 내게 먼저 음식을 골고루 접시에 담아주기도 하고 뼈 있는 생선은 자기들 손으로 뼈를 발라 주기도 하였다. 나는 혼자 여행하는 것보다 훨씬 즐겁고 재미있고 편리하였다. 특히 내가 사진 찍고 싶을 때 부담스러워 하지 않고 부탁할 수 있어서 좋았다.

세비야는 페니키아인들이 세운 고대도시. 아메리카대륙을 발견한 콜럼버스가 항해를 떠난 곳으로도 유명하다. 우리는 세비야대성당을 둘러보며 웅장한 석조건축과 섬세한 조각에 놀라지 않을 수 없었다. 또한 높은 천정과 벽에 그려진 성화 등으로 성당 내부의 경건함과 예술적 분위기에 넋을 잃기도 하였다. 나는 나도 모르게 제대 앞에 무릎을 꿇고 기도를 바쳤다. 우리 가족 모두가 소원을 성취하고 우리 여행단이 무탈하게 여행을 하고 세계가 평화롭게 하여 달라고.

세비야 대성당은 12세기에 건축한 이슬람 모스크 사원을, 이슬람을 정복한 그리스도인들이 1400년경부터 100년에 걸쳐 만든 유서 깊은 석조 건축물이었다. 이슬람건축과 고딕, 르네상스 양식이 잘 조화되어 웅장하고도 아름다웠다. 성당 건축물 그 자체가 하나의 예술품으로 보였다. 로마의 베드로 대성당, 런던의 세인트 폴 대성당과 더불어 세계3대 성당으로 손꼽히기도 한다.

특히 성당 한편에는 콜럼버스의 관을 어깨에 메고 있는 4명의 동상이 나의 눈길을 사로잡았다. 스페인의 대항해시대를 연 콜럼버스는 이태리인으로, 스페인에는 묻히고 싶지 않다는 그의 유언에 따라 땅에 매장하지 않고 관을 공중에 떠 있게 하였다. 관을 메고 있는 4명은 모두 스페인 국왕이라는 사실이 더욱 놀라웠다.

저녁식사 후에는 그들과 함께 플라멩코의 본고장 세비야에서도 제일 유명하다는 공연장을 찾았다. 그리고 객석에 나란히 앉아 무용수들의 탭댄스에 맞춰 앉은 채로 발을 구르기도 하는 등 최고수준의 정통 플라멩코 춤 공연을 즐기기도 하였다.

우리 일행 25명은 10박 11일 동안 한 대의 리무진 관광버스로 3개국을 여행하였다. 자연히 우리 모두는 함께 밥을 먹고 함께 관광하고 함께 이동하게 되었다. 걸으며 관광하는 시간보다 차로 이동하는 시간이 더 많아 차 안에서 자연스레 말을 섞고 노래도 부르고 간식을 나누어 먹기도 하였다. 일행 모두가 자동차 합숙생활을 한 셈이 되고 적지 아니 정이 들게 되었다. 가끔은 내가 해외에 수학여행 나온 것으로 착각하기도 하였다. 그들 누이 4명은 귀국 시까지 나를 오라버님이라 부르며 가는 곳마다 동행하였다. 각별하게 고운 정만 내 가슴 가득하게 되었다.

여행을 마치고 귀국할 때에는 특히 우리 다섯 명은 단란한 한 가족, 오 남매가 되어 있었다. 그러나 각자 짐을 찾으며 귀가 편을 알아보느라 경황이 없어 인사도 나누지 못하고 헤어지고 말았다. 그들의 연락처도 모르는 채, 여행기간 내내 오라버님이라 부르며 내게 호의를 베풀어준 그들에게 저녁 대접하겠다는 말도 못한 것이 후회되었다. 그들에게 미안하기도 하고 서운하고 허전하기도 하였다. 그들 누이들은 여행길에서 만난 귀인이 아니었던가!

나는 우리 일행 모두가 입국장을 빠져나갈 때까지 한동안 멍하니 서 있었다. 하는 수 없이 회자정리라는 말을 떠올리며 마음을 달래보았다. 만남이 있으면 헤어짐이 있음은 정한 이치이니 마음 쓰지 말자고. 우리의 인연은 여기까지인 것을 어찌하겠느냐고. 결국 마음 아파하지 말고 마음을 정리하기로 내 마음과 내 머리가 합의를 보기로 하였다.

그리고 일상으로 돌아온 얼마 후 어떻게 내 전화번호를 알았는지 그들에게서 마음을 적시는 문자가 날아들었다. 스페인광장에서 함께 찍은 사진 몇 장과 함께.

"…… 긴 여행길에 오라버님이 큰 기둥이 되어 주셔서 감사하였습니다. 오라버님이 계셔서 더욱 즐겁고 신나는 추억여행이 되었습니다. 건강하시고 또 다른 인연으로 뵙게 되기를 기대하면서 예쁜 사진 보내드립니다."

슬그머니 내 두 눈이 촉촉이 젖어들었다.

동창들과의 시베리아 여행

이른 아침 모차르트의 경쾌한 혼 협주곡을 들으며 잠자리에서 일어났다. 집사람이 컴퓨터로 음악을 불러 나를 깨운 것이다. 구정 날 해외여행을 떠나기는 오늘이 처음이다. 날씨는 영하 5도. 한겨울치고는 그리 춥지 않은 날씨다. 이 겨울에 북풍한설의 진원지, 시베리아지역 여행을 떠난다.

고교 동창 4명과 한 동창의 부인 등 우리 팀 5명은 인솔자를 따라 일행 20여 명과 함께 시베리아를 만나기 위해 하바로프스크를 향하여 러시아 국적기에 몸과 짐을 실었다. 비행기는 국제선을 운항함에도 아주 특별하였다. 기내 어디에도 TV를 볼 수 있는 모니터가 없었다. 이어폰도 없고 이어폰 코드를 꽂을 수 있는 짹도 없었다. 추운 시베리아지역으로 비행함에도 좌석마다 놓이는 담요 한 장조차 없었다. 심지어 승무원들은 유사시에 대비한 비행기탈출안내조차 해주지 않았다. 물론 신문조차 볼 수 없고 기내 면세품도 팔지 않았다. 내 생전 이런 비행기는 처음타 보았다. 아무리 저가항공이라 하더라도 명색이 국제선인데 너무하다 생각되었다. 그러나 세 시간 정도의 비행임에도 뜻밖에 따끈따끈한 기내 도시락이 제공되었다. 이 도시락이 냉기에 얼어붙은 내 마음을 녹여주었다. 전나무처럼 쭉쭉 뻗은 러시아 승무원들은 유창한 영어로 우리에게 고기와 생선 중 무엇을 먹겠느냐고 물으며 도시락을 나누어 주었다. 시베리아 푸른 바이칼호수는 이미 그들의 두 눈 속에 있었다. 나는 깊고 푸른 그들의 두 눈을 바이칼호수 바라보듯 눈치 채지 못하도록 신경 쓰며 쳐다보았다. 그러나 어쩌다 서로 눈이 마주치면 여전사 같은 그들도 나처럼 싱끗 웃어 주었다.

하바로프스크는 시차상 우리나라보다 2시간 빨랐다. 전날 내린 눈으로 도시 전체가 흰눈에 뒤덮여 시베리아의 중심이며 러시아 극동 최대의 도시 분위기를 파악하기는 어려웠다. 그곳에서 짐을 찾아 눈 위를 질질 끌며 국내선 공항으로 가서 이르쿠츠크행 국내선 비행기로 갈아탔다. 몸이 피곤하여 나는 여승무원에게 따뜻한 차 한 잔을 부탁하였다. 그는 내게 레몬을 넣어주면 좋은지를 친절하게 물었다. 내가 좋다고 하자 그는 레몬한 조각을 집게로 집어 홍차위에 띄워주었다. 레몬향이 은은한 홍차 한 잔을 마시니 장시간 비행에 지친 내 몸이 차분히 가라앉으며 몸에서 꽃이 피어나는 듯하였다. 네 시간 비행 후 한밤중에 비행기에서 내려다본 이르쿠츠크는 제법 휘황찬란하였다. 동토의 땅 동시베리아에 있는 지방 소도시라는 선입견은 순간사라져버렸다. 우리 일행은 앙가라 강 인근 현대식 앙가라호텔에 짐을 풀었다. 호텔에서 앙가라강에 이르는 길목에는 제2차 세계대전 참전기념 조형물인 「영혼의 불꽃」이 자리 잡고 있었다.

시베리아에서의 첫날밤, 우리는 장시간 비행의 피로에도 불구하고 모두 우리 2인 방에 모였다. 그리고 포도주와 보드카를 마시며 우리들의 고교시절에 대한 애기며 다른 동창들의 근황에 대한 애기 등으로 밤 깊어 가는 줄 모르고 환담하였다. 이미 고인이 된 동창들에 대한 애기를 할 때엔 병들어 눕기 전에 부지런히 여행 다니자는 말까지 나왔다. 병상에 들어 누우면 살아도 사는 것이 아니라는데 의견이 일치하였다. 중고등학교 동창 친구들이 모이니 나이를 잊고 체면도 있고 중고등학생으로 돌아가 시끄러웠다. 마치 고교 수학여행 온 듯한 착각에 빠지기도 하였다.

동행하는 동창 중 정년퇴직 후 아내와 사별하고 혼자 사는 친구는 혼자서 밥 해먹고 빨래하고 등산과 여행 다니며 혼자 사는데 익숙해져 있었다. 혼자서 생활하다 보니 생각하는 것까지 남을 의식하지 않고 자기중심적이 되어 있었다. 아리스토텔레스가 인간은 사회적 동물이라고 한 말이 상기되었다. 그 친구는 고교 동창들과 여행하며 즐거움도 어려움도 함께한다는 것을 깨닫게 되었을 것이다. 혼자 여행하는 것보다 격의 없는 고교 동창들과 함께 여행하니 즐거움은 배가되고 어려움은 절반으로 줄었다. 특히 다시 고교시절로 돌아간 듯도 하고 회춘한 듯도 하였다.

이른 아침에 눈을 뜨니 흰 눈이 펑펑 쏟아지고 있었다. 호텔 창문을 통해서만 눈 내리는 정경을 볼 수 없어 이르쿠츠크 시가지도 둘러볼 겸 호텔 밖으로 나갔다. 여섯 시가 훨씬 지났지만 시베리아 정치경제의 중심지 이르쿠츠크는 아직 여명에서 벗어나지 못하고 있었다. 날이 훤히 밝지 않아 희끄무레한데 출근하는 사람들은 바쁘게 걸음을 재촉하고 있었다. 자동차도로는 일방통행이 많았다. 한겨울의 시베리아지방이지만 영하 10도도 채 되지 않았다. 전 주에 한국에서 여행 온 어떤 팀은 기온이 영하 30도 가까이 내려가자 돌아다니지 말고 쇼핑센터에 가지고 하여 하루 종일 한 건물 안에서 쇼핑만 하였다고 현지 가이드가 한 말이 기억났다.

호텔에서 간단히 호텔식 아침을 먹고 바이칼호수 원주민 브랴트 민속마을을 향하여 버스를 타고 출발하였다. 눈발이 간헐적으로 휘날렸다. 우리나라에서 보는 눈과 별 차이를 느낄 수 없었다.

시베리아는 대평원이었다. 군데군데 자작나무숲이 보이고 간간이 방목하는 목장이 보였다. 특이한 것은 울타리를 치고 가축을 키우는 것이 아니라 가축은 자유롭게 풀어놓고, 재배하는 작물을 울타리를 치고 가축이 들어가지 못하도록 보호한다는 것이었다. 가축으로는 말이 많이 사육되고 말고기는 식용으로 인기가 있었다. 특히 말고기육포가 유명하였다. 흑마는 신성시한다고 하였다.

우리 동창 일행은 차창 너머 자작나무숲과 말 사육장을 바라보며 고교 시절에 보았던 이 지역과 관련된 영화, 「대장 브리바」와 「코삭크」, 그리고 미국 배우 율 브리너와 토니 커티스 등에 대한 얘기를 나누며 추억을 더듬었다. 율 브리너가 이 지역 출신이란 것을 여기 와서 처음 알았다. 고교 동창들과의 여행은 추억여행이다. 고교 수학여행의 리바이벌 여행이다. 고등학교를 졸업한 지 반세기가 지났지만 동창 서너 명이 모이니 고교시절이 되살아났다. 「타임머신」을 타고 다시 고등학교 시절로 돌아가 그 시절에 여행하는 듯한 착각에 사로잡히곤 하였다. 아련한 추억 속에서의 고교 시절 여행으로….

고교 동창들과의 여행은 고교 시절로의 여행이고 청춘으로의 여행이며 과거로의 회귀여행이다.

Ⅱ. 문화와 기행

고흐를 특별히 만나다

고흐를 모처럼 무겁게 만났다

자기 귀를 자르고 젊은 나이에 권총으로 자살한 고흐는 그의 그림과 더불어 늘 나의 관심의 대상이었다. 특히 그의 강렬한 노란색과 남색은 내 마음속에 인상적으로 남아 있었다. 멕시코의 국민화가 리베라 디에고의 원색 정물화를 처음 보았을 때의 강렬한 붉은 색감이나 천경자의 색채감과 더불어 그의 색감은 내 마음을 진하게 물들이고 있었다.

비운의 화가 빈센트 반 고흐를 만나는 것은 그리 쉽지만은 않았다. 토요일 오후이기도 하지만 주최 측인 언론사 매스컴 홍보로 그를 보기 위해 전국에서 수많은 사람들이 모여들었기 때문이다. 많은 사람들 사이에서 줄서서 매표하고 줄서서 고개를 돌려가며 어렵사리 전시장을 돌아보아야 했다

「반 고흐 10년의 기록전」

전시회 타이틀이다. 용산 전쟁기념관에서 전시되고 있었다.

그가 본격적으로 그림을 그리기 시작하여 임종할 때까지인 10년 간의 그림을 중심으로 집중 조명하고 있었다. 나는 그의 전시 작품들이 모두 진품일까 하는 의구심으로 발걸음을 옮겼다. 그러나 전시장 벽면 어디에도 그의 그림은 볼 수 없었다. 오직 넓은 벽면 가득히 영상으로 그의 작품들이 비춰지고 있었다. 더욱이 영상으로 나타난 그림 속의 그림은 정지되어 있지 않고 움직이고 있었다.

그림 속에서 양산을 쓰고 걷는 사람은 영상에서는 실제 움직이며 걸었고 그림 속의 기차는 영상에서 힘차게 달리고 있었다. 현대 3D 영상기법을 이용하여 그의 작품들을 새롭게 탄생시키고 있었다. 나는 눈이 휘둥그레져서 화면 상하좌우를 오르내리며 영상 속 그림을 감상하였다. 또한 이 같은 그림전시회는 처음 경험하는 것이어서 시대별, 테마별로 서너 개 공간으로 구성된 전시장을 서너 차례 오가며 몇 번 반복해서 보았다.

진로모색기 섹션에서는 당초 고흐는 목회자의 길을 가고자 했으나 파문당하였고, 어떤 화상에서 점원 노릇을 하였다는 설명도 있었다. 전시장 입구 벽면에서 반사하는 글귀는 나의 마음을 움직였다.

「…나는 그림에 대한 꿈을 가지고 있었다. 그리고 나는 내 꿈을 그렸다…」

또한 그 유명한 고흐의 그림, 『별이 빛나는 밤』에는 우주공간에서 검푸른 회오리로 회전하고 있었다.」

싸이프러스는 그가 좋아했던 주제였다. 그는 싸이프러스 나무의 형태와 미를 극찬하였다. 「싸이프러스 나무들은 나의 마음을 사로잡는다. 나는 그것을 소재로 해바라기 같은 그림을 그리고 싶다」고 하였다. 그리고 그는 「싸이프러스가 있는 밀밭」이란 그림을 그리기도 하였다.

다른 섹션 벽면에는 「사람들을 사랑하는 것보다 더 진실된 예술은 없다」는 문구가 걸려있었다. 그 글을 읽고 그의 작품을 보니 화면 속 그림들이 모두 그의 사랑인 것 같은 느낌이 들었다. 그는 사물에 대한 그의 애정을 그림으로 표현한 듯하였다. 내가 나의 사물에 대한 애정을 글로 표현하듯이. 그는 농민화가로 불리우기를 열망하였다 한다. 그의 예술가로의 첫걸음도 노동자를 그리는 것이었다. 프랑스의 화가 밀레의 영향을 받았다고 하였다. 흙을 파고 모종을 심는 그림은 마치 눈앞에서 실제로 농작물을 심은 것처럼 영상으로 나타났다. 3D영상이란 참 묘한 것이었다.

그의 그림은 인상주의의 영향을 받아 어두운 화풍에서 밝은 화풍으로 변화하였다. 그는 인상파 화가 렘브란트의 영향을 받았다고 하였다. 내가 좋아하는 렘브란트도 같은 네덜란드 출신 화가이고 같은 인상파이지만 화풍은 전혀 다른 듯하였다. 나는 렘브란트의 그림 중 약탈이란 그림을 특히 좋아한다. 달리는 말의 고삐를 당기며 여인을 다른 손으로 낚아채는 그림이 아닌가!

달리던 말이 당기는 고삐로 앞발을 허공에 들며 뒷다리에 힘을 준 모습은 말의 근육이며 얼굴 표정이 너무나 역동적으로 생생하여 마치 살아 움직이는 듯하였다. 또한 말 탄 거친 남자의 역동적인 모습은 얼굴 표정 뿐만 아니라 그의 심리상태까지 보이는 듯하였다. 고흐는 렘브란트하고는 다른 느낌을 주었다. 고흐는 세필로 섬세하게 렘브란트는 선이 굵고 힘 있게 그린다는 느낌을 받았다.

고흐는 정신질환으로 프랑스 살레미 정신병 요양원에 입원하는데 그곳에서도 계속하여 그림을 그렸다. 그는 고통은 영원하다고 하였는데 그의 자살과도 인과관계가 있는 것 아닐까 하는 생각이 들었다.

그가 귀를 자른 것은 잘 아는 친구 화가 고갱과의 다툼으로 제분을 못 이겨 그랬다고 해설되어 있었다. 그는 자른 귀를 그가 아는 창녀에게 가져가 보여줘 그녀가 경찰에 신고함으로써 세상에 알려지게 되었다고 하였다. 그의 자화상 중에는 귀를 자르고 상처부위를 붕대로 감은 그림도 있었다. 사람들은 그가 거울을 보고 자화상을 그렸으므로 오른쪽 상처의 붕대를 보고 왼쪽 귀를 잘랐다고 단정하는 듯하였다. 광기 있는 화가 고흐는 37세에 스스로 권총으로 자신을 살해하고 그를 후원하여준 그의 동생 테오가 그의 임종을 지켰다.

출구에는 그의 자화상이 벽에 걸려 있었는데 어떻게 한 것인지 순간순간 자화상이 다른 자화상으로 바뀌고 있었다. 나는 핸드폰으로 그 자화상을 모두 촬영하였는데 수십 장이 되는 듯하였다.

한 가지 아쉬운 것은 전시장을 나올 때까지 고흐의 삶과 예술을 추념하여 만든 돈 멕클린의 별이 빛나는 밤(Starry Starry Night) 노래가 들리지 않았다는 것이다. 고흐까지도 그 노래를 하늘나라에서 들을 수 있었을 텐데….

서산 부석사 기행

홍성 산소에 가서 성묘를 하였다. 조부 산소 앞에 서니 할아버지 무릎 위서 놀던 어린 시절이 그리워졌다. 그리고 그 아래 빈 터가 포근하게 느껴졌다. 내 나이를 의식한 때문일까! 내가 누울 자리를 미리 보는 듯하였다.

푸르고 싱그러운 오월의 날씨는 거친 세파에 상처 난 내 마음까지 밝고 싱그럽게 하였다. 산소 위에 자란 쑥과 패랭이꽃을 땀 흘려 뽑아내고 간월도로 달렸다. 철새 도래지 천수만 도로를 달릴 때는 바다를 가르며 달리는 기분이었다. 전에 가보았던 간월도 영양굴밥집에서 굴밥과 간재미회 무침을 주문하였다. 굴밥에서는 바다 냄새가 났다. 바다 굴때문이리라. 간재미무침은 예와 같이 새콤달콤하고 매콤하였다. 잃었던 입맛이 돌아오는 듯하였다.

귀로에 서산 부석사로 향하였다. 수차 그 인근을 지나다녔지만 영주 부석사만 의식했지 서산 부석사는 잊고 있었다. 부석고등학교를 지나 한참을 달려 들판을 지나자 오른 쪽으로 작지 않은 저수지가 나타났다. 저수지에서 속세의 오염된 마음을 씻고 명경지수로 경내에 들어오라는 뜻일까. 저수지를 지나 경사진 길을 얼마나 달렸을까, 왼쪽으로 주차장이 나타났다. 주차시키고 나오니 도비산 안내도가 보이고 등산객들이 간간이 내려오고 있었다. 서산 부석사는 도비산 중턱에 자리 잡고 등산로는 절 길 옆으로 이어지고 있었다. 언덕길 가운데 살짝 비켜 『도비산 부석사』라는 현판이 붙은 단청 대문이 있었다.

대문을 지나 언덕길을 등산하듯 숨 가쁘게 오르자 찬불가가 흐르고 천 년 고찰 부석사 코끝 일부가 살짝 비쳤다. 언덕 위에 높이 걸려 있는 찻집과 나무 발코니가 먼저 모습을 드러낸 것이다. 그 앞을 지나 계속 오르자 마애석불과 산신각, 만공토굴로 가는 갈래길 표지판이 나왔다. 먼저 마애석불에 다가갔다. 병풍 같은 바위에 부처가 양각되어 있었다. 돌아 나오며 곳곳에 동전을 붙여 놓은 거석 옆에 있는 소문난 돌 앞에 멈추었다. 사각 석대 위에 놓여 있는 위아래로 길쭉한 돌에 소원을 빌어 소원이 이루어지는 사람은 그 돌을 가볍게 들 수 있다는 것이다. 나는 그 돌 앞에 서서 두 손을 모으고 우리 아이들이 건강하게 그들의 꿈을 이루고 우리 가정이 행복하기를 기원하였다. 그리고 돌을 드니 돌은 가볍게 반짝 들렸다. 나의 소원이 성취될 것 같았다. 다시 가파른 돌계단을 헉헉거리며 올라 만공토굴을 들여다보았다. 토굴보다는 석굴이란 표현이 어울릴 듯하였다. 굴 내부는 성인 10여 명 들어갈 수 있는 공간을 몇 개의 촛불이 어둠을 밝히고 있었다. 참선이나 득도할 수 있는 기도 도량으로 이용할 수는 없을까 하는 생각이 들었다. 다시 돌아 내려오며 왼쪽 오솔길로 접어들어 산신각에 올랐다. 산신각 내부를 보고자 문을 열려 할 때 문 앞에 놓여 있는 여자 구두 한 컬레가 눈에 들어왔다. 혹시 자식이 없어 산신령에게 아들을 점지하여 달라거나 바람난 남편의 바람기를 잡아달라고 간절하게 비는 여인일지 모른다는 생각에 문을 열지 못하고 지나쳤다. 그리고 산신각 옆에 있는 크지 않은 주물종으로 다가갔다. 종 옆에는 종을 세 번 치고 기도를 하면 소원을 이룬다는 글귀가 걸려있었다. 나는 조심스럽게 종을 세 번 울렸다. 종소리는 천에 물감이 스며들 듯 은은하게 번져나갔다. 종소리의 여운을 배경 음악으로 나는 마애석불 옆에서와 꼭 같이 합장하고 기원하였다.

본래 산신각이나 칠성각은 우리나라 토템이나 샤머니즘의 무속신앙과 밀접하여 여인네들이 즐겨 소원을 비는 장소로 알고 있는데 조계종 사찰에 산신각이 공존한다는 것이 인상적이었다.

나는 언젠가 어느 보살과의 대화에서 불교는 종교라기보다는 철학이라고 말한 바 있다. 불교는 마음을 다스리는 길이요 정신을 수양하는 방법으로 본 것이다. 보살은 불교는 천주교와 가깝다고 말하였다. 살인하지 말라는 천주교 십계명이나 살상하지 말라는 불교의 가르침 등 교리를 두고 한 말일 듯하였다. 최근

신문에서 '불교는 종교가 아니다, 마음의 평화를 찾는 테크놀로지다' 라는 기사를 본 기억이 새로웠다. 우리나라 불교를 세계에 알린 숭산 스님의 미국인 제자 현각 스님의 설법이었다. 그는 불교는 마음을 찾기 위한 테크놀로지이며 과학이라 하였다. 불교에서 과학성을 잃을 때 신앙만 남게 된다는 것이다. 과거 한자로 된 경전을 배우기 어려울 때는 불교는 기복적 성격이 강하였지만 현대 정보화시대에 있어서는 자기 마음의 평화를 찾아가는 테크놀로지라는 것이다. 신앙이란 테크놀로지에 대한 믿음이요 그게 신앙의 힘이란 것이다. 불교는 과학이란 말은 불교는 학문이란 말과 다르지 않다고 생각되었다. 불교학인 것이다. 예일과 하버드 대학에서 철학과 비교종교학을 전공한 스님의 깊은 뜻은 헤아릴 수 없지만 나의 불교관과 크게 다르지 않다고 생각되었다.

과거 우리나라 천주교도 이벽과 이승훈, 정약종 등 글을 아는 양반 학자들에 의해 천주학, 서학으로 전파되었다. 신앙으로 종교이기 이전에 학문으로, 과학으로 받아들인 것이다. 그 후 교리책, 성물 등과 성직자가 국내에 들어오면서 천주교란 종교로 확대 발전된 것이 아니었던가. 우리나라 천주교의 전래과정을 연상하니 현각 스님의 불교관과 종교의 학문성이 더욱 흥미롭게 생각되었다. 산신각을 내려오자니 왼쪽으로 나지막한 극락전이 얼굴을 들고 있었다. 극락전 문 앞에도 여자 구두가 여럿 놓여 있었는데 108배를 하며 오욕칠정에서 벗어나 해탈하려는 불자들로 생각되었다. 조심스럽게 극락전을 지나치니 템플스테이라는 표지판이 나타났다. 서산 부석사는 수덕사의 말사이나 본사에 버금가는 규모를 가진 왕비 같은 사찰이었다. 절은 구중궁궐같이 깊고 또 높은 산 속에 자리 잡고 수줍은 여인네가 속살을 감추듯 제 얼굴을 좀처럼 드러내지 않았다. 산 아래 저 멀리 서해 앞바다가 펼쳐져 있었다.

큰 북과 큰 종이 나란히 놓여 있는 금종각을 내려와 찻집으로 향하였다. 내부로 들어서자 두터운 나무통판 몇 개를 가운데로 몇 개의 의자 세트가 놓여 있었다. 그리고 입구 맞은 편 창문으로 노송이 운치 있게 늘어져 있었다. 노송 사이로는 저 멀리 산길이 휘돌아 가는 모습이 내려다보였다. 마치 내가 양평 수종사 다원에 온 듯하였다. 수종사도 운길산 중턱 높은 곳에 자리하고 그 옆으로 등산로가 이어지고 있었다. 다원에서는 산 아래로 아스라이 물안개 피어오르는 두물머리를 실루엣으로 볼 수 있고 차 한 잔을 놓고 명상에 잠길 수도 있었다.

나는 벽에 걸려 있는 차림표의 쌍화탕과 매실차 사이에서 산약차를 발견하고 그것을 주문하였다. 회색 승복을 입은 중년의 찻집 보살은 조신하게 유리 찻잔을 내 앞에 내려놓았다. 산약차는 더운 김과 더불어 은은하고 부드러운 향기를 모락모락 품어내어 금세 찻집을 덮어버렸다. 맛 또한 은근하고 부드러워 약한 한약 내음과 더불어 내 입맛에 맞았다. 나는 보살에게 산약차란 무슨 차냐고 물었다. 약초 30여 가지를 발효시켜 만든 차라 하였다. 보살과 말문을 튼 김에 금동관음보살좌상에 대하여 물어보았다. 찻집 보살은 뒤 벽면에 붙어있는 사진을 가리키며 저것이라고 말하였다. 얼른 다가가 살펴보았다. 도톰하고 부드러운 볼에 가부좌를 한 보살이 앉아 있었다. 평화롭고 인자해 보였다. 머리에 상투를 한 것이 퍽이나 특이하고 인상적이었다.

이 금동보살좌상은 600여 년 전 서산 부석사에 봉안되어 있던 것을 일본이 약탈하여 대마도 관음사로 가져간 것으로 우리나라 도굴꾼들이 훔쳐온 것이라 하였다. 국내에서 경찰에 적발되어 재판도 받고 부석사가 소유권을 주장하여 금동보살좌상은 반환문제로 국제적인 관심사가 되고 있었다.

찻집을 나와 올라온 길을 다시 내려가려 하니 어느새 해는 기울어 서산 지평선 위를 붉게 물들이고 있었다. 나는 붉게 물드는 내 인생의 황혼녘을 바라보며 이러저러한 화두에 사로잡혀 내리막길로 무거운 발걸음을 떼었다.

군산 봄나들이

불타는 봄의 손짓을 외면할 수 없어 4월 끝자락에서 봄나들이에 나섰다. 한국문인협회 수필분과위원회에서 수필의 날 행사를 군산에서 한다기에 겸사겸사 문우 일행 나들이에 편승한 것이다. 16회째나 되는 수필의 날 행사에 처음 참여하는 셈이 된다. 영국 시인 엘리오트는 4월은 잔인한 달이라고 읊었지만 4월은 봄의 절정으로 새 생명이 모습을 드러내는 경이롭고 아름다운 달이다. 또한 전 세계 기독교 신자들에게는 예수 부활을 축하하는 기적과 신비의 달이요 환희의 달이기도 하다.

군산은 마한 유적지로 일제강점기의 한이 서린 항구도시가 아니던가! 그 너른 호남평야의 미곡은 일제에 수탈되어 군산항을 거쳐 일본과 경성으로 보내지지 않았던가! 그곳 출신 채만식의 소설은 그러한 풍토를 배경으로 잉태되고 그 후 시인 고은을 비롯한 수많은 문인들이 그 고장에서 출생하지 않았던가! 군산에 가까이 다가갈수록 철쭉과 영산홍은 더욱 붉게 피어나고 문향은 그윽하게 피어오르는 듯하였다.

우리 일행은 금강 철새 조망대를 지나 채만식문학관에 당도하였다. 문학관은 장항 서천으로 가는 길목 금강 하구 둑 시민공원에 자리 잡고 있었다. 가까이에 푸른 하늘빛이 투영된 하늘빛 금강이 흐르고 4월의 생기 넘치는 연둣빛 초목들 사이로 조약돌 길이 휘돌아가며 그 중심에 정자가 있었다. 그리고 2층 문학관 옆 잔디정원의 희고 붉은 철쭉 옆으로 채만식의 유언문 중 『나 가거든』 문장 판이 세워져 있었다. 「나 가거든 손수레에 들꽃 가득가득 날 덮어주오 마포 한필 줄을 메어 들꽃상여 끌어주오」

그 문장을 읽어가자니 숙연해지며 어머니가 환영으로 보이고 천상병의 시 『귀천』이 환청으로 들리는 듯하였다. 어머니는 이른 봄에 잎도 없이 피어나는 목련꽃을 좋아하셨다. 집 마당에는 백목련과 자목련 한 그루씩을 나란히 심어 봄의 전령인 양 어느 꽃보다 먼저 피어나는 탐스런 목련꽃을 바라보시곤 하였다. 부활절을 택하여 돌아가신 4월, 우리 5남매는 어머니의 관 위에 집 마당의 목련꽃을 놓아드렸다. 채만식은 들꽃을 덮어 달라 하였지만 우리는 어머니께 목련꽃을 덮어드렸다. 어머니 가시는 길에 덮어드린 목련을 생각하자니 또 천상병의 시 『귀천』이 들리는 듯하였다. 「나 하늘로 돌아가리라 새벽빛 와 닿으면 스러지는 이슬 더불어 손에 손을 잡고 --- 」

채만식, 천상병 두 문인 모두 이승 하직할 때 미련 한 푼 남기지 않겠노라고 말하고 있지 아니한가. 들꽃이나 이슬을 벗하며 미련 없이 자연으로 돌아가겠다고 무위자연을 말하고 있는 듯하였다. 무위자연사상인 노장 사상으로 생각이 이어지며 발걸음이 무거워졌다. 한겨울 동안 동사했던 대지가 살아오고 메말랐던 나뭇가지에 물이 오르는 활력을 보면서 죽음과 귀천을 생각하는 것은 무슨 아이러니인가? 군중 속의 고독을 느끼기 싫어 문학관 내부로 들어가는 문우 틈에 끼어들며 문우에게 사진 한 장을 찍어주었다.

수필의 날 행사는 수필가들의 잔치며 축제였다. 축제는 수백 명의 수필가와 지역 유지들이 참석한 가운데 군산 예술의 전당 소극장에서 성대하게 거행되었다. 총 3부로 구성된 행사는 제1부 「한국수필문학 수도 서울의 중심에 서다」, 제2부 「사람과 사람을 잇는 수필」 그리고 제3부 「문학과 음악의 선율이 흐르고」 순이었다. 행사는 엄숙하고 격식만 차리는 의례적인 것이 아니었다. 다양하고 맛깔스럽게 수필가 위주의 축제 형식으로 구성되어 좋았다. 수필의 날 선언문 낭독과 수필인상 시상도 있었고 수필 낭송과 수필문학 세미나도 있었다. 다만, 제1부의 「한국수필문학 수도 서울의 중심에 서다」라는 표제는 쉽게 이해되지 않았다. 서울이 아닌 군산에서 행사하면서 왜 그런 표현을 내세웠는지 고개가 갸웃거려졌다. 특히 수필집 및 명함 나누기 행사도 안내장에는 명시되어 있었지만 당시 건너뛴 것이 아쉬웠다. 전국에서 모인 수필가들의 친목 교류의 장으로 상호 인사도 나누고 자기소개도 하며 자신의 수필집을 나누어 주는 이벤트성 행사로 기획한 듯하였다. 이런 행사가 제대로 이루어졌다면 잘 모르는 동료 수필가도 더 잘 알게 되고 친목도 도모하며 지속적으로 교류할 수 있었을 것이다. 어찌됐든 수필가 모임은 수필가들의 참여 행태나 주최 측의 행사 진행으로 보아 꿈이 있는 집단, 희망이 보이는 단체라는 느낌을 받았다. 수필의 날 행사가 아름다운 사람들이 모이는 아름다운 행사로 자리매김하기를 기원하였다. 그리고 입하를 며칠 앞두고 다른 일정 포기하고 수필의 날 군산 봄나들이에 따라나서기를 잘했다고 나 스스로를 칭찬하며 기회비용은 생각하지 않기로 하였다.

5남매 부부의 회갑기념 단합여행

우리나라 국민 평균수명 81세인 시대에 61세 회갑이 얼마나 의미가 있는 것일까. 오늘날에 출생하여 60번째 생일을 맞이한다고 회갑잔치를 하는 사람이 얼마나 될까. 평균수명까지 살 경우 세 명 중 한 명은 암에 걸린다고 하니 그래도 의미는 있다고 보아야 할까.

캐나다에 사는 막내제수씨가 회갑을 맞이하여 회갑 축하와 캐나다 단풍 구경을 겸하여 5남매 부부가 막내네 집에서 회동하기로 하였다. 막내동생이 캐나다로 이민간 지 15년이나 되지만 나는 한 번도 그 집을 방문하지 못해 미안해하던 차였다. 회갑을 명분삼아 막내동생 집 방문과 캐나다 단풍 관광 및 5남매 부부의 단합대회 문제를 동시에 해결하기로 한 것이다.

막내동생은 국내 대기업에서 근무하다 세계는 넓고 할 일을 많다던 기업 총수의 부도로 개인사업을 하다가 여의치 못해 이민 길에 올랐었다. 막내의 과감한 도전에 그 용기를 부러워하기도 하였지만 다시 같이 살 수 있을 것인지 생각하며 애석해 하였었다.

그의 집은 토론토 외곽지역 단독주택가에 있었다. 뒷마당이 공원과 접하여 넓은 공원이 집 정원처럼 보였다. 살림도 우리나라 고가구로 잘 정돈되고 마치 집안이 갤러리 같은 분위기를 느끼게 하였다. 넓은 지하에는 골프연습장, 당구대, 탁구대, 오락기 등이 비치되어 언제라도 사용할 수 있도록 되어 있었다. 서울을 출발하며 이제는 한국에서 같이 살자는 말을 하여야겠다고 생각하였으나 집을 둘러보고 마음이 바뀌었다. 삶의 질이 우리네보다 낫다고 생각했기 때문이다. 막내네는 안방을 내놓으며 제비뽑기를 하여 유숙할 방을 정하자고 하였다. 그러나 여동생들이 큰오빠에게 안방을 양보하겠다고 나서고 모두 동의하여 결국 우리 차지가 되었다. 안방은 2층 중앙에 자리 잡고 너른 욕조가 있는 화장실에 부속 옷방이 딸려있었다. 막내네는 자기들 방을 우리에게 양보하고 서재 방바닥에 이부자리를 펴고 새우잠을 자게 되었다. 다른 3남매는 순서대로 각자 편한 방을 차지하였다. 우리는 맏이라는 이유로 객지에서 호강하게 되어 고맙기도 하고 미안하기도 하였다. 막내네는 한국에서 온 우리 형제자매들에게 극진하게 대접한다고 한국인 파출부까지 불러 저녁을 차려주었다. 생전 처음 외국에서 5남매 부부가 모여 와인을 곁들인 만찬을 하며 모두 건강하게 해로할 수 있게 하여주신 부모님과 하느님에게 감사하였다.

다음날 우리 5남매는 막내의 안내에 따라 토론토 시내 관광에 나섰다. 먼저 멕시코의 여류화가 프리다 칼로의 그림이 크게 내걸린 토론토미술관을 둘러보았다. 모네전이 기획되어 있다는 걸 개 광고가 눈길을 끌었다. 미술관을 나와 시청 건물을 보고 미국 메이저리그 토론토 블루 제이스팀의 홈구장인 개폐식 돔 야구장을 둘러보았다. 날씨에 따라 경기장 지붕을 열기도 하고 덮을 수도 있었다. 토론토 블루 제이스는 아메리칸리그 동부지구 소속 만년 하위 팀이었으나 최근에는 팀 성적이 좋아 토론토 시민들이 열광하고 있었다. 길거리에는 푸른색 상의를 입고 다니는 사람들이 많이 보였는데 저녁에 블루 제이스 야구경기가 있어 팬들이 입고 나온 것이라고 막내는 설명하여 주었다. 우리는 돔구장 옆에 있는 CN타워에 올랐다. 높이 553m로 TV나 라디오전파 송출 탑으로 만들어져 전망대 등 토론토의 상징으로 유명하다. 우리 5남매 부부는 타워 레스토랑 예약석에 자리 잡고 앉아 연어스테이크 등으로 만찬을 하며 야경을 즐겼다. 날씨가 좋은 낮 시간에는 120km 떨어진 나이아가라 폭포도 볼 수 있다고 하였다. 레스토랑은 서서히 360도 회전하여 우리는 저녁을 먹으며 네온사인이 번쩍이는 토론토시내 전경을 볼 수 있었다. 5남매 부부가 회식을 한 적은 여러 번 있었으나 초고층 CN타워에서 야경을 보며 10명 부부가 함께 저녁을 먹으니 감흥이 각별하였다. 우리 5남매 부부가 세상에서 제일 행복한 부부처럼 생각되었다.

방문 이틀째, 우리는 집 인근 맥마이클 갤러리공원을 찾았다. 공원 내에 있는 지역 미술관이지만 규모는 우리나라 서울시립미술관이나 과천 현대미술관을 능가하는 듯하였다. 전시된 작품들은 대부분 캐나다 현대작가들의 그림이었다. 관람객이 별로 없어 천천히 마음대로 감상할 수 있어 좋았다. 미술관을 나와 공원을 산책하며 한국인 일행을 만났다. 서울 E여고 동창생들이라 하였다. 여고동창합창제에 참가한 졸업생들로 캐나다 동문의 초청으로 왔다고 하였다. 내 두 여동생과 집사람도 그 학교 출신이어서 뜻밖에 캐나다 온타리오 주에서 여고 동문들과 조우하여 무척이나 반가워하였다.

　　그 다음날 우리는 단풍으로 유명한 무스코카 알곤퀸 주립공원을 향하여 두 대의 승용차로 출발하였다. 나이는 모두 60이 넘었지만 소풍가는 초등학생처럼 들떠 있었다. 공원으로 가는 도중 새끼 흑곰 한 마리가 도로를 가로질러 경중경중 뛰어가는 것이 보였다. 자연상태에서 흑곰을 마주하니 신기하고 재미있었다. 주변에 어미 곰이 있을 듯해 찾아보았지만 눈에 띄지는 않았다. 인간과 동물이 공존하는 생태환경이 잘 조성되어 있었다. 알곤퀸공원에 다가갈수록 단풍이 곱게 물들고 있었다. 특히 캐나다 국기에 있는 단풍나무 단풍이 인상적이었다. 여기저기 잔잔한 호수가 있어 숲과 늪이 보기 좋게 조화를 이루어 유토피아처럼 생각되었다. 알곤퀸 주립공원에는 크고 작은 호수가 2,400개나 된다고 하였다. 우리는 단풍을 조망하기 위하여 돌

셋전망대로 다가갔다. 과거에는 산불감시탑이었으나 이제는 전망대로 이용되고 있었다. 남자들은 수십 미터 되는 전망대 꼭대기까지 오를 수 있었으나 여자들은 고소공포증으로 힘들어 하고 포기하려 하였다. 하는 수 없이 남자들이 내려와 여자들의 손을 잡고 부축하여 꼭대기까지 함께 올라갈 수 있었다. 노년의 부부애가 보기 좋았다. 우리 5남매 부부는 전망대 꼭대기에서 광대무비한 단풍의 바다를 감상하며 탄성을 질렀다. 내 생전 이렇게 많은 단풍은 처음 보았다. 사방 온천지가 단풍이었다.

예약된 숙소는 무스코카 공원 내 로키 크레스트 리조트 죠셉 호수가 언덕 위에 자리 잡고 있었다. 집 두 채가 하나로 연결된 마리너 방갈로식 호텔이었다. 숙소 주변에는 호수와 보트장 등 마리너 시설, 농구장 등 운동경기장 등이 집약되어 있었다. 집에는 방과 부엌 그리고 침실이 깨끗하게 정리되어 있었다. 집한 채는 방이 둘이고 다른 한 채는 방은 둘이나 침대는 셋이었다. 우리 부부에게는 맏이라고 호수가 보이는 큰방 하나를 내주고 안쪽 방은 막내네 부부가 차지하였다. 우리 방에서는 보트장과 요트장이 보이는 너른 호수를 바라볼 수 있었다. 나의 가톨릭 본명이 호수 이름과 같은 죠셉이어서 나의 호수 나의 리조트라고 생각하고 싶었다. 다른 한 채에는 바로 밑 남동생 부부가 호수가 보이는 창가 쪽방을 차지하고 두 개의 침대가 있는 안쪽 방은 두 여동생 부부가 사용하게 되었다. 둘째 매제는 그러한 침실이 불편하였는지 부엌 옆 거실 소파에서 혼자 잠을 잤다고 하였다. 그와 같은 침실 배정에 여동생들이야 동기간이니까 그러하다 치더라도 불평 한마디 하지 않은 매제들은 더할 수 없이 무던하고 착한 사람들인 것만은 분명하였다. 우리 일행은 슈퍼에서 사갖고 온 식자재로 남녀 모두 달려들어 하루 세 끼를 모두 해 먹었다. 바다같이 넓은 호수를 바라보며 감탄하고 찧고 까불며 음식을 준비하는 것도 즐겁고 재미있었다. 우리 5남매 부부는 모처럼 함께 호숫가를 거닐며 보트 위에도 올라가 보고 자연 속에서 여유를 즐겼다.

이혼율이 높아 신혼부부의 세 쌍 중 한 쌍 꼴로 이혼한다하고 황혼이혼이 늘어나는 요즈음 5남매 부부가 모두 무난하게 해로하며 노년을 즐기는 것은 축복일 것이란 생각이 들었다. 더욱이 형제자매간의 볼썽사나운 다툼이 적지 않은 우리 사회에서 동기간 우애 있게 지낼 수 있게 하여준 동생들이 한없이 고마웠다. 그리고 우리 5남매 부부가 노년에 무탈하게 해로하며 동기간 의좋고 재미있게 살 수 있도록 하여주신 부모님의 은덕에 감사하였다.

이번 여행은 만족스런 5남매 부부의 회갑기념 여행 겸 단풍과 여유를 만끽한 단풍여행, 여유 여행이 되었다. 그리고 5남매 부부의 우애와 결속을 다지는 단합여행이 되기도 하였다. 또한 영원히 잊지 못할 추억여행이 되었다. 우리 모두는 달빛이 비쳐 반짝이는 죠셉호수를 바라보며 캐나다 여행에 흡족해 하면서 내년에는 예술도시, 러시아를 함께 여행하기로 약속하였다. 밤하늘의 별들이 우리를 내려다보며 부러워하는 듯 더욱 반짝거렸다.

화가 박수근을 찾아서

　낙엽이 바람 따라 흩날리고 비라도 내릴 듯 음산한 늦가을, 양구 박수근미술관을 찾았다. 세계적인 화가 박수근이 강원도 양구 출신이라는 것은 미술관을 방문하며 처음 알게 되었다. 미술관 앞쪽으로 넓지도 좁지도 않은 내가 흐르고 그 옆으로는 걸어 다닐 수 있는 데크를 설치한 못이 있었다. 그리고 단순하면서도 세련되게 설계된 미술관 건물과 자연석으로 둥글게 쌓아올린 미술관 담장이 멋스러움을 더해주고 있었다. 네모난 작은 돌로 축성한 돌담장은 마치 박수근의 그림처럼 보였고 미술관 벽에는 담쟁이 넝쿨이 드리워 미술관이 살아 있는 느낌을 주었다. 특히 미술관 건물 아래로는 내가 자연스럽게 흐르도록 한 친환경적인 설계가 매우 인상적이었다. 단순하고 창이 별로 없는 건물 외관은 이란 출신 건축가 자하 하디디가 설계한 동대문 디자인센터 건물을 연상케 하였다. 하디디의 건축물은 곡선이 인상적이지만 이 미술관은 직선으로 처리되어 박스형을 이루고 있었다.

　미술관 안쪽 옆으로는 박수근 동상이 있고 위쪽으로는 자작나무숲과 그림의 소재가 된 빨래터가 언덕 아래로 자리 잡고 있었다. 동상 위로는 전망대와 그의 묘소가 있고 좌측 언덕을 넘어가면 창작스튜디오와 제2관인 현대미술관 건물이 나타났다. 그 위로 제3관인 박수근 파빌리온이 있고 스튜디오 아래로는 공예 공방도 보였다. 미술관은 단순한 그림 전시장이 아니라 박수근 기념관 내지 박수근 스튜디오나 박수근의 예술세계 또는 박수근 화가 콤플렉스였다. 평지와 언덕, 그리고 내와 자작나무숲 및 다양한 건물들이 자연스럽게 잘 조화를 이루고 또 하나의 작품으로 비춰졌다. 미술관 전체가 하나의 공간예술이었다. 미술관 밖의 안내도 밑에 있는 「양구에 오시면 10년이 젊어집니다」라는 문구가 긴 여운을 남겼다.

미술관에서는 마침 그의 걸작 『귀로』를 테마로 「박수근미술관 특별기획전」을 열고 있었다. 유화 『귀로』가 50년 만에 미국서 귀환했고 또한 1957년 서양화가 임규상의 개인전 때 방명록에 그린 그의 미공개 드로잉 『화분』은 60년 만에 공개되고 있었다. 미술관측은 박수근 화가의 선의 미학을 감상할 수 있는 기회라고 하며 '화가 박수근' '인간 박수근'을 이해하는 계기가 되기를 바라고 있었다.

박수근은 보통학교에 입학하면서부터 미술시간을 좋아했고 선생님이 처음 크레용 그림을 보여줄 때 즐거웠던 마음을 평생 잊지 못하였다. 아버지가 사업에 실패하고 어머니마저 신병으로 돌아가시자 우물에 가서 물을 길어오고 맷돌에 밀을 갈아 수제비를 끓여야 했다고 한다. 그런 가운데도 간간히 그림을 그렸다. 성인이 되어서는 봉급쟁이 생활을 하면서도 틈틈이 작품 활동을 계속하였다. 그리고 참는 자에게 복이 있다는 성경말씀을 생각하면서 진실하게 살려고 애썼고 고난의 길에서 인내력을 길렀다.

그의 전시된 작품들을 보면 해를 거르지 않고 그려진 작품들이 전시되어 그림이나 화풍의 변천사도 볼 수 있었다. 1956년의 유화 『소금장수』와 1957년의 유화 『노변의 행상』도 있었다. 연필로 그린 1958년의 『앉아 있는 여인』, 1960년의 『노변의 행상』에 이어 1961년에 그린 『아이 업은 소녀』도 보였다. 또한 1962년에 그린 유화 『굴비』와 수채화 『연필이 있는 정물』도 전시되었다. 그리고 유화인 1963년의 『비둘기』, 1964년의 『마을』에 이어 화제작 『귀로』도 인기리에 전시되고 있었다. 『노변의 행상(Selling by the Roadside)』이란 제목의 그림은 한 작품은 유화로, 다른 한 작품은 연필화로 그렸다. 유화에서는 여자 3명, 연필화에서는 여자 3명과 남자 3명 등 6명이 등장하고 있었다. 그러나 『비둘기』와 『굴비』 그리고 『두 여인』, 『아이 업은 소녀』 등은 모두 둘, 한 쌍이었다. 박수근의 작품 중에는 이렇듯 사람이건 동물이건 한 쌍을 그린 작품이 많이 보였다. 이는 한 쌍이었을 때 느낄 수 있는 사랑에 대한 내면적인 철학을 표출하고 있는 것이라고 전시장 벽면에 해설되어 있었다. 그는 물감이나 유화물감 그리고 연필 등 여러 재료를 가지고 그림을 그렸다. 전시된 작품도 유화를 비롯하여 수채화, 데상 등 다양하였다. 이번 특별전에는 신소장품인 드로잉 35점이 특별하게 전시되고 있었다.

그는 항상 스케치북을 가지고 다니면서 매일 변화하는 자연풍경과 주변 사람들의 일상을 스케치하였다. 이는 1950~1960년대 카메라가 널리 보급되어 있지 않아 구상화가인 그가 유화를 그리기 위한 기초재원을 확보하는 길이었다고 한다. 그는 나무, 집, 사람 등을 반복적으로 그리는 행위를 통해 관찰력과 소묘력을 키웠다는 것이다. 나는 그림을 그려보고 싶다고 생각하고 있던 터에 이 방법을 알게 되어 큰 수확을 얻은 듯 뿌듯하였다. 그의 작품들은 우리 생활에서 흔히 볼 수 있는 것들이 주제였다. 여자가 등장하는 그림에서는 『소금장수』니 『노변의 행상』이니 『귀로』 등 장사나 생활력이 강한 여자들의 그림이 많다는 느낌을 받았다.

제2관에서는 1950년대의 작품들인 고구려 이야기가 수채화로 전시 벽면에 표현되고 있었다. 그림 속에서는 평강공주와 바보온달은 물론 광개토대왕, 활 잘 쏘는 주몽, 아버지를 찾는 유리소년, 낙랑공주와 호동왕자뿐만 아니라 을지문덕 장군 등이 살아 움직였다. 이로 보아 이야기 글은 그의 것이 아니지만 그는 우리나라 역사를 그림으로 말하고 국사에도 관심을 가졌음은 분명하다고 생각되었다. 박수근은 한국에서도 가장 한국적인 화가라는 평가를 받고 있다. 그는 맹목적으로 서구를 따르지 않고 전통적인 문화유산과 기법을 연구하여 진정한 감각을 포착하려고 하는 화가라고 소개되고 있다. 그가 "예술은 고양이 눈빛처럼 쉽사리 변하는 것이 아니라 뿌리 깊게 한 세계를 깊이 파고드는 것이다"고 한 말은 그의 예술혼을 나타낸 것이리라.

이번 전시를 보면서 박수근의 삶과 철학적 예술을 새롭게 이해하게 되었다. 또한 그는 창의적인 화풍으로 우리나라 근현대 미술사에 큰 업적과 예술세계를 남겼으며 세계미술사에도 괄목할 만한 족적을 남긴 것으로 평가하기에 이르렀다.

어둠이 내리는 미술관을 나서며 나는 박수근은 장인정신이 투철한 의지의 천재화가라고 나름 단정하고 있었다.

소수서원과 부석사 탐방

동틀 무렵 새벽을 가르며 원주를 거쳐 영주 소수서원을 향하여 중앙고속도로를 달렸다. 구정 이틀 전이라 통행량이 증가할 것이란 교통정보도 있었지만 이른 시간이라 그러한지 고속도로는 한산하였다. 초행길이지만 성공회 평신도부제로 있는 친구가 옆자리에 있어 마음의 여유가 생기고 즐거웠다. 소수서원은 이조 중종 때 풍기군수 주세붕이 세운 국내 최초의 사립학교라고 하는 백운동서원이 아니던가! 안동의 도산서원은 일찍이 탐방한 바 있지만 소수서원은 그토록 가보고 싶었지만 결행을 하지 못하다 수십 년 지난 후 이제야 큰맘 먹고 길을 나선 것이다.

소백산자락 영주 서원 입구로 들어서자 영하 10도의 추운 날씨에도 높이 수십 길 되는 푸른 소나무들이 길 양옆에 도열하여 탐방객을 맞이하였다. 소나무는 겨울을 이겨내며 푸르름을 잃지 않아 인생의 어려움을 이겨내는 참선비가 되라는 의미가 있지 않은가! 서원은 폭이 30~40여 미터 되는 냇가에 자리 잡고 냇가 건너편에는 그리 험하지 않은 산자락이 이어지고 있었다. 서원은 산과 내가 제대로 어우러진 풍광 좋은 곳에 자리 잡고 있었다. 서원 입구 냇가 쪽으로는 경렴정이 높지 않은 석축 위에 자리 잡고 겨울 찬바람을 맞으며 쓸쓸해 보였다. 경렴정은 시연詩宴을 베풀고 호연지기를 가꾸던 곳으로 북송의 철학자인 염계 주돈이를 추모하는 뜻에서 지었다고 한다. 당시에는 공부하던 선비, 서생들의 휴식공간이기도 하였을 것이나 지금은 출입을 통제하여 경렴정에 올라 아름다운 경관을 감상할 수 없어 아쉬웠다. 그 옆 냇가에 나무 밑부분이 베껴진 채 서 있는 수령 500년이나 되는 아름드리 은행나무는 면 보호수로 지정되어 있었다.

개울 건너 큰 바위 위에는 백운동白雲洞이란 흰 글씨와 그 밑에 경敬자가 붉은 색으로 새겨져 있는 「백운동경자바위」가 있었다. 이 글씨는 주자학자인 안현의 연고지에 위패를 봉안하고 학사를 건립하여 백운동서원을 창건한 주세붕이 써서 새긴 것이다. 경렴정 옆 문을 지나 서원 내로 들어가니 강학당이 중앙에 번듯하게 자리 잡고 있었는데 사방으로 툇마루를 둘러놓은 것이 특이하였다. 강학당은 유생들이 모여서 강의를 듣던 곳이다. 강학당 좌측에는 장서각이 있고 또 그 옆에는 문성공묘가 있었다. 장서각은 장서를 보관하는 도서관으로 문이 활짝 열려있어 들여다보니 책은 한 권도 보이지 않고 텅 비어 있었다. 문성공묘는 안향의 위패를 모신 곳이다. 장서각 옆으로 들어가니 강학당 뒤로 직방제와 일신제가 누워있고 그 뒤로 영정각이 열려 있었다. 직방재와 일신재는 서원에서 공부하던 유생들이 유숙하던 곳이다. 영정각에는 회헌 안향을 비롯하여 회암 주자, 신재 주세붕, 오리 이원익, 한음 이덕형과 미수 허목의 초상을 봉안하고 있었다. 6인의 초상화는 모두가 원본인지 퇴색되어 있었고 특히 이원익의 초상화 관복은 채색이 벗겨져 형태를 알아보기 어려웠다. 영정각 뒤로는 사료관이 육중하게 자리하고 있었는데 소수서원의 연혁표와 관련유물 등을 전시하고 방문객들에게 소수서원의 이해를 돕도록 하고 있었다. 자료 중에는 안향을 선두로 이색, 정몽주, 김종직, 김굉필, 조광조, 이황, 이이 등으로 이어지는 한국 도학의 계보도 벽면에 게시되어 있었다. 퇴계 이황은 풍기군수로 재임하면서 명종5년에 왕으로부터 소수서원紹修書院이란 사액賜額을 받게 되어 백운동서원은 최초의 사액서원이자 공인된 사립고등교육기관이 되었다. 율곡 이이의 계보로 권철신, 정약용 등 천주교 포교에 힘쓰며 수난을 당한 인물도 포함되어 인상적이었다.

　서원을 여기저기 둘러보고 나서니 냇가 거석에 새겨있는 주계구곡도와 죽계별곡이 오라고 손짓하는 듯하였다. 시간관계상 서둘러 돌다리인 죽계교와 옥계교를 지나 소수박물관으로 들어섰다. 소수박물관은 성리학을 바탕으로 선비문화를 시현한 한국유일의 종합유교박물관이었다. 여기에는 유교(성리학)와 관련된 전통문화유산과 유물을 보관하고 전시하며 민족정신이 고취되도록 하고 있었다. 전시실 입구에는 서원의 발생도도 글과 그림으로 보여주고 있었다. 이것을 통해 우리나라의 서원은 백운동서원의 창건을 시작으로 전국 곳곳에서 서원이 설립되었으며 백운동서원이 임금으로부터 소수서원으로 사액을 받은 이후 서원의 설립은 더욱 본격화되었음을 알 수 있었다. 내가 알기로는 고려조 전기에 문헌공도 최충이 구제학당을 세워 교육과 인재 양성에 힘써 이 구제학당을 사숙 즉 사학의 효시라고 하는데 백운동서원을 최초의 사학이라 하여 혼란스러웠다. 백운동서원은 임금이 내린 최초의 사액서원, 즉 공인된 사립학교라고 하여 구별하는 것이 옳다고 생각하였다. 특히 소수서원이 자리한 경상도지역은 성리학이 성하여 유교의 중심이 되었으며 경상도가 고향인 정몽주, 길재, 김종직, 김굉필, 정여창, 이언직, 이황으로 이어지는 학맥이 확립되었음을 확인하였다. 회헌 안향의 생애도 초상화를 배경으로 고려의 통치기반을 안정시키고자 원나라에 가서 주자학을 수입하여 우리나라에 보급한 최초의 주자학자로 소개되었다. 안향의 사망 후 조선왕조는 주자학을 나라의 통치이념으로 받아들이고 안향을 민족의 대 스승으로 추앙하게 되었다. 「소수서원에서 공부한 사람들」이란 게시물에서는 소수서원은 353년간 4,000명이 넘는 제자를 배출하였는데 퇴계 이황의 제자들이거나 그의 학맥과 연관이 있는 학자들이 많고 특히 조목, 권문해, 정탁, 김성일 등이 유명하다 하였다. 소수서원은 선비정신이 충만한 학문의 도장이었는데 미국의 하버드대학보다 먼저 설립된 사립대학이라고 박물관 스피커에서는 설명하고 있었다. 나는 박물관을 나오며 안향의 흉상 옆에서 기념사진을 한 장 남겼다.

박물관 길을 내려오며 바로 그 옆에 펼쳐져 있는 선비촌을 둘러보았다. 선비촌은 학문과 예를 숭상했던 선비문화를 기리고자 선비문화의 산실인 소수서원 옆 영주에 조성되어 있었다. 선비촌에는 인동 장씨 종택 등 기와집과 납작한 초가집도 있었다. 초가집에는 가난한 선비들이 살았는데 선비는 가난을 부끄럽게 생각하지 않고 바른 생활을 실천하여 대쪽 같은 인생을 살았다 한다. 옥계천 건너에는 인삼주막집 등이 있는 저잣거리가 자리 잡았다. 또 선비촌 청운교 건너편에는 유교와 전통문화를 교육하고 체험하는 한국선비문화수련원이 있었다. 여기서는 우리 민족의 자랑인 선비정신을 함양하고 미래의 지도자상을 만들고자 하며 우리의 전통문화를 현대에 맞게 가르치고 배우며 더불어 성장하는 것을 근본정신으로 삼고 있었다. 교육프로그램을 보니 인성 예절교육을 비롯하여 전통문화체험교육도 있고 직장인, 대학생 등의 위탁교육도 있었다. 그 외 한옥 숙박체험까지 있었다. 저잣거리 건너 낙동원류 죽계수 흐르는 곳에 순흥향교와 향교촌도 보였다.

영주가 선비의 고장인 줄 모르고 왔다가 선비문화의 원류인 소수서원을 테마로 선비촌과 한국선비문화수련원이 조성된 것을 보고 크게 놀랐다. 그 아이디어가 참으로 훌륭하다고 생각되었다. 인성교육이 절실히 필요한 현대사회에서 매우 효과적인 교육프로그램이 될 것으로 기대가 되었다. 이곳이 널리 알려져 많은 사람들이 이용할 수 있게 되기를 빌었다. 구정 이틀 전이어서 그러한지 우리가 입장하여 퇴장할 때까지 우리 둘 외에는 다른 방문객은 볼 수 없었다. 소수서원과의 작별을 아쉬워하며 다시 가족들과 방문하기로 하고 그곳에서 20Km 떨어진 부석사로 향하였다.

영주 부석사는 신라 문무왕 때 의상대사가 왕명을 받들어 창건한 사찰로 우리나라 화엄종의 근본 도량이 아니던가! 무량수전은 고려 중기의 목조건물로 내가 초등학교 다닐 때부터 알고 있었고 오래전 최순우의 『무량수전 배흘림기둥에 기대서서』라는 산문집을 읽으며 더욱 궁금하고 친근감을 느끼고 있던 터였다.

부석사는 국립공원 소백산과 국립 백두대간 수목원 사이 영주시 부석면 봉황산 중턱에 자리 잡고 있었다. 방문객이 별로 없어 우리는 승용차로 주차장을 지나 사찰 입구까지 편하게 올라갔다. 무량수전은 부석사 꼭대기 높은 곳에서 아래를 내려다보고 있었다. 나는 무량수전부터 얼른 보고 싶어 사찰 옆 콘크리트 비탈길로 사찰 꼭대기까지 먼저 올라가서 무량수전을 보고 역순으로 내려오면서 사찰을 보기로 하였다. 무량수전은 부석사 본전으로 고려조 목조 건물답게 고색창연하고 은은하고 수수하고 정감이 있었다. 이곳에는 소조여래좌상을 모시고 있는데 불상은 입구에서 정면이 아닌 측면에 자리하고 있어 깜짝 놀랐다. 무량수전 건물은 남향인데 불상은 동향인 것이다. 더욱 더 놀란 것은 이 소조여래좌상은 통일신라시대 양식으로 고려시대 흙으로 만든 가장 크고 오래된 것이라는 것이었다. 국보 제45호로 지정되어 있었다.

무량수전 뒤편에는 고인돌 같은 형태의 「부석」이라는 큰 바위가 놓여 있었다. 전설에는 의상대사가 당나라에서 유학을 마치고 귀국할 때 그를 흠모한 선묘가 따라와 부석사를 창건할 때 그를 보호하면서 도움을 주었는데 당시 그곳에 숨어있던 도둑떼를 돌로 변하여 날려 물리친 후 무량수전 뒤에 내려앉았다고 하였다. 무량수전 배흘림기둥에 기대어 사진을 몇 장 찍고 마당에 내려와 아래를 보니 저 멀리 산봉우리가 안개가 드리운 듯 실루엣으로 겹겹이 눈에 들어왔다. 돌계단으로 내려오며 보니 2층 누각으로 된 범종각 위에 「봉황산 부석사」라고 쓰여 있는 현판이 걸려 있었다.

부석사 산길을 내려오면서 『영주 부석사』와 『서산 부석사』의 분위기가 많이 비슷하다는 느낌이 들었다. 수년전 서산 부석사를 탐방하였을 때 산 중턱에 사찰 건물 여러 채가 수직으로 짜임새 있게 이어지고 저 멀리 서해안 바다가 소나무 사이로 눈 아래 들어와 퍽이나 인상적이었다. 영주 부석사도 수직으로 짜임새 있게 배치되고 저 멀리 산봉우리가 눈 아래 들어와 매우 인상적이었다.

영주 부석사를 뒤로 하고 콘크리트 도로를 달리며 마치 신라와 고려시대에서 현대로 빠져 나오는 듯한 착각에 빠지기도 하였다.

이태준 기념행사에 참석하고

소설가 이태준과 나는 시간을 초월하면 같은 공간에서 살았다고 할 수 있다. 그가 살았던 수연산방 인근 성북동에서 나도 살았기 때문이다. 우리 가족도 성북동 한옥에서 살았는데 그도 한옥에서 살았다. 이 또한 인연이라 해도 무방할 것이다. 당시 나는 이태준이 어떤 인물인 줄 잘 모르고 그의 고택 앞을 지나다녔다. 내가 성북동을 떠나고 그가 프롤레타리아 문학에 반대하여 순수문학을 지향하던 예술파 이효석, 정지용, 김유정, 박태원 등과 9인회 멤버로서 괄목할 만한 월북 소설가라는 것을 알았을 때 비로소 그에 관심을 가지게 되었다. 그리하여 가끔 성북동을 둘러볼 때면 전통찻집으로 운영되고 있는 그의 고택 수연산방에 가서 전통차를 마시곤 하였었다. 그의 고택은 서울시 민속자료로 지정되어 있었다.

그는 일본에서 대학을 다니다 중퇴 후 귀국하여 기자생활을 하다 구인회 창립에 참여하였으며 단편 『오몽녀』를 비롯하여 『달밤』, 『복덕방』 등을 발표하였다. 특히 『복덕방』은 그의 대표적 단편소설로, 『문장강화』는 문장론에 대한 명저로 평가받고 있다. 그가 강원도 철원 출신이라는 것을 알고 그의 문학적 배경이 궁금하였다. 그의 단편 『달밤』은 그가 살던 성북동을 배경으로 하지 않았던가!

　마침 만추에 이태준 문학제에 참가할 수 있는 기회가 있어 만사 제쳐놓고 동참하였다. 철원은 북한에 인접한 군사도시라고 생각하였으나 실제는 어느 지역보다 조용하고 평화롭고 잘 정비되어 있었다. 오전 9시가 지나자 이태준 추모제례가 상허 이태준 문학비와 흉상 앞에서 거행되었다. 문학비와 동상은 두루미 평화마을 체험관 앞에 세워져 있었다. 철원 일대에 두루미가 많이 날아와 두루미를 특별히 보호하고 관리하고 있었다. 상허의 후배인 지역 문인들이 주축이 되어 주과포와 떡을 차려놓고 제를 올렸다. 떡이나 제물 등 행사준비에 이 지역 여류문인들이 뒤에서 수고를 하고 있었다. 제례 말미에 제주를 올릴 사람은 올리라 하여 같은 성북동에 산 인연과 그의 문학적 업적을 생각하며 직접 관계는 없지만 나도 제상 앞에 무릎을 꿇고 제주를 올렸다. 그가 해방 후 월북하지 않았다면 이 땅에서 얼마나 많은 문학적 업적을 남겼을까 하는 생각이 들어 애석해 하였다.
　이어 이태준문학제가 철원문화복지센터에서 열린다하여 그곳으로 이동하였다. 문학제에는 철원군수를 비롯한 시의원 등 지역 유지들도 참석하였으나 이 또한 이 지역 문인들이 행사를 주관하고 있었다. 식장 무대 정면 문학제 안내 걸개에는 대한민국 단편소설의 완성자라고 그를 소개하고 있었다. 현진건, 김동인 등과 같이 우리나라를 대표하는 단편작가이니 그리 표현한 듯하였다. 군수와 문학제를 주관한 대표 문인들의 인사말에 이어 이 지역 성악가의 노래 공연이 있었다. 그리고 이 지역 극단 연기자들의 연극 공연이 이어졌다. 상허의 일생을 그린 연극이었다. 나는 상허의 120여 평이나 되는 성북동 고택을 보고 그는 유복한 가정에서 성장하였을 것이라고 생각하였었다. 더욱이 그는 일본에 유학도 하고 귀국 후 기자생활도 하여 비교적 유복하게 생활한 것으로 생각되었던 것이다. 그러나 오히려 정반대였다. 하급관리였던 그의 부친이 의병들에 의해 역적으로 몰리자 그는 가산을 정리하여 블라디보스톡으로 떠난다. 그러나 얼마 후 상허의 나이 6세 때에 그의 부친은 35세로 세상을 떠난다. 그의 어머니마저 다시 자식들을 데리고 귀국하던 중에 세상을 등진다. 상허는 조실부모하고 온갖 역경을 극복하며 소설가로 우뚝 섰던 것이다. 연극은 그러한 그의 어린 시절의 수난과 역경을 실감나게 보여주었다.

상허의 단편소설 『달밤』은 그가 장년에 살았던 성북동을 배경으로 하였지만 『촌뜨기』는 그가 어린 시절에 살았던 철원읍을 배경으로 한다. 그 배경지가 현재 명품 길로 변신하고 있었다. 철원읍 경찰서 터를 출발하여 안악골, 지뢰밭길, 율이내 고개, 떡전거리를 지나는 길을 촌뜨기길로 명명하고 도로에는 그 표지판까지 세워두고 있었다. 촌뜨기 길도 철원 문인들이 군과 더불어 애써 개설하였다 한다. 그리고 전국적인 문학기행을 계획하고 있다고 하였다. 그들은 또한 상허가 월북 작가이기는 하지만 이제껏 고향에서조차 제대로 대접받지 못하고 있다며 재평가되어야 한다고 외치고 있었다. 군수와 문인들은 불원간 상허 이태준문학관도 건립할 것이라고 하였다.

지역사회에서 지역 문인들이 나름 공익활동 등 사회공헌활동을 다양하게 하고 있지만 철원만큼 두드러지게 성과를 내고 있는 곳을 보지 못하였다. 철원은 비교적 작은 지역사회이고 문인 수도 많지 않지만 그들의 열정과 사회공헌활동은 괄목할 만하였다. 특히 여성 문인들이 문인조직을 이끌며 앞장서서 팔 걷어 부치고 바쁘게 뛰는 것이 인상적이고 감동적이었다. 그들은 나대거나 설치지 않고 조용하면서도 적극적으로 일을 잘 하고 있었다. 나는 이번 상허 추모제와 문학제를 지켜보며 지역 문인들의 지역사회에서의 역할과 사회공헌활동, 특히 여류문인들의 사회참여에 놀라고 상허의 문학적 가치와 평가를 재인식하게 되었다.

저녁노을을 뒤로하고 철원을 떠나며 다음번에 와서는 『촌뜨기』의 주인공이 되어 촌뜨기 길을 걷고 이태준을 다시 만날 것을 다짐하였다.

모네전 단상

빛을 그리다, 그리고 빛의 색깔을 찾아낸 화가라는 표현은 나의 호기심을 자극하기에 충분하였다. 어떻게 빛을 그린다는 말인가! 빛의 형상을 그린다는 말인지, 빛의 반사나 대상을 그린다는 말인지 궁금하여 견딜 수가 없었다. 더욱이 적지 않은 유명 화가들의 작품전시회는 가 보았지만 모네 개인전은 국내외 어느 곳에도 가보지 못하였다. 그는 고흐, 르노아르, 마네, 세잔느 등과 어깨를 나란히 하는 위대한 화가가 아니었던가! 나는 만사 제쳐두고 「모네/빛을 그리다 전」이 열리고 있는 용산 전쟁기념관 기획전시실을 찾았다. 입장료가 15,000원이나 하고 평일 오전임에도 불구하고 남녀노소 할 것 없이 북새통을 이루었다. 파란 눈의 서양인들도 간간이 눈에 띄었다. 지난해 고흐전 관람 시에도 엄청난 인파로 고개를 빼고 까치발을 하고서 간신히 보았던 기억이 새로웠다. 1인당 국민소득 3만 불 시대에 들어서 있어 그러한 것인지? 미국의 심리학자 메슬로의 인간의 욕구계층이론으로 볼 때 생리적 욕구나 안전의 욕구 등 저급한 욕구가 이미

충족되어 고급욕구단계인 심미적 욕구를 추구하는 인구가 적지 않다는 방증으로 생각되었다. 우리나라 국민 중 아름다운 것을 추구하고 예술을 가까이 하려는 욕구를 가진 계층 사람이 이 정도는 되는구나 하는 생각을 하니 우리나라도 문화선진국대열에 합류하는 듯하였다.

모네전은 전통적인 그림전시회라기 보다는 그림과 디지털의 복합예술인 미디어 아트, 컨버젼스아트 형태였다. 그의 그림은 3D멀티미디어 기술을 통하여 화면 위의 영상으로 다가왔다. 그림에서 인상파 양식을 창시한 〈인상, 일출〉 등 그의 대표작들이 전시장 벽면 위에 동적으로 생동감 있게 재현된 것이다. 움직이는 영상을 통하여 모네는 빛을 그림의 주제로 빛의 색깔을 찾아내었다는 것을 느낄 수 있었다. 그는 동일한 사물이 빛에 따라 어떻게 변하는지를 실험을 하듯 탐색하고 빛은 곧 색채라는 인상주의 원칙을 고수하였다는 것을 알 수 있었다.

영상으로 마주하는 그의 생애에서 그의 사랑과 예술 또한 미술사조와 철학을 그려볼 수 있었다. 그의 그림은 처음부터 불란서사회에서 인정을 받은 것은 아니었다. 그의 그림은 비평가들로부터 혹평을 받기도 하였으며 그는 무명예술가협회를 창설하고 르노아르, 바지유, 마네, 드가, 세잔느 등과 교류하였다.

모네는 50세 이후부터 하나의 주제로 여러 장의 그림을 그리는 연작을 많이 그렸다. 특히 〈포플러 나무〉, 〈루앙 대성당〉, 〈수련〉 등 그의 대표적인 연작 작품들이 화려한 색채로 전시장을 곱게 물들였다. 특히 〈루앙대성당〉은 시간과 빛에 따라 동일한 사물이 어떻게 변하는지 영상으로 잘 보여주었다. 폴 세잔(Paul Cézanne)은 빛의 변화에 민감하게 반응하는 모네의 그림에 감탄하면서 '모네는 신의 눈을 가진 유일한 인간' 이라는 말을 남기기도 하였다. 모네는 태양이 뜨고 질 때까지 캔버스를 바꿔가며 하나의 대상을 그렸으며 직접 빛을 보면서 작업하느라 그의 시력은 크게 손상되었다 한다.

그의 생애를 탐구하노라니 몇 개의 특이한 그의 아이러니를 떠올리게 되었다.

그 하나는 공부가 싫어 위대한 화가가 되었다는 것이다. 모네는 학교 공부를 싫어하여 수업 중에도 캐리커쳐를 그리곤 하였다. 그의 그림 솜씨가 좋아 열다섯 살 때 캐리커쳐를 그려달라는 부탁을 받았고 통상임금보다 많은 수입을 올렸다. 그의 그림 솜씨를 알아 본 부냉이 그를 발탁, 자연을 관찰하고 그림을 그리도록 인도하여 화가의 길로 들어서게 되었다. 그리고 포플라나무나 수련, 정원 등의 그림을 그리게 된다.

둘째는, 이동이 자유롭지 못하여 정물화를 그렸다는 것이다. 그는 19세에 군인이 되었는데 군인의 신분으로 이동이 자유롭지 못하여 정물화를 그리게 되었다는 것이다. 실제 그의 그림에는 정물화가 많이 있다.

셋째는 백내장을 앓아 인상파 화가가 되었다는 것이다. 모네는 86세까지 살았으나 노년에는 백내장으로 고생을 많이 하였다. 그는 눈이 잘 보이지 않아 사물을 사실 그대로 그려낼 수 없어 한 순간의 인상이나 감정을 그려낼 수밖에 없었다. 그리하여 사실주의 그림이 아닌 인상주의 화가로 유명해졌다는 것이다.

넷째, 결혼생활이 순탄치 않아야 위대한 화가가 될 수 있다는 것이다. 그는 그의 그림 모델인 카미유를 사랑하게 되고 그와 결혼하고자 하였으나 부모의 반대로 어려운 결혼생활을 시작하게 된다. 당시 그림 모델은 남의 앞에서 옷을 훌훌 벗어버리는 여자, 옷 벗고 돈을 버는 여자라고 천시되었다고 한다. 카미유와의 결혼생활 중 그는 후원자이던 미술품 수집상 에르네스트 오세데가 파산선고를 받고 사라져버리자 그의 아내 알리스와 연인관계로 발전하게 된다. 그는 연인 카미유가 임종할 때에도 간병 대신 죽어가는 모습을 그려 그 그림이 벽면 가득히 비쳐지고 있었다. 그 후 카미유가 죽고 에르네스트도 사망하자 알리스와 결혼하게 된다.

모네의 아이러니가 객관적으로 입증된 사실은 아니라도 모네 전시회에 몰입하다 보면 그와 같은 아이러니를 생각하고 고개를 갸우뚱거리게 된다.

어찌 되었든 모네의 그림들은 사실주의 그림과는 달리 인물의 경우 이목구비가 분명하고 선명하게 나타나는 것이 아니라 대충 당시의 상황이 감정에 따라 윤곽으로 처리되었다. 그리고 인상주의, 인상파라는 말이 생겨나게 되었다. 그는 또한 수련 연못 그림의 대가였는데 물을 잘 그린다하여 물의 화가라는 호칭도 있었다. 사물의 그림자 또한 그의 그림에서 빛에 따라 각기 달리 표현되고 있었다. 빛을 그리는 것은 빛의 예술이었다.

바이칼호 브랴트족과 교감하며

　시베리아 여행 첫쨋날부터 함박눈이 쏟아졌다.

　폭설의 위험을 무릅쓰고 나는 브랴트Buryat족을 만나기 위하여 눈 속을 뚫고 이르쿠츠크에서 관광버스 편으로 브랴트 민속마을을 향하여 출발하였다. 브랴트족은 시베리아 남중부 바이칼호수 주변에 호수와 더불어 오래전부터 거주해 온 바이칼호수 원주민이 아닌가. 우리 민족의 뿌리로 거론되기도 하여 평소 호기심도 있고 관심이 많은 터였다. 우리 조상도 중앙아시아에서 왔다고 하지 않는가. 눈발이 심해져 도중에 차가 멈춰서면 어쩌나 하는 불안감이 떠나지 않았으나 자작나무숲이나 말 목장을 둘러보는 사이 용케 브랴트 민속마을에 도착하였다. 그리고 바로 브랴트민속박물관과 민속공연을 보았다. 민속박물관에는 브랴트족의 거주지인 바이칼호수 주변 지역의 동식물과 그들의 민속자료들이 전시되어 있었다. 또한 그들의 생활상이나 전통도 드러나 있었다.

　브랴트족은 몽골리안으로 이목구비나 체형이 우리나라 사람과 비슷하여 구별하기 어려웠다. 그들은 우리와 같은 샤머니즘 전통을 가지고 있으며 제사장은 하늘의 신인 천신을 섬긴다고 하였다. 성황당을 지나갈 때는 돌을 올려놓고, 말을 타고 지나갈 때는 말발굽소리가 들리지 않도록 말에서 내려 성황당 앞을 지나간다고 하였다. 우리의 단군신화와 같은 곰과 호랑이의 신화도 있었다.

민속공연에서는 우리나라 강강술래 같은 춤도 선보였다. 강강술래를 할 때에는 공연 팀과 우리 일행이 모두 손에 손을 잡고 함께 춤을 추었다. 용모가 비슷해서인지 낯선 외국인과 손잡고 춤을 춘다는 생각은 들지 않았다. 그들 손에서 전달되는 체온이 남달리 따뜻하게 느껴졌다. 즐겁게 빙빙 돌며 친구들이나 가족과 함께 한다는 생각이 들었다.

그들은 우리네와 같이 음력 설을 큰 명절로 하고 있었다. 용모나 체형 그리고 민속 등으로 보아 그들이 우리 한민족과 시원을 같이 한다는 주장은 설득력이 있어 보였다. 춤과 노래 공연이 끝난 후 우리는 모두 함께 어울려 사진을 찍었다. 사진으로는 더욱 구별이 어려웠다. 이 공연 팀은 경주 엑스포에도 초대를 받아 다녀온 적이 있다고 하였다.

그들의 몇 가지 전통과 풍습은 매우 인상적이었다.

하나는 막내가 부모를 모시고 살며 상속을 받는다는 것이었다. 형제자매가 차례차례 결혼하여 독립 분가하고 마지막 남은 막내가 끝까지 부모를 모시고 살다가 부모의 유산을 상속받는다는 것이었다. 과거 우리네 장자 상속과는 다른 전통이나 일리가 있어보였다.

그들은 며느리는 가족이고 딸은 손님이라는 것이다. 며느리는 시집을 와서 아이를 낳고 함께 살지만 딸은 남에게 시집을 가서 남의 가족이 되기 때문에 친정집에 오면 손님이라는 것이다. 그리하여 귀중품은 딸이 아닌 며느리에게 물려준다고 한다. 또한 이혼을 해도 딸은 이미 남의 가족이 되어 부모와 함께 살지는 못한다는 것이다.

그 셋은 자녀가 많아야 부자라는 것이다. 부모는 자녀가 많아야 대접을 받고 할머니는 당당하게 곰방대 담배도 피울 수 있게 된다는 것이다

그 넷은 땅에도 신이 있다고 생각하는 것이다. 따라서 땅을 보호하기 위하여 땅을 함부로 밟아서는 안 되고 그래서 신발의 코도 쳐들리도록 만들었다는 것이다. 우리나라 여자 고무신 코와 버선 코가 연상되었다. 자연에 경배하며 감사하는 마음에서 비롯된 것이 아닐까 하는 생각이 들었다. 또한 이들은 엄마는 항상 마음에 있다고 생각하고 장신구가 많을수록 강해진다고 믿고 있었다. 엄마는 인간뿐만 아니라 동물이나 식물 등 자연 모두에게 자신을 지키고 보호해주는 가장 믿을 수 있는 신이며 뿌리가 아닌가.

브랴트민속촌을 나서며 내 동생네 가족들을 멀리 남겨두고 동생네 집을 떠나는 느낌에 발걸음이 쉽게 떨어지지 않았다. 우리는 언제 다시 만날 수 있을 것인가를 생각하며 한참동안 손을 흔들어 작별을 아쉬워하였다.

망년회

- 연극 엘링을 보고 -

　연말이 다가오니 망년회 모임이 많다. 지금까지 각급학교 망년회, 전 직장 망년회 참석률은 25%, 0%. 그러나 비공식적인 사적 망년회 모임 참석률은 60%. 나이가 들면서 눈치 보기 참석보다는 즐겁고 재밌고 의미 있는 모임을 찾게 된다. 또 부담 없이 만날 수 있는 사람들이 모이는지 살피고 스트레스 안 받거나 나아가 스트레스 해소하는 실속형 망년회를 선호하는 듯하다. 수일 전의 8명이 계급장 떼고 맨몸으로 만나는 망년회. 인생 공수래공수거를 공감하는 순정파들의 망년회.

　유 씨어터에서 연극 보기와 타이 음식으로 저녁 먹기로 약속한 모임. 먼저 여섯 시에 「소이22시」에서 모임을 가졌다. 나는 일이 있어 한 시간쯤 늦게 도착하니 식사 코스가 이미 중간쯤 진행되어 나머지 코스 음식만 먹게 되었다. 일행은 음식 먹기보다 적포도주 잔을 앞에 놓고 수다 떠는 사이 나는 포도주 한 잔과 타이 음식을 별식으로 생각하고 말보다 음식을 즐겼다. 소스가 곁들여진 게 요리가 특히 맛이 있었다. 만남과 대화를 위한 송년모임인데 나는 촌스럽게 먹는 데만 급급…. 이어 이웃 빌딩에 있는 연극장소로 이동, 장관을 역임한 연극인 유인촌이 극장입구에서 이름 모르는 연극인, 탤런트들과 방담하고 있었다. 연극 제목은 엘링, 노르웨이 작가 잉바르 임바에른슨 작품이란다. 팜플렛에는 서른 넘은 마마보이와 구제불능 숫총각 드디어 정신병원 졸업하다 라고 인쇄되어 있었다

연극은 서른 넘도록 마마보이로 살다가 정신병원에 들어온 엘링이 마흔이 넘은 숫총각 셸을 룸메이트로 만나는 장면으로 시작된다. 셸은 우연히 술 취해 쓰러져있는 임산부를 만나고 엘링은 은둔시인 알퐁스를 만난다. 그리고 그 둘은 각각 연인과 친구관계로 발전하며 인간관계를 통해 사회적응을 함에 따라 정신병동을 나가게 되는 내용이었다. 연극을 다 보고 내용을 파악하니 심리학, 정신의학, 문학, 연극이 잘 조화된 수준 높은 작품이었다. 원작자가 어떤 사람인지 궁금해졌다. 이 연극을 계기로 처음 그에 관심을 가지게 되었다.

연극 팜플렛에는 따뜻한 코미디라고 인쇄되어 있었다. 그러나 연극은 시종일관 본능이 꿈틀거리고 쌍욕이 난무하고 끈적거리고 질펀한 일종의 섹스 코미디였다. 쭉쭉빵빵도 등장하고 스트립쇼를 연상케 하는 성의 유희도 주인공의 의식세계와 관련하여 수차 표현되었다. 원저자는 매슬로의 욕구계층이론이나 프로이

드의 꿈의 해석을 잘 이해하고 있는 듯 하였다.

　내가 우리 일행에게 연극은 팜플렛의 작품 소개와 다르다고
하며 자녀나 미성년자와 같이 보기엔 민망할 듯하다 하니 일행
모두 내가 너무 고루하고 보수적이란다. 관중석을 목측으로 대
충 헤아리니 여성 관객이 조금 더 많은 듯하고 젊은이도 적잖은
듯하였다. 내가 보수적인 것은 자타가 인정하나 이렇듯 대놓고
보수적이고 사회를 모른다는 말이 나올 정도인 것은 나 자신 미
처 생각하지 못하였다. 나도 초딩들이 담배 피고 야동 본다는
것쯤은 알고 있는데도 말이다. 연극 안내 팜플렛을 보니 15세
이상 입장가로 되어 있었다. 나 자신에 놀라지 않을 수 없었다.
내가 그리 고루하고 시대에 뒤떨어졌다는 말인가!
　망년회에서 일행들과 스트레스 받고 다투고 싶지 않아 난 먼
저 발걸음을 떼었다. 집으로 향하며 내내 속이 불편하고 언짢았
다. 여러 사람에게서 그런 문제로 공격받는 내 자신이 싫고 미
워졌다. 내년엔 나도 탈 보수 선언하고 전위파 대열에 합류해봐
야지! 그래, 나도 시류를 따라가자! 아니 한 발 앞서가 보기도
하자!
　이제와는 다른 의식세계의 새로운 인생을 시작하여보자. 이제
는 살 날이 살아온 날보다 짧지 않겠는가! 2015년이 기다려진
다.
　며칠 안 남은 2014년은 잊어버리자. 2015년을 쿨하게 설렘

으로 맞이하자.

2015년 내 인생이 어찌 전개될지 나 자신 궁금해지고 기대가 된다.

100m 달리기 경기 출발점으로 자신 있고 당당하게 다가가자. 그리고 엉덩이를 높게 쳐들고 앞을 보며 힘차게 질풍처럼 달려나갈 자세를 취하자.

밀레전 나들이

삼월 초, 따스한 봄볕을 따라나선 나는 정오가 지나서야 올림픽공원 내 소마미술관에 도착하였다. 미술관 입구에서는 프랑스의 조각가 세자르의 거대한 조각상 『엄지손가락』이 나를 맞아주었다. 미술관 건물에는 '밀레 탄생 200주년 기념전'이라고 쓰인 걸개가 크게 걸려있었다.

나는 입장권을 사며 작품에 대한 해설을 들려주는 도슨트 기기도 빌렸다. 전시장 초입 첫 번째로 밀레의 자화상과 만났다. 도슨트 기기에서는 그 자화상에 대한 해설이 나왔지만 들리지 않고 내가 본 실물 사진하고는 다르다는 느낌이 강했다. 이어서 엘 그레코의 자화상과 고흐의 여러 자화상이 연상되었다. 화가들은 종종 자신의 모습을 그림으로 남기고 싶어 하는지….

전시 작품에는 밀레의 그림 외에도 모네, 레옹, 카미유 코로, 쿠스타프 쿠르베 등의 그림도 섞여 있었다. 모두 캔버스 위에 그린 유화들로 밀레와 같은 사실주의 화풍의 그림들이었다.

"나는 내가 해야 할 일을 내 눈으로 본 대로 그릴 것이다"라는 밀레의 말처럼 그의 그림은 모두 농촌과 농부, 그리고 자연을 사진처럼 사실적으로 그려내고 있었다. 『포도밭』이란 그림에는 이른 봄, 포도나무 줄기의 고정 줄과 지지목의 정리 등 포도밭을 손질하는 농부들이 묘사되어 있었다. 그림 속에 펼쳐진 이른 봄의 표현이 워낙 실감이 나서 마치 봄이 오는 모습이 보이는 듯하였다.

『추수 중의 휴식』이란 그림에는 『룻과 보아스』라는 부제가 붙어 있었다. 이는 구약성경 「룻기」의 룻과 보아스를 내세워 그린 그림으로 농부화 중 최고 걸작이라는 해설이 흘러나왔다. 룻과 보아스를 비롯한 여러 농부들이 들녘에서 일을 하다가 함께 쉬는 모습을 사실적으로 잘 표현해 내었다.

보아스는 룻의 남편이며 다윗의 증조부로 알려져 있다. 그는 베들레헴에서 살았다고 하는데 룻과 보아스가 그와 같이 농사를 많이 하였을까 하는 엉뚱한 의구심이 들었다. 그러나 『양치는 룻과 보아스』라는 그림보다는 『추수 중의 휴식』이란 그림이 훨씬 감동적일지 모른다는 나름의 감상평도 해 보았다.

『감자 심는 사람들』이란 작품에는 팔 토시를 한 농부의 모습도 보였다. 나도 농사일을 할 때에는 팔 토시를 하는데 프랑스에서는 200년 전부터 한 것을 보니 놀라웠다. 감자는 빈곤의 상징이었다고 하니 농업국가인 프랑스의 당시 농민의 생활상이 머릿속에 그려졌다.

또한 레옹의 『예수와 제자들』이란 그림도 있었다. 예수가 긴

빵을 뜯어 제자들에게 나누어 주는 그림이었다. 제목 밑에는 『엠마오의 저녁식사』라는 부제가 붙어 있었다. 그 그림을 보고 있노라니 레오날드 다빈치의 『최후의 만찬』이 연상되었다.

『소 물 주는 여인』이란 그림은 동일 제목으로 두 작품이 나란히 전시되어 있었다. 한 작품은 1863년, 다른 작품은 1874년에 그린 것으로 10년의 시차가 있었다. 밀레는 같은 주제를 가지고 여러 그림을 그렸다는 해설이 나왔다. 한 전시장에서 동일 주제의 복수 그림들을 여러 곳에서 볼 수 있었다는 것이 퍽이나 인상적이었다. 불현듯 스페인의 궁중화가 고야의 『옷을 벗은 마야』와 『옷을 입은 마야』 그림이 생각났다. 고야는 『옷을 벗은 마야』를 그리고 나서 몇 년 후 같은 모델, 같은 포즈, 같은 크기의 『옷을 입은 마야』를 그렸다. 그가 활동하던 시대, 궁중화가들에게 벌거벗은 누드화를 그리는 것은 금지되어 있었다 한다. 고야는 연인관계였던 알바공작 부인을 모델로 옷을 벗은 그림을 그렸다. 공작 부인 누드화를 그린 것이 알려지자 부랴부랴 옷을 입은 초상을 그리게 되어 두 점의 작품이 만들어졌다.

나는 마드리드 프라도 미술관에서 그와 같은 배경 설명에 흥미를 느끼며 그 그림을 재미있게 감상하였다. 그리고 그 작품 복사본 2장을 미술관 입구 기념품 판매점에서 사 갖고 나왔다.

전시장에 전시된 그림 중에는 특히 밀레의 『씨 뿌리는 사람들』이 나의 시선을 사로잡았다. 청색 바지에 적색 상의를 입고 또한 검정색 모자를 쓰고 어깨에 건 씨앗주머니에서 씨앗을 한줌 꺼내 힘차게 밭에 흩뿌리는 그림이었다. 어찌된 일인지 첫눈에 내가 농사짓는 모습을 보는 듯하였다. 그림을 볼수록 나의 인상, 나의 이미지와도 많이 비슷하다는 느낌을 받았다. 그림은 단순하면서도 강렬하고 역동적으로 보였다. 밀레는 그 그림으로 화가로서 인정을 받았다 하였다. 소마미술관 밀레전 안내 리플렛에도 이 그림이 겉표지에 등장하고 있었다. 얼굴 표정은 섬세하게 보이지는 않았으나 그 윤곽이 또한 나와 비슷하다는 느낌을 받았다. 밀레는 농부를 예술적으로 표현하였다는 해설에 수긍이 되었다.

밀레의 사실주의 그림은 인상주의에 영향을 주게 된다. 그것이 세계미술사에 기여한 그의 공로로 인정되고 있다.

내가 제일 좋아하는 그림 중 하나인 밀레의 만종을 찾아보았다. 그러나 전시장 어디에도 보이지 않았다. 매우 서운하였다. 하루 종일 밭에서 일을 하던 부부가 저녁 무렵, 인근 교회에서 울려 퍼지는 종소리를 들으며 농기구를 놓고 손을 모으고 고개를 숙여 기도하는 모습의 그림은 선명하게 내 마음속에 그려져 있었다. 밀레의 만종은 어느 화가의 그림보다 주제와 제목이 내 마음에 와 닿았었다.

전시 작품이 보스톤미술관 소장품이라는 설명을 들으니 만종이 전시되지 않은 이유가 이해되는 듯하였다. 내가 가족과 함께 1990년 보스톤미술관을 찾았을 때, 밀레의 대표작이라 할 수 있는 만종을 보았는지 기억해 내려 애써 보았지만 기억이 나지 않았다. 그러나 루불인지, 게티박물관에서인지 원작을 보고 감동했던 기억만큼은 생생하였다.

나는 출구 옆 기념품가게에서 밀레의 『씨 뿌리는 사람』 그림이 있는 책갈피 한 장을 사 가지고 미술관을 나왔다.

오후 2시가 지나 허기진 배를 채우기 위해 평화의 문 인근에 있는 구내 뷔페 음식점으로 들어갔다. 점심시간이 지났는데도 100여 석 좌석에 빈자리가 없었다. 나 한 사람 앉을 빈 좌석이 없다니!

한 종업원은 한 시간 반은 기다려야 할 것이라 하였다. 주위를 살펴보니 대부분이 끼리끼리 앉은 중년여성들이었다. 입구의 대기자들조차 그러하였다. 하는 수 없이 그 건너편 롯데리아로 들어갔다. 그 곳 역시 좌석을 차지한 사람들은 대부분이 중년여성들이었다. 평일이라고 해도 너무하다는 생각이 들었다. 이상해서 주변을 둘러보았다. 도로변 한 구석에 노인네들이 평상에 앉아 장기를 두고, 또 몇몇은 서서 그것을 구경하고 있는 모습이 눈에 들어왔다. 그들은 모두 남자들이었다. 서울은 중년여성들이 접수한 것인가! 우리나라는 여성 천국, 여성 공화국인가? 남자들은 여자들에 치여 한구석으로 밀려나 있는 것인가!

근래 사시, 행시, 외시 합격자는 물론 골프 국제 메이저대회 우승자 등 각 분야에서 여성들의 약진이 두드러진다. 대통령도 여성이 아닌가! 우리 사회가 여성 우위, 모계사회로 진화하는 것인가? 이제 여성가족부는 해체하고 남성지원부를 신설해야 하지 않을까?

미술관에서 돌아오며 『롯과 보아스』, 『만종』 등의 그림으로 미루어 밀레는 가톨릭 교인이 아니었을까하는 엉뚱한 생각과 더불어 우리나라 중년여성들의 존재감이 나의 머리를 무겁게 하였다.

오드리 헵번 전시회

　남성의 영원한 연인이라는 오드리 헵번 전시회에 가 보았다. 동대문 디자인 프라자는 몇 번 가보았지만 전시회가 열리는 지하 전시관에 가본 것은 이번이 처음이었다. 지하이지만 지하층이라는 느낌이 들지 않아 독특한 설계에 관심을 가지게 하였다. 동대문 디자인 프라자(DDP)는 거대한 건축물이 각지지 않게 타원형으로 설계되어 스페인의 천재 건축가 가우디의 작품을 연상케 하였다.

　이 DDP는 이라크 출신 자하 하디드가 설계한 세계 최대 규모의 3차원 비정형건축물이라 한다. 대지 2만 6천 평 위에 약 8년간 5천 억 원을 투자한 이 건축물은 메가 트러스 공법工法으로 내부에 기둥이 없이 대형공간을 만들어내었다는 것이 놀라웠다.

　헵번의 전시회는 사진으로 보는 그녀의 생애, 소품, 영상, 의상 등으로 구성되어 있었다. 전시회장 입구에 들어서자마자 그녀의 사진과 더불어 생애를 나이 순으로 기록한 기록판이 벽면에 걸려 있었다. 대강 보아도 그녀의 우아하고 청순하고 소박한 진면목을 확인할 수 있었다.

1929년 벨기에 브뤼셀에서 태어난 그녀는 다섯 살에 영국 기숙학교에 유학을 가게 된다. 발레리나를 꿈꾸며 발레학교도 다녔으나 키가 커 발레리나를 포기하였다 한다. 그 후 뮤지컬 배우와 영화배우의 길로 나아가게 되는 것으로 해설되어 있었다. 그녀는 남동생 둘이 세계2차대전시 레지스탕스로 활동하다 비운을 맞이하는 슬픔과 충격에 휩싸이기도 하였다 한다. 안네의 일기를 쓴 안네와 동갑내기라는 사실도 명시되어 있었다. 전쟁으로 숨어 지내던 동안에 그녀는 방바닥에 엎드려 그림을 그렸고 바로 그 그림 여러 점이 보존되어 전시되고 있었다.

영상코너에 들어서니 그가 출연한 영화 「로마의 휴일」, 「사브리나」, 「티파니에서 아침을」 등의 하이라이트가 반복적으로 비춰지고 있었다. 대부분 내가 본 영화여서 감회가 새롭고 친근감이 들었다. 거장 윌리엄와일러 감독의 영화 로맨틱 코미디 「로마의 휴일」에 같이 출연하였던 그레고리 펙은 그녀의 동료, 친구로서 연기지도 등 여러 방면으로 평생 도움을 주었다 한다.

젊은 날의 헵번을 보니 불현듯 여동생이 생각났다. 여동생의 어릴 적 별명은 오드리 헵번이었다. 얼굴이 많이 비슷하다고 어른들이 그리 불렀기 때문이었다. 내가 여동생과 같이 다니면 어른들은 남매가 닮았다고 하면서 바로 여동생에게는 오드리 헵번과 비슷하다고들 하였다. 때로는 그런 말을 하면서 먹을 것을 주는 등 호의를 보여주기도 하였다.

스크린 앞 좌석에는 10여 명의 여자들이 좌석에 앉아 스크린에 빠져 있었다. 인기 여배우의 전시회인데 남자는 한 명도 보이지 않는 것이 재밌게 생각되었다. 그녀는 남자뿐만 아니라 여자에게도 그만큼 인기가 있고 사랑받고 있었다.

영상코너를 나오니 그녀가 입었던 의상들이 유리관 속에 20점 내외 전시되고 있었다. 그 중에는 「사브리나」 촬영 시 입었던 1954년 의상도 전시되었는데 오늘날 입어도 좋을 만큼 디자인이 세련되고 새것이었다. 소품으로는 팔찌, 반지 등이 놓여있었는데 그녀가 즐겨 앉았다는 작은 등받이 나무의자도 놓여있었다.

내가 의상이며 사진들을 둘러보자 몇 명의 여자들이 내 뒤를 따라 관람하며 힐끔힐끔 나를 쳐다보는 느낌이 있었다. 혹시 내 얼굴이나 옷에 문제가 있나하여 더듬어 살펴보았다. 그러나 또한 내가 베레모에 캐주얼 복장을 하고 있어 혹시 영화나 예술관계자로 생각하고 누구인지 확인하려 한 것이 아니었나 하는 생각도 들었다. 얼핏 보니 관람객들은 대부분 중년 이하 여성으로 인물이 좋고 화장이며 입고 있는 의상이 상당히 세련되어 보였다. 나와 같은 늙다리들은 거의 눈에 띄지 않았다. 입장료가 일만 삼천 원이나 되어 일반인보다는 영화계나 문화예술계관계자가 이 전설적 영화배우 전시회에 많이 출입할 듯하였다.

헵번은 노년에 유니세프 친선대사로 기아와 전쟁으로 고통 받고 시련 받는 소말리아 등 여러 나라들을 돌아다니며 아동들의 아픔을 함께하고 그들의 고통 극복에 전력투구하였다. 그녀는 용모보다는 마음이 더 아름다웠고 언행은 더욱 아름다웠다고 생각되었다.

그녀는 63세의 나이로 스위스에서 운명하였는데 내가 스위스 여행할 때 지났던 자연 경관이 아름다운 산악지역에서 그가 말년을 보냈다는 말을 들었던 기억이 떠올랐다.

그녀는 평생 자신이 아름답거나 예쁘다고 생각하지 않았다고 한다. 또한 그녀는 자신의 단점을 숨기지 않았으며 단점을 장점화하려고 노력하였다고 설명되어 있었다. 그녀는 중앙에 서 있기 보다는 한 구석에 조용히 서 있는 여인이었다는 글이 마음에 남았다.

전시회를 나서며 오드리 헵번이 다소곳하고 음전한 사대부가의 여인으로 더욱 아름답고 매력적으로 느껴졌다. 더욱 그녀는 영화배우 이상 영원히 존경받을 만한 인도주의자와 사랑의 천사로 내게 다가왔다.

서촌방향 둘러보기

나이가 들수록 옛 것에 대한 그리움은 더해가는 듯하다. 회귀성 기질과 관련이 있는지도 모르겠다. 서울 서촌은 북촌과 더불어 옛 모습을 간직한 서울에서 가장 오래된 동네로 북촌과 더불어 서울의 뿌리로서 내 마음속에 자리 잡고 있었다.

집사람과 막내딸과 같이 지하철 서울 경복궁역 3번 출구로 올라와 서촌기행에 나섰다. 일전의 북촌 둘러보기에 이어 이번에는 서촌을 둘러보기로 한 것이다. 경복궁역은 청와대가 가까워서인지 역 출구에서부터 무전기를 든 경찰들이 눈에 띄었다. 무슨 일이 있는지 다른 날보다 경찰관 수도 많고 더욱 삼엄해 보였다. 우리는 경찰을 피해 인왕산 자락 길로 방향을 잡고 언덕을 오르기 시작했다. 키르키스탄 대사관을 거쳐 청운문학도서관, 윤동주문학관 길로 접어들었다. 윤동주문학관에 이르는 길은 시인의 언덕 서사정을 지나야 했다. 언덕으로 오르는 길 양옆으로 나무가 우거진 곳도 있어 정취가 있었다. 서사정 앞에는 윤동주의 「서시」가 2m내외 되는 큰 돌에 새겨져 우뚝 서 있었다.

「죽는 날까지 하늘을 우러러 한 점 부끄럼이 없기를

잎새에 이는 바람에도 나는 괴로워했다」

내가 마음에 담아 두고 있는 '잎새에 이는 바람에도 나는 괴로 워했다' 는 시구가 내 마음을 촉촉이 적셨다. 그리고 영화 「동주」 에서 보았던 장면들이 연상되었다. 윤동주와 송몽규는 고종사촌 간으로 만주 이주민의 후손이다. 그들은 북간도 명동에서 출생 하여 함께 공부하며 같이 자란다. 일본 유학 후 몽규는 위험을 무릅쓰고 독립운동에 앞장선다. 동주는 동갑내기 고종사촌형 몽 규의 그러한 모습을 지켜보며 그러하지 못하는 자신을 성찰하고 고민한다. 이 시는 당시 동주의 고뇌가 역력히 드러나는 작품이 다. 영화 속의 장면들이 시 구절과 오버랩 되어 동주의 입장과 처지를 생각하며 한동안 시비 앞에서 떠날 수 없었다.

우리는 인왕산자락 한양도성 석축에 올라가 서울을 내려다보 았다. 인왕산 치마바위가 손에 잡힐 듯 가깝게 보였다. 인왕산 치마바위는 중종의 왕비였던 단경왕후 신 씨의 슬픈 전설이 남 아있는 바위가 아니던가! 중종과 금슬이 좋았던 단경왕후는 폐 위된 연산군의 처남이었던 그 아버지 신수근에 대한 보복을 두 려워하는 세력들에 의하여 폐위되어 쫓겨나게 된다. 중종을 그 리워하는 신 씨는 중종이 경회루에서 바라볼 수 있도록 인왕산 바위에 자신의 붉은 치마를 평생 동안 널어놓았다 하여 인왕산 치마바위로 불리어지게 되었다.

삼청동 북악산은 여전히 높고 험하였다. 그곳을 넘어 청와대를 습격하려 했던 북한 김신조의 124군부대가 새롭게 회상되었다. 대통령을 살해하려 내려왔던 북한군부대의 역사적 사실을 아는지 모르는지 양지바른 곳의 철쭉은 당장이라도 꽃망울을 터트릴 듯하였다.

우리는 북악산 등산길을 바라보며 길을 건너 창의문에 올랐다. 청와대 뒷산인 북악산 등산로는 통제되고 있었다. 어쩔 수 없이 다시 경복궁 길을 향해 내려오다 청운동 주택가를 거쳐 궁정동으로 나왔다. 그리고 청와대 길로 접어들었다. 외국 관광객들이 많이 있었다. 어느 나라나 최고 통치자의 관저는 관광의 대상이 되는 듯하였다. 우리 가족도 청와대 정문 앞에서 청와대를 배경으로 사진촬영을 하였다. 청와대 길을 따라 내려오니 어느 카페 앞마당에 플리마켓이 열리고 있었다. 좁은 공간이었지만 제법 많은 사람들이 모여 있었다. 쿠키와 빵 그리고 악세사리, 의류, 캔들 등을 팔고 있었다. 중고품이 아닌 신품이었다. 프랑스 사람은 "감사합니다"라는 말 외엔 다른 한국말은 못하지만 마드랜느 등 쿠키를 잘 팔고 있었다. 국내에서 외국인들이 물건을 파는 그러한 서양식 플리마켓은 처음 보아 흥미롭고 재미있었다. 미국에서 생활할 때엔 플리마켓이 열리면 가족들 모두 재미삼아 이것저것 구경도 하며 많은 사람들 속에 끼어 이것저것 물건을 골랐다. 딸은 쿠키를 몇 개 사고 나는 방문 기념으로 캔들을 몇 개 사 딸에게 주었다.

우리는 플리마켓을 구경하고 인사동으로 건너와 골동품과 한국의 전통을 구경하였다. 골동품 집 몇 곳을 다니며 도자기류와 민속품을 둘러보니 마치 이조시대와 와 있는 느낌이 들었다. 도자기 하나하나, 민속품 하나하나 예술성이 있고 혼이 있어 보였다. 비록 국민들의 생활은 지금보다 어려웠겠지만 선조들은 저마다 예술 감각을 가지고 문화생활을 즐기지 않았나 하는 생각이 들었다. 선조들의 슬기와 예술 감각에 놀라며 그곳에서 봉평 막국수로 이른 저녁을 먹었다. 서촌을 비롯한 인근 강북의 주택가는 따뜻하고 정겨워보였다. 그리고 문화가 있고 인정이 있고 사람 사는 동네처럼 느껴졌다.

Ⅲ. 인생과 종교

겨울 인생, 스키 인생

스키 마니아들의 일 년은 겨울에 시작해서 겨울에 끝이 난다. 스키 타는 것으로 일 년을 시작해서 스키 타는 것으로 일 년을 마감하는 것이다. 일 년 사철 중 겨울이 제일 신나고 제일 행복한 계절이다. 겨울을 바라보고 겨울을 기다리며 일 년을 사는 것이다. 스키를 즐기는 사람은 겨울을 즐긴다. 또한 겨울은 겨울답기 바란다. 겨울에는 적당히 춥고 적당히 눈이 내리길 기대한다. 겨울이 따뜻하기를 바라는 사람과는 사뭇 다르다. 겨울 스키 한 철을 위하여 남은 세 철을 준비하기도 한다. 스키나 스케이트 선수들은 한여름에도 반바지에 웃통 벗어부치고 땀을 뻘뻘 흘려가며 스키나 스케이트 타기 위한 훈련을 한다.

내가 스키를 타기 시작한 지도 어느덧 35년이 흘렀다. 스케이트를 타기 시작한 지는 50년도 넘었지만 20여 년 전부터 스케이트화를 신어본 적이 없다. 오직 스키만 이제껏 즐기고 있을 뿐이다. 이를 잘 아는 지인들은 나이를 생각하여 그만하라고 충고도 하지만 아직은 한쪽 귀로 듣고 한쪽 귀로 흘려보낼 뿐이다. 가히 단순한 스키어가 아니라 스키 마니아라고 할 수 있을 것이다. 아니! 스키 인생이라 해도 무방하지 않을까?

올해만 해도 연초부터 새해를 활기차게 시작하고자 친구와 함께 곤지암스키장을 찾았다. 일요일이어서 그러한지 스키장은 스키어들로 장터처럼 북적거렸다. 우리는 스키어가 빠지는 점심시간대를 이용하여 정오부터 스키를 즐기기 시작하였다. 그곳은 스키어가 원하는 시간만큼 스키를 탈 수 있는 리프트권이 있었다. 리프트권 검사는 검표원 없이 자동 체크되는 전자감응식으로 되어 있었다.

우리는 중급자용 슬로프를 선택하기로 하였다. 주로 상급자용 슬로프를 즐기는 편이지만 오늘은 중급자용을 선택하였다. 주변 지인들의 의견을 고려한 때문이다. 지인들은 나이 들어 무슨 스키를 타느냐고 말린다. 이 나이에 잘못 넘어져 고관절이라도 다치면 얼마 살지 못한다는 것이다. 사실 고령에 잘못 넘어지면 복구가 불가능하기 쉽다. 지인들의 말은 틀린 말이 아니기에 안전위주로 가자는 생각이 앞섰기 때문이다. 하루 종일 스키를 타도 넘어지는 경우는 별로 없지만 혹시나 하는 생각에 상급자용보다 안전도가 높은 중급을 선택한 것이다. 스키는 아무래도 난이도가 높은 슬로프에서 넘어질 확률이 높기 때문이다. 그러나 중급자용의 슬로프를 몇 번 즐기자니 중급 리프트를 이용하는 스키어들이 많이 늘어나 리프트를 타기 위해 줄서서 기다려야했다. 또한 스키어가 많다보니 슬로프에서 서로 부딪치는 사고가 종종 발생하였다. 오히려 상급자코스가 스키어가 적어 더 안전해 보이고 또 눈 상태도 더 좋아 보여 바로 상급자용으로 옮겨갔다.

겨울 운동으로 스키만 한 것이 또 있을까? 스키를 탈 때는 아무 생각 없는 무아지경이 되어 세상만사를 모두 잊어버리게 되는 게 좋다. 또한 바람을 가르며 경사진 슬로프를 내려오는 짜릿짜릿한 기분은 그 어떤 것과도 비교할 수 없고 온갖 스트레스를 팍팍 날려보낼 수 있어 좋다. 남이 스키를 타다가 눈 위에 넘어지는 것을 보는 것도 재미있고 내가 눈 위에 넘어져도 즐겁다. 눈 위에서 논다는 것은 어릴 때나 늙었을 때나 똑같이 즐겁고 재미있다. 눈 위에서는 남녀노소가 없는 듯하다. 더욱이 스키를 타며 산속의 맑은 공기를 마신다는 것은 얼마나 값진 것인가.

이번 겨울 들어 처음 타는 스키이고 준비가 안 되어서인지 세시간을 계속 타자니 다리가 후들거렸다. 작년에는 그러하지 않았다. 늙어간다는 것이 바로 이런 것이구나 하는 생각이 미치니 갑자기 서글퍼지기 시작하였다. 의기소침해져 욕심을 접고 스키화를 벗었다.

고객대기실에서 차 한 잔을 마시며 스키장을 바라보고 있노라니 스키에 미쳐 살던 젊은 시절이 떠올랐다. 80년대 초 대학 스키선수용 스키 장비를 수입할 때 내 장비도 훈련용으로 수입하였다. 그리고 겨울방학이면 바로 강원도 용평으로 달려가 동료들과 합숙하며 스키를 배웠다. 유명 지휘자 금난새 씨가 우리 일행에 동참하게 되어 나와 함께 스키를 처음 배웠다. 그도 운동신경이 좋아 오전에 잠깐 배우고 오후에는 바로 리프트를 타고 올라가 스키를 즐겼다. 그 후 지금까지 35년 동안 단 한 번도 그를 만나지 못하였다. TV를 통해서는 가끔 그를 보았지만.

당시 일반인들이 만만하게 이용할 수 있는 스키장으로는 용평스키장밖에 없었다. 우리는 스키를 타기 위하여 한겨울이면 보통 일주일씩 횡계에 있는 은성여관에 캠프를 차리곤 하였다. 낮에는 스키를 타고 밤에는 그곳 명물 오징어 불고기와 소주를 즐기며 피로를 풀었다. 그 당시 스키 타기 위한 환경은 지금에 비해 열악했어도 오히려 낭만이 있었다. 그 후 서울 인근에도 스키장이 생기며 스키를 당일치기로 다니게 되어 그와 같은 낭만은 없어지게 되었다. 35년 이상 스키를 타지만 스키실력은 늘지도 줄지도 않았다. 선수가 되거나 경기를 위한 것이 아니라 즐기기 위하여 스키를 타는 것이라 실력향상이 별로 없었기 때문이다. 스키는 자전거처럼 한번 배우면 영원히 잊혀지지 않는다. 8,90년대, 해마다 용평에서 일주일씩 여관에 묵으며 하루 종일 스키만 타던 시절이 꿈만 같다. 스키장비도 플레이트와 폴은 처음 구입했던 것을 지금까지 사용하고 있다. 부츠는 10여 년 전아주 추운 날 홍천 비발디파크에서 저절로 한쪽이 깨져버려 새로 개비하였다. 집사람은 궁상떨지 말고 신형으로 스키장비 한세트 새로 장만하라 하지만 35년 이상 같이 한 정과 애착이 있어 남의 눈치 보지 않고 그대로 사용하고 있다.

요즈음은 아들의 스노보드 장비가 놀고 있어 온가족의 만류에
도 불구하고 이번 겨울이 가기 전 스노보드 한번 배워 보고픈
생각 간절하다. 스키를 타며 새해 겨울을 활기차게 시작하니 올
한해가 활기차질 듯하다. 스키 인생에게는 겨울은 활기차고 즐
겁다. 겨울이 길었으면 좋겠다. 눈이 오면 스키 타기 좋겠다는
생각부터 하게 된다. 겨울은 활력과 낭만의 계절이다. 스키문화
를 알고부터 겨울에 위축되지 않았고 겨울은 동면의 계절이 아
니었다. 나는 웅크리고 봄을 기다리지 않고 봄이 겨울에 빠져
헤어날 줄 모르는 나를 기다린다.

나이가 들어서인지 요즈음은 별 생각을 다 한다. 병들어 죽을
때가 다가오면 침대에서 운명의 시간을 기다릴 것이 아니라 흰
눈 쌓인 높은 산봉우리에서 스키를 타면서 내려오다 계곡으로 날
라 설원에 묻혀버리는 생각을 해보는 것이다. 스키를 타며 설원
에서 인생을 마무리하겠다는 드라마틱한 발상이다. 그러한 꿈을
꾸기도 한다. 오스트리아의 정신분석학자 프로이드는 꿈은 잠재
의식의 발로라고 하였던가! 나의 그러한 생각이나 꿈은 잠재의식
속에서 스키와 겨울이 차지하는 비중을 말해준다고 할 수 있다.
내게 있어 겨울과 스키는 인생의 시작과 끝인 셈이다. 지금까지
나의 인생은 스키 인생, 겨울 인생이라 해도 과언은 아닐 듯하다.

고귀한 인생, 순교 인생

 토요일 이른 아침 스산한 가을 바람 맞으며 도보 성지순례에
나섰지요. 서울 용산성당 성직자 묘지 한편에는 초대 조선교구
장 브뤼기에르 주교가 찬바람 덮고 누워계시지요. 불란서 선교
사로 태국에서 고생고생하며 내몽고까지 왔다가 조선 입국을 앞
두고 47세에 선종하였지요. 조선 입국은 못하였지만 조선교구의
주교로 임명되어 초대 주교로 이름을 올리며 초대 교구장으로
인정되고 있지요.

 그곳에서 30여 분 걸으니 당고개 순교성지에 닿았지요. 그곳
에서는 열 명의 고결한 순교자 영혼이 나를 맞아주었지요. 최양
업 신부님 성가정도 화폭으로 재현되어 있지요. 순교자 평균연
령 43세라지요. 삼사십 대 젊은 나이에 신앙을 지키며 기꺼이
목이 잘려나가는 참수형을 당했지요. 참수당하는 어머니의 고통
을 줄여달라고 칼질하는 망나니에게 무엇을 갖다 바치는 어린
자녀들의 모습이 영상으로 남아 지워지질 않지요. 망나니는 단
칼에 목을 베기 위해 숫돌에 칼을 가는 모습이 선명하지요. 무

딘 칼로 베면 수차 베어야 목이 떨어진다니 그 고통은 어떠했을 까요. 서산 해미성지를 돌아보며 느꼈던 순교자들의 신앙심과 일편단심을 다시 확인하게 되었지요. 오랏줄에 묶이어 줄줄이 끌려가는 천주교 신자들은 신앙을 지키기 위하여 예수 마리아를 부르며 두려움 없이 기꺼이 죽음을 맞이하였다고 하지요. 그들 이 무엇을 그리 잘못했을까요?

용서는 할 수 없었을까요? 하느님은 배교하여 사는 것보다 신 앙을 위하여 순교하는 것을 어여삐 여기셨을까요? 고귀한 인간 의 생명이 그리도 무참하게 스러지는 것을 보며 숙연해지고 눈 시울이 뜨거워지면서도 한편 화가 나기도 하는 것은 어찌된 일 일까요? 여러가지 복합적인 감정으로 머리가 무거워지고 우울해 지고 착잡해지는 것을 금할 수가 없지요.

하느님은 항상 용서하고 인간은 가끔 용서하고 자연은 절대 용서하지 않는다는 어떤 사제의 말이 여운 남아있지요. 매화꽃 향기 찔레꽃 아픔을 증거한다는 순교자들의 인생을 다시 생각해 보게 되지요. 우리네 인생은 어떠한지요? 나의 인생은 어떠한 지? 가늘고 길게 사는 인생, 굵고 짧게 사는 인생, 어느 것이 최 선이고 바람직할지요. 요즘도 신앙을 위해, 종교를 위해 후회 없이 기꺼이 그와 같은 끔찍한 순교를 하는 사람이 있을까요?

문득 [내 인생에 가을이 오면]이란 시가 떠오르지요

내 인생에 가을이 오면

나는 나에게 물어볼 이야기들이 있습니다.

내 인생에 가을이 오면

나는 나에게 사람들을 사랑했느냐고 물을 겁니다

그때 가벼운 마음으로 말할 수 있도록 나는 지금 많은 사람들을

사랑하겠습니다.

......

내 인생에 가을이 오면

나는 나에게 어떤 열매를 얼마만큼 맺었느냐고 물을 겁니다.

그때 나는 자랑스럽게 대답하기 위해, 지금 나는 내 마음 밭에

좋은 생각의 씨를 뿌려놓은 좋은 말과 좋은 행동의 열매를 부지

런히 키워야 하겠습니다.

내 인생에 가을이 오면, 후회 없는 삶을 위하여…

이 시를 기억하니 천주교 박해시대에 순교한 교인들은 참으로
후회 없이 목숨을 던졌을까 다시 생각을 해 보게 되지요. 신앙
이 무엇이기에 하나밖에 없는 목숨을 내놓고 사랑하는 어린 것
과 가족까지 포기할 수 있었는지.

고통과 죽음을 두려워하지 않고 신앙을 증거하며 후회 없이

기꺼이 목을 내놓았던 순교자들이 떠오르며 다시 마음이 무겁고 인생이 허무해지지요. 나아가 현대 교인들의 신앙과 종교관을 생각하자니 인생과 죽음에 대한 화두에 머리가 복잡하여지네요.

오늘같이 바람 한 점 없이 적막한 가을날은 따끈한 메밀차라도 준비하여 사라브라이트만의 윈터 나잇winter night을 들으며 수녀 시인 이해인의 시를 읽고 싶어지지요. "네가 보고 싶었어"라고 말하는 이의 눈 속에 출렁이는 그림 한 점 샤갈의 〈푸른 장미〉, "너를 사랑해"라고 말하는 이의 목소리 속에 조용히 흔들리는 선율, 「G선상의 아리아」. 내게 이런 것을 느끼게 해 주신 당신의 크신 얼굴이 더 크게 살아오는 가을. 루오의 그림마다에서 당신의 커다란 눈들이 나를 부릅니다(이해인, 「가을편지」, 시간의 얼굴, 분도출판사, p.13).

모든 순교자들을 사랑하며 그들과 그 가족을 위해 기도하고 싶어지네요.

여자의 일생

- 길상사와 법정 스님 -

성북동은 고려대학과 더불어 언제나 내 마음의 고향이다. 사월 초파일을 앞두고 성북동을 찾았다. 올해는 성북동을 세 차례 방문한다. 최순우 고택, 한용운의 심우장, 간송박물관은 여전하다. 소설가 이태준 가옥은 수리 중이었다. 찻집으로 사용해 와 차 한 잔 할 겸 들렀지만 유감이었다. 그러나 순수문학을 추구하던 이태준, 이효석 등 9인회의 산실은 둘러볼 수 있었다.

길상사 길에 접어들며 길옆에 있는 성북동 성당에 들렀다. 내가 38년 전 세상을 떠난 박귀훈 신부님으로부터 혼배성사를 받기 위해 영성체를 한 성당이다. 하지만 위치는 약간 언덕 아래로 이전하여 신축되어 있었다. 성당의 스테인드글라스가 유명하여 그것을 보기 위해 전국에서 방문하기도 한다. 내가 유년 시절 다녔던 혜화동 성당의 그것과는 그림과 문양이 한국적이라는 점에서 달리 보였다.

성당을 나와 고급주택단지 성락원을 지나자 바로 길상사 대문이 나타났다. 길상사는 국내 굴지의 관광요정 대원각의 후신이다. 대문을 들어서자 관음보살상이 눈길을 끌었다. 석상인 보살상은 놀랍게도 천주교 성모상과 닮아 있었다. 용모며 몸매가 성모상과 흡사하여 성당에 옮겨 놓는다면 성모상이라 할 수 있을 듯 하였다. 이제껏 보아온 관음보살상과 달라 알아보니 천주교 신자인 조각가가 종교간 화합을 염원하여 만든 것이라 한다.

그곳을 조금 지나니 나지막한 극락전이 있었다. 길상사의 본 법당으로 아미타부처님을 봉안한 곳이다. 너른 마당에는 수많은 연등이 줄지어 빼곡하게 걸려 있었다. 경내에는 지장전 선열당 길상선원 범종각 그리고 도서관까지 수십 개의 건물이 산재되어 있었다.

극락전에서 오솔길을 따라 산 위로 오르니 진영각에 도달하였다. 법정 스님이 거처하다 입적한 곳이다. 법정 스님은 무소유를 설파하고 그의 저서 『무소유』는 장기간 베스트셀러가 되기도 하였다. 법정 스님의 무소유 철학에 감복한 대원각 주인 김영한은 1,000억 원 규모의 그것을 흔쾌히 보시하여 법정 스님에게 사찰로 만들어 줄 것을 부탁한다. 그리고 대원각은 법정에 의해 길상사란 사찰로 조계종 송광사의 말사로 등록되기에 이른다.

김영한은 미남 시인 백석의 연인, 자야로 널리 알려져 있다.

그는 평생을, 못 돌아오는 백석을 그리워하며 일편단심으로 살았다고 한다.

백석은 일제시대 일본 청산학원 영어과를 다닌 얼짱 인텔리로 조선일보 기자를 거쳐 영신고등학교 교사를 하게 된다. 그는 교사들 회식 자리에서 그녀를 처음 만나 사랑하고 동거하기에 이른다. 당시 신분의 차이로 결혼을 할 수 없었던 그녀는 월남하게 되고 그는 북에 남게 된다. 그녀는 백석만을 연모하며 억척스럽게 돈을 벌고 대원각을 소유하게 된다. 그곳은 우리나라 경제개발초기에 성을 상품화하여 일본인 등을 유치하여 외화를 벌어들였다고 기생관광으로 소문난 곳이다. 대원각에서 조금 떨어진 삼청터널 인근에는 국내 최고의 관광요정 삼청각이 있었고 대원각은 그곳과 쌍벽을 이루었다. 당시 나는 성북동에 살며 가끔 길에서 스치며 본 그곳 출입 기생들의 미모에 반해 잠을 설치기도 하였다. 우리 이웃 동네에는 이들 기생들의 버선을 빨아주며 생계를 유지하는 집도 있었다.

길상화라는 법명을 얻은 김영한의 인생은 기생으로 출발하였지만 음식점 사업가로 성공하고 백석을 그리워하며 수필집을 저술하기도 하였다. 노년에는 그곳에서 일하였던 젊은 여성들도 생각하며 자신이 죄를 지었다고 속죄하게 된다. 그리고 대원각의 젊은 여인들이 옷을 갈아입던 곳에서 장엄한 범종 소리가 울려 퍼지기를 소원하며 범종각을 세운다. 또한 고해를 살아가는 인간 누구나 지친 몸과 영혼을 쉴 수 있도록 평생 모은 재산을 쾌척하게 된 것이다.

인생은 빈손으로 왔다가 빈손으로 간다(공수래공수거空手來空手去)는 진리를 법정을 통하여 깨달은 것일까. 그 후 그의 한 많은 육신은 한 줌의 재로 길상사 언덕바지에 뿌려진다. 법정 스님 또한 입적한 뒤 진영각 옆 낮은 언덕에 50cm도 안 되는 작은 탑으로 이승의 족적이 남겨질 뿐이다.

진영각을 돌아 선원 앞마당을 지나며 김영한의 기구한 일생과 법정의 무소유 철학을 생각하면서 무거운 발걸음을 옮겼다. 멀리서 최희준의 『하숙생』이 환청으로 들리는 듯하였다.

「인생은 나그네 길
어디서 왔다가 어디로 가는가
구름이 흘러가듯 떠돌다가는 길에
정일랑 ~ 두지말자 미련일랑 ~두지 말자」

갓바위 등산객

 기복신앙은 불교에만 해당되는 것은 아니다. 모든 종교가 기본적으로 기복적인 성격을 갖고 있다. 어떤 통계를 보니 교인이 종교를 믿는 이유가 백분율로 표시되어 있다. 불교 신자와 개신교 신자의 12%가 복을 받기 위해서 종교를 믿는다고 하였다. 천주교 신자의 경우는 5%가 그러하였다. 영원한 삶을 위해 종교를 믿는 사람은 불교 신자의 5%, 삶의 의미를 찾기 위한 것이 9% 그리고 마음의 평안을 얻기 위한 것이 73%를 차지하였다. 천주교의 경우에는 12%가 영원한 삶을 위해서, 20%가 삶의 의미를 찾아서 그리고 63%가 마음의 평안을 찾아서 종교를 믿고 있었다. 한편 개신교의 경우에는 16%가 삶의 의미를 찾기 위하여, 26%가 영원한 삶을 위해 그리고 45%가 마음의 평안을 얻기 위한 것이라고 하였다. 기복신앙으로는 불교 신자와 개신교 신자가 비슷한 측면이 있고 마음의 평안을 얻기 위한 측면에서는 불교 신자와 천주교 신자가 비슷하다는 점이 흥미롭다. 모든 종교에는 기도의식이 있다. 기도에는 소원이 이루어지기를 바라는 신자들의 간절한 마음이 담겨 있다. 특정 대상에게 소원을 비는 마음과 행동은 종교인에게만 국한된 것은 아니다. 인간은 불완전한 존재이기에 예로부터 완전한 절대자인 신에게 복을 빌어 왔다. 또 앞으로도 과학의 발달과 무관하게 크게 다르지 않을 듯하다. 대구 팔공산 관봉 정상 갓바위는 소원을 비는 기도 장소로 유명하다. 갓바위에 소원을 빌면 그 소원이 이루어진다하여 소원을 빌려는 사람들이 전국에서 모여든다. 특히 수능을 앞두고 수험생들의 부모가 백일기도를 하는 곳으로도 소문이 나 있다.

내가 대구 팔공산 유스호스텔에 여장을 푼 때는 사월 중순 벚꽃이 만발하던 무렵이었다. 제17회 수필의 날 행사가 대구에서 개최된다고 하여 문우 일행 틈에 끼어 행사 참석차 대구를 방문하게 된 것이다. 만발한 벚꽃이 바람 따라 흩날리는 서울 예술의 전당 길을 시작으로 가곡 동무생각으로 유명한 청라언덕과 대구문학관 그리고 김광석 거리를 거쳐 대구문화예술회관에서 행사를 하고 숙소에 도착하였다. 대구 문인협회 정 이사의 친절하고 자상한 안내를 받으며 내 마음은 이미 다음날 아침에는 갓바위를 다녀와야겠다는 쪽으로 기울고 있었다.

나는 유스호스텔 별관 3층에 있는 온돌방에서 문우 4명과 합숙하게 되어 있었다. 방이 크지 않아 5명이 겨우 어깨를 붙이지 않고 누울 수 있었다. 팔을 벌리기만 하면 옆 사람의 몸을 치게 되었다. 더욱이 내가 공교롭게 3번째 한가운데서 자게 되었다. 나는 긴장하며 반듯하게 누워 잠을 청하였다. 문우들은 바쁜 일정에 피곤해서인지 쉽게 잠이 들었지만 나는 행사장에 들어가며 커피를 한 잔 마신 탓인지 쉽게 잠이 오지 않았다. 억지로 잠을 청해 눈을 붙이려 할 때 옆에서 드르렁 드르렁 코 고는 소리가 들렸다. 잠시 후 다른 쪽 문우가 또 코를 골기 시작하였다. 좌우 양쪽에서 코를 고니 잠을 잘 수가 없었다. 그래도 이를 가는 사람은 없어 잠자리에 누워 있을 수는 있었다. 잠자리에 들며 아침에 갓바위를 다녀오려면 새벽 5시에는 일어나야겠다고 마음먹었다. 갓바위는 팔공산 관모봉 정상에 있는 통일신라시대 약사여래불상이다. 불상의 머리에 마치 갓을 쓴 듯한 넓적한 돌이 얹어져 있어 갓바위라고 부른다. 그에게 소원을 빌면 한 가지는 꼭 들어준다고 알려져 있고 안내판에도 그리 소개되어 있었다. 나도 그 유명한 갓바위도 보고 우리 아이들의 장래와 가정의 행복을 위한 소원을 빌고 싶었다. 그러나 잠을 이룰 수 없어 낮에 보았던 대구문학관의 대구문학아카이브에 소개된 「씨 뿌린 사람들」과 「민족문학의 모색과 이념적 갈등」을 떠올려보았다. 그리고 김광석 거리의 벽면에서 보았던 그라피티를 회상하며 이런 생각 저런 생각으로 아침 여섯 시 가까이 되어서야 잠자리에서 일어날 수 있었다. 1시간이나 늦게 일어나 갓바위를 다녀오면 단체행사 일정에 맞출 수가 없었다.

우리 방에서 제일 먼저 일어난 나는 갓바위까지는 못가더라도

산 중턱에 있는 관암사까지만이라도 올라가기로 마음먹었다. 유
스호스텔을 혼자 출발한 나는 갓바위 등산 안내소를 지나 콘크
리트 포장도로를 따라 올라갔다. 절까지 가는 등산로는 차가 다
닐 정도로 넓게 포장되어 있고 그 옆으로는 인도용인 듯한 계단
이 이어져 있었다. 주변 산자락에는 겨울잠에서 깨어난 수목들
에 물이 올라 봄기운을 느낄 수 있었다. 생전 처음 대구 팔공산
가파른 등산로를 오르려니 어제 보았던 대구문학관의 전시물과
대구수필문학세미나 주제발표가 연상되었다.

　1950년의 한국전쟁으로 대구는 문학의 꽃을 피웠고 전시문단
을 형성하였다는 점이 뇌리에서 되살아난 것이다. 전쟁의 상흔
과 폐허 속에서 대구문학이 전성기를 맞이하고 대구문단은 생동
감이 넘쳤다는 것은 아이러니가 아닐 수 없다. 그러나 인과 관
계는 분명하였다. 전쟁 직후 우리 군은 북한군에 계속 밀리고
대구지역은 낙동강전선의 요충지가 되었다. 그에 따라 대구는
전숙희, 박인환 등 종군작가단의 활동무대가 되었다. 뿐만 아니
라 구상, 오상순, 김팔봉, 조지훈, 마해송, 정비석, 최인욱, 유
주현 등 한국문단의 대표적인 작가와 작곡가 김동진, 화가 이중
섭 등이 대구에 유입되었기 때문이다. 이들은 「전선문학」, 「전선
시첩」 등의 전시매체들을 발간하며 시, 소설, 수필, 평전, 문예
잡지 등도 활발하게 출판하였다. 출판업계도 동반하여 활기를
띠게 되었던 것이다. 한 가지 의아하게 생각되는 것은 전시문단
과 전시매체가 활성화되고 전장의 특수한 지형이 형성되었지만

전쟁문학이라고 하는 장르를 대표하는 걸작은 별로 나타나지 않았다는 사실이다. 나의 과문의 탓도 있으리라 생각하며 그런 생각은 접기로 하였다. 그리고 관암사를 배경으로 셀카를 한 장 찍었다.

관암사는 높은 석축 위에 있었다. 절 입구에는 아치형의 돌다리도 있고 그 안쪽에는 불상이 자리 잡고 있었다. 대웅전 앞마당에는 석탑이 자리 잡고 그 아래 약수터에도 대부분의 사찰과는 달리 불상이 있었다. 전체적으로 사찰은 대웅전을 중심으로 ㄷ자 형태로 반듯하게 세워져 있었다. 산에서 내려오는 등산객들은 이곳에 들러 약수도 마시고 합장을 하고 시주함에 지폐를 넣기도 하며 조심스럽게 산 아래로 내려갔다. 관암사에서 갓바위까지는 2km정도 된다고 하였다. 다른 곳과 달리 홀로 다니는 등산객이 많다는 점이 인상적이었다. 약수를 한잔 떠 마시고 하산하려하니 아치형 돌다리 안쪽 불상 앞에서 등산복을 입은 여자 한 명이 무릎을 꿇고 합장을 하며 발원하고 있었다. 그 옆에는 물통을 넣은 갈색 등산배낭이 반듯하게 놓여 있고 자주색 운동모자가 배낭 위에 얹혀 있었다. 무엇을 그리 간절하게 비는 것인지 미동도 하지 않았다. 호기심이 발동하여 그녀가 일어나는 것이 보고 싶어 한참을 주시하였다. 그러나 전혀 일어날 기미를 보이지 않아 나는 시간 관계상 발길을 옮기지 않을 수 없었다. 하산하면서 보니 올라오는 사람들 중에 남자는 별로 없고 여자 등산객들이 대부분이었다. 그들은 또한 혼자였다. 이른 아침 산행하는 등산복 차림의 여인들은 등산보다는 소원을 빌기 위해 갓바위로 향하는 사람들이라는 것을 알게 되었다. 무슨 사연이 있는 사람들이리라. 사연은 남자보다 여자가 더 많은 것인지, 여자가 남자보다 기복문화에 더 익숙한 것이지 궁금하여졌다. 조금 전에 보았던 무릎 꿇고 빌던 여자는 남편의 바람기를 잡아달라고 비는 것인지 아들을 낳게 해달라고 비는 것인지 짐작이 가지 않았다. 어쩌면 남편의 사업이 잘되게 해달라고 비는 것인지도 모를 일이었다.

근래 기도발이란 말이 유행하는 듯하다. 기도발이 잘 먹힌다는 말도 종종 들을 수 있다. 기도를 하면 응답이 있다는 뜻일 것이다. 팔공산 갓바위는 속된 표현으로 기도발이 잘 먹히는 곳이라는 말이 될 것이다. 팔공산을 등산하며 갓바위를 불과 2km 정도 남겨두고 되돌아온 것이 못내 아쉽고 유감스러웠다.

서둘러 숙소로 돌아오니 새벽 5시에 일어나 갓바위까지 올라갔다가 돌아온 여류문우들의 얘기가 들렸다. 마치 무용담을 듣는 듯하였다. 갓바위 등산객들은 기도의 전설을 만들어 가고 있었다.

성당 작은 도서관 개관과 성당문화

　지난 8월 2일 청담동성당 교중미사 후 작은 도서관 개관식이 거행되었다. 성당 1층 성 유대철방 첫 번째 서가 일부에 한국교회사 관련서적 사오십 권을 비치하고 도서관이라 칭하며 제법 거창하게 오픈 세리머니를 한 것이다. 천주교회 행사이니 자연 신부님 참석 하에 축성식으로 이루어졌다.

　행사를 주도한 주최 측은 청담동성당교회사학교였다. 긴 책상 서너 개를 잇대어 놓고 케익과 과자, 음료수, 후르츠 칵테일 등에 포도주까지 준비하였다. 후르츠 칵테일은 투명한 플라스틱 컵에 빨강 수박과 파란 멜론, 그리고 노랑 파인애플 조각을 담아 시각적으로도 볼품 있고 고급스런 분위기를 연출하였다. 케익은 특별주문한 것인지 어른 한 팔 만큼이나 될 듯한 길이의 직사각형에 「축 개관 교회사연구회도서관」이란 초코렛 글씨가 선명하였다. 축성식에서 청담동교회사학교 교장선생님은 시작은 미미하지만 시간이 경과되면 창대해질 것이라고 인사말을 하였다. 주임신부님은 청담동교회사학교가 벌써 5기 수강생을 모집

한다며 강사 봉사자 등 관계자의 노고를 치하하고 앞으로 도서 40권을 추가 구매하여 주실 것을 약속하며 강복하여 주셨다. 현재 서가에 비치된 도서는 주임신부님이 구입하여 주신 것이고 일부는 기증받은 것이라 하였다.

나는 누구의 아이디어로 성당 내 도서관이 마련된 것인지가 궁금하였다. 관계자는 성당교회사학교 봉사자들의 대화 도중에 나온 것이라고만 말하고 구체적인 답변은 하지 않았다. 주임신부님의 의사결정도 예삿일은 아니었을 것으로 생각되었다.

나는 국내외 성당에서 도서관을 본 적이 없다. 과문의 탓인지 모르지만 도서관이 있는 성당 얘기를 들어본 적도 없다. 바티칸에 가서도 박물관이나 미술관 등은 보았어도 씨스티나 대성당이나 성피에트로 대성당 어디에서도 도서관은 보지 못하였었다. 인터넷으로 검색하여 보니 놀랍게도 미주지역 한인 성당인 정하상바오로성당 도서관이 눈에 들어왔다. 성당은 「책 읽는 교회, 성숙한 신앙」을 표방하며 도서관 이용을 독려하고 있었다. 신자들에게 도서 대출까지 하고 있었다.

수개월 전 성북동 길상사에 들렀다가 경내 도서관을 보고 놀란 적이 있다. 길상사는 국내 굴지의 요정 대원각이 주인 김영한의 청에 의해 법정 스님이 송광사의 말사로 등록하게 하여 사찰로 전환된 곳이 아닌가? 도서관에는 그곳에서 집필하며 입적한 법정 스님과 인연이 있는 책을 비롯하여 김수환 추기경, 이해인 수녀님의 책도 비치되어 있다. 일개 사찰이 도서관을 가지고 있다니? 도서관이 있는 성당은 본 적이 없는데? 길상사가 갑자기 뜨겁고 아름답게 다가왔다. 갑자기 법회가 언제 있는지 궁금하여졌다. 길상사가 새롭게 마음속에 들어왔다.

나는 신부님에게 도서관 입구에 도서관 간판을 부착하면 좋겠다는 의견을 피력하였다. 신부님은 장서 수를 의식한 듯 도서가 늘어나면 간판도 달 것이라 하였다. 내친 김에 도서 검색할 수 있는 컴퓨터도 한 대 있으면 좋겠다고 하였다. 오늘날은 전자시대가 되어 도서관의 장서가 큰 문제가 되지는 않는다. 종이책보다 전자책의 비중이 점점 높아지고 있다. 컴퓨터로 도서 검색하고 컴퓨터로 책을 읽는다. 논문도 종이논문보다 컴퓨터를 통하여 읽는 전자 논문이나 전자저널의 비중이 커지고 있다. 우리 작은 도서관도 점차 도서 검색이나 전자도서를 읽기 위하여 컴퓨터의 설치가 필수적이고 전자시스템도 갖추어 나가야 할 것이다.

책은 마음의 양식이라 하고 책을 읽는 민족은 망하지 않는다는 말도 있다. 성공하는 사람들은 책을 읽는다. 독서를 통하여 정보를 얻고 지혜를 얻고 행복을 찾아내는 것이다.

청담동성당 작은 도서관에서 차 한 잔 마시며 순교자들이나 한국교회사를 들여다 볼 수 있을 것이다. 모처럼 작은 도서관에 앉아 묵상에 잠겨볼 수도 있을 것이다. 같은 주제를 가지고 의견을 나누며 교인 사이에 토론도 할 수 있을 것이다. 오늘날 대학도서관 등 도서관은 책 읽고 공부하는 공간으로의 기능만 하는 곳이 아니다. 책도 읽을 수 있고 스터디룸 등 토론방에서 토론도 할 수 있고 영상자료를 통하여 친구와 영화도 볼 수 있다. 차도 마실 수 있고 식사도 할 수 있으며 휴게실에서 휴식도 취할 수 있다. 어느 대학 도서관에는 수면을 취할 수 있는 수면실까지 있는 곳도 있다.

도서관은 정보의 마당, 친교의 마당이며 나아가 휴식 공간, 생활의 중심 공간, 중심 터이기도하다. 따라서 도서관에는 도서관 문화가 생기기 마련이다. 도서관의 특색에 따라 특색 있는 다른 문화가 형성된다. 영상자료실이 아늑하고 편안하게 잘 마련된 도서관에서는 데이트족이나 친구 사이에서 음료수를 같이 마시며 함께하는 문화가 형성되기도 한다.

교회나 사찰 같은 종교시설에 도서관이 마련되어 있다는 것은 그 절이나 교회의 브랜드 가치를 높이는 결과를 가져온다. 그 절이나 교회의 성가聲價나 명성, 인지도에 차별화를 가져온다. 무형의 가치를 높이게 되는 것은 그 종교시설의 수준이나 품격을 한결 드높이는 것이다.

우리 성당의 작은 도서관이 뜻하지 않게 청담동성당의 브랜드 가치를 높이고 새로운 도서관 문화를 형성하게 된다면 그 또한 나쁘지 않고 바람직할 것이다. 우리 청담동성당의 작은 도서관이 영적 수준과 신앙심을 고양시키며 인간과 인간, 인간과 신과의 관계를 더욱 돈독하게 하기를 바란다. 박해시대의 신앙촌과 같이 작은 도서관을 통하여 교인들이 영성과 신앙심을 충만하게 하고 교우 모두 행복할 수 있기를 기도한다. 작은 도서관을 통한 또 다른 청담동성당문화가 새롭게 형성되기를 기대해 본다.

일본 문화기행과 사찰 순례자

우리 5남매 부부가 일본 여행에 나섰다. 예술의 섬 나오시마와 우동의 본고장인 다카마쓰를 찾아 문화기행에 나선 것이다. 나오시마에는 우리나라 이우환 화백의 미술관과 지하 건물인 일본 건축가 안도 다다오의 지중 미술관이 있다. 그리고 여기저기 조형물도 있어 섬 전체가 미술관이라 한다. 다카마쓰는 면발이 쫄깃쫄깃한 사누키 우동의 본고장이며 우동의 성지라고 하지 않는가! 5남매의 장남으로 동생들 부부와 함께 해외여행을 하고 싶어 수년 전부터 해외여행 시켜준다고 말한 것이 그리 된 것이다.

다카마쓰에서 나오시마행 여객선을 타기 위하여 버스에서 대기 중에는 내 생일이라 하여 여행객 일행이 축하를 하며 박수를 쳐줘 내 생전 처음으로 외국에서 여행객들로부터 생일 축하도 받고 감사 인사말도 하였다. 해외에서 마치 생일 써프라이즈를 받은 기분이었다.

다카마쓰는 일본 열도를 이루는 네 개의 주요 섬들 중에서 가장 작은 섬 시코쿠의 북부 가가와 현의 현청소재지였다. 다카마

츠성城을 중심으로 도시가 발달하고 우동과 칠기가 유명하였다. 16세기 전국시대에는 오다 노부나가의 공격을 받았으며 이후 토요토미 히데요시 휘하의 이코마 치카마사에 의해 다카마쓰성이 축성되었고 읍성으로 발달하였다. 태평양 전쟁 때에는 미군의 공습으로 피해를 입기도 하였다 한다. 도시의 남쪽에는 넓은 산악지대가 있고 일본에서 경치가 가장 아름다운 도시 가운데 하나로 손꼽히고 있었다.

우리는 에도시대 초기 일본 귀족공원으로 일본에서 가장 아름다운 공원으로 손꼽히는 리츠린 공원을 비롯하여 지역동네인 메이져 시대의 시코쿠 민가도 둘러보았다. 리츠린공원에는 구릉지도 있고 잘 다듬어진 수목 가운데 연못도 있으며 연못 위에는 아치형의 나무 다리도 있어 아기자기하면서도 아름다운 일본 정원의 전형을 보는 듯하였다. 우리가 연못 가까이 다가가자 팔뚝만한 잉어들이 모여들어, 가까이에 있는 매점에서 고기밥을 사다 뿌려주었다. 물고기들은 먹이를 보고 입을 쫙 벌리고 모두 달려들어 볼 만하였다. 식사 때에는 면발이 탱탱하고 쫄깃쫄깃한 사누키 우동도 맛보았다. 사누키 우동은 밀가루 반죽을 발로 밟아 면발이 쫄깃쫄깃한 족타 우동으로 유명하였다. 우리가 우동을 먹으며 맛있다고 하자 우동집 주인 딸은 한국의 감자탕이 최고이며 부대찌개도 맛있어 그 이후 우동은 안 먹는다고 안내자는 말해주었다. 우동 한 상을 잘 먹고 나오자니 어디 촬영 팀이 마치 영화촬영 하듯 우동과 우동집을 촬영하고 있었다.

우리는 다카마쓰 기념품가게를 지나 사찰로 올라갔다. 사찰에는 앞마당에 수도꼭지가 있는 우리나라 우물 같은 수도시설이 있고 그 옆에는 나무의자가 놓인 나무 그늘막도 있었다. 나는 우리 일행과 단체사진을 찍던 중에 절 계단 아래 나무 숲길에서부터 홀로 올라오는 특이한 차림의 사람을 보았다. 흰 옷을 입고 삿갓을 쓰고 지팡이를 들고 있어 쉽게 눈에 띄었다. 절의 이곳저곳을 둘러보자니 같은 행색의 여자도 보였다. 그 사람은 웃옷은 흰색이었으나 청바지차림이었다. 자세히 보니 서양 여자였다. 절 마당에 있는 수도꼭지에서 나오는 물을 마시고 잠시 그늘막 나무 의자에 앉아 쉬는 듯 하더니 바로 사라졌다. 궁금한 생각이 들어 그들에 대해 물어보았다. 그들은 모두 순례자라고 하였다. 그 말을 듣고 보니 일본 시코쿠지방의 사찰순례자가 생각났다. 그들은 시코쿠지역 1,200km에 걸쳐 있는 사찰 88개를 도는 순례자들이었던 것이다. 도보로 순례하는 경우에는 한 달반이 걸리고 자전거로 도는 경우에는 보름 정도 걸린다고 하였다. 천주교도들이 즐겨 찾는 스페인의 산티아고 순례와 같은 것으로 생각되었다. 시코쿠 순례자들이 신라시대 원효대사와 같은 구도승 같이 보였다.

시코쿠 순례길은 일본 불교 순례길이다. 1200년 전 일본 밀교의 가장 큰 종파인 진안종을 창시한 홍법대사가 자신과 중생의 재액을 피하기 위하여 자신의 고향인 시코쿠를 한 바퀴 순례하면서 만들어진 길이라 한다. 순례자들의 흰색 저고리에는 한자로 동행이인同行二人이라고 쓰여 있었는데 순례자들은 자신이 혼자가 아니라 홍법대사와 함께 한다는 뜻이라는 것이다. 지팡이는 순례자의 필수품인데 홍법대사의 화신으로 생각하여 매우 소중하게 여긴다고 하였다. 따라서 순례를 마치고 잠자리에 들기 전에는 지팡이의 끝을 깨끗하게 씻고 머리맡에 세워 두고 잠을 잔다는 것이다. 지팡이가 순례 도중 부러지면 다시 시작해야 한다고도 한다. 흰 웃옷은 수의로 과거에는 순례 도중 사망하는 경우가 많아서 죽을 각오로 순례를 한다거나 순례 도중 죽어도 여한이 없다거나 하는 뜻이 담겨 있다는 것이다. 지팡이와 흰옷 그리고 삿갓 등은 모든 순례자들이 갖추어야 하는 필수품으로 일종의 유니폼 같은 것이었다. 그러한 것들은 일본 불교 순례문화를 만들고 있었다.

순례자들은 살아있는 순교 인생 같은 생각이 들어 어떤 사람들이 그렇게 자초하여 고행을 하고 수행을 하는지가 궁금하였다. 어떤 이는 근래에는 직장을 다니다 그만둔 사람들이 많이 순례를 한다고 하였다. 그러나 과거에는 죄를 짓고 갈 곳 없는 사람들이나 중병을 앓아 죽음을 각오하고 참가하는 사람도 있었다 한다. 평생 순례를 하다가 길가에서 죽음을 맞이하는 경우도 있었다는 것이다. 시코쿠 팔십팔 개소 순례는 삶과 죽음이 공존하는 종교행위였다.

순례는 전 구간을 혼자 하기도 하고 단체로 참가하기도 하였다. 시코쿠 순례길에는 남자와 여자, 그리고 외국인도 참가하기도 하며 수차례 순례를 한 사람도 있다고 하였다. 길에서 만난 이들 순례자, 오헨로들은 동행이 되기도 하고, 숙소에 함께 머물기도 하며 우정을 나눈다 한다. 혼자이면서 함께인 것이다. 시코쿠에는 이들 순례자에게 차나 음식, 잠자리까지 제공하는 전통도 있다고 한다.

성스런 수행 순례를 하는 이들 순례자들을 눈여겨보며 순례에서 깨우치는 것은 무엇일까, 순례에서 얻는 것은 무엇일까를 곰곰이 생각해 보았다. 왕자로 태어나 왕위를 저버리고 인생에 대한 해답을 찾기 위해 험난한 구도의 길에 나서 인생무상을 깨달은 석가모니를 이해할 수 있을 듯하였다. 욕심을 버리면 해탈의 경지에 이르고 그것이 닐바나 라는 뜻을 알 듯도 하였다.

그리고 무슨 사연 있어 순례 길에 나섰을까를 생각하다가 불현듯 나도 한번 동참해 보고 싶어지는 마음을 억제할 수 없었다. 한때나마 막연하게 가톨릭 신부가 되면 어떨까 하는 생각을 하던 때가 회상되었다.

간월산 등산과 죽림굴

　청담동성당을 출발한 관광버스는 안개 속을 뚫고 새벽을 깨우며 언양을 향해 달렸다. 부슬비가 내리고 안개가 끼어 고속도로는 미끄러웠지만 깊어가는 가을의 정취를 더해주었다. 속리산 휴게소에서 내려 바라보니 운무 속에서 산자락이 어렴풋이 보였다. 산행이 위험하게 생각되었다. 그러나 간월산에 도착하니 비도 멎고 안개도 사라졌다. 간월산 입구 건너편으로 아스라이 천황산 사자봉이 보이고 그 오른편으로 청도 가지산 그리고 왼편으로 밀양 재악산 수미봉이 나타났다. 밀양, 청도, 양산, 언양에 거쳐 일천 미터 이상의 고산군들이 둘러서 있고 자연경관이 아름다워 이 지역을 영남 알프스라고 부르고 있다.

　우리 교우산악회 산우들이 등산을 시작할 무렵 다시 잿빛 안개가 산 중턱으로 피어오르기 시작하였다. 그러나 또다시 날씨가 좋아지기를 기대하며 예정대로 정오 무렵부터 배내고개에서 간월산 산행을 시작하였다. 신불산 억새 대평원을 볼 수 있으리란 기대를 품은 채…. 그러나 배내봉에서 간월산장에 이르는 동안 안개는 우리 곁을 떠나지 않았다. 가끔 빗방울까지 뿌렸다. 산길 주변은 나무나 풀 외엔 아무 것도 보이지 않았다. 오직 앞서 가는 일행의 엉덩이와 뒷모습만 보일 뿐. 서울 출발 시부터 모두가 기대했던 억새의 향연은 잊은 지 오래되었다. 우리는 산장에서 엉거주춤한 자세로 준비해 간 점심을 먹고 주변 경관을 감상도 하지 못한 채 하산을 재촉하였다. 산행이 아주 위험한 상황은 아니었지만 날씨가 어떻게 변할지 모르고 여성 회원들이 많아 안전을 최우선하였기 때문이다. 일행 선두가 파래소폭포를 지나 하단지구 갈림길에서 신불산 휴양림으로 방향을 잡았다. 신불산은 만추의 산골짜기가 폭포와 개울과 어울려 한 폭의 동양화 같았다. 자연경관이 좋은 골짜기 물줄기 따라 방갈로 시설이 있고 벤치와 휴식공간도 있었다.

우리는 길게 이어지는 간월재 산길을 터덜터덜 걸어 내려오다 뜻밖에 「천주교성지 죽림굴」 표지판을 만났다. 죽림굴은 행정구역상 울산시 울주군에 속해 있었다. 제2차 천주교 박해인 기해박해(1839년) 당시 천주교 신자들이 관아의 눈길을 피해 숨어들었던 피난처이다. 천주교 신자라는 이유만으로 교수형을 당하던 박해당시 교우들은 안전한 곳을 찾아 이 깊숙한 간월산으로 들어와 토기와 숯을 구워 생계를 유지했다고 한다. 그리고 간월 쪽에서 포졸들의 움직임이 보이면 교우들 모두 이 동굴 속으로 몸을 피하곤 하였다. 그 후 경신박해(1860년) 때에는 한국인 두 번째 신부인 최양업 토마스 신부가 이곳에 4개월 은신하며 미사를 집전하였다고 한다. 그는 충청도 홍주(지금의 홍성) 땅 다락골(현재 행정구역상 청양)에서 출생하여 마카오에서 신학공부를 하고 후일 사제가 되어 귀국하였다. 그 후 전국의 교우촌을 찾아 일년에 2,400여km 걸어다니며 성사를 집전한 것으로 유명하다. 나는 한국천주교회사 학교를 다니며 천주교 박해를 공부하고 발표도 하면서 박해와 최양업 신부에 대해 큰 관심을 갖게 되었다. 또 죽림굴에 대한 글을 읽은 바 있었다.

나는 죽림굴 비석 옆 비탈길을 올라가 굴 속을 들여다보았다. 굴 입구 주변에는 대나무와 잡목이 늘어서 있고 굴 입구는 좁아 눈에 잘 띄지 않았으나 굴 내부는 넓게 펼쳐져 있었다. 백여 명이 충분히 미사를 볼 수도 있을 듯하였다. 그리고 굴 안에는 성모상 등 성물이 놓여 있었다. 나는 화살기도로 이곳까지 와서 성사를 집전했던 최양업 신부와 박해를 피하여 이곳에서 신앙공동체 생활을 하였던 신자들을 위하여 기도하였다. 또한 우리 가족들을 위하여 빌었다.

죽림굴을 떠나 길게 산길을 내려오며 산골 주변을 보면서 천주교박해시대 이곳과 강원도 풍수원 천주교 교우촌에서의 교우들의 신앙공동체 생활 모습이 머릿속에서 그려졌다.

내가 걸어 내려가고 있는 그 산길이 박해를 피해 숨어 사는 교우들이 토기나 숯을 한 짐 지고 다녔던 바로 그 길일 것이라 생각하니 여느 길과는 다른 느낌이 들었다. 오래전 가족과 함께 풍수원 성당 성사에도 참례하고 우리나라 최초의 박해 피난처 신앙공동체 지역을 돌아보던 기억이 되살아났다. 그리고 인간에게 신앙이 무엇이기에 목숨을 내 놓고 그것을 지키려 하고 산골 오지에 숨어들어서 그리 힘든 삶을 살았을까를 다시 생각하게 되었다. 또한 내가 천주교 박해시대의 천주교 신자였다면 어떻게 하였을까도 생각해 보게 되었다. 이어 인도나 티벳 불교 신자들의 오체투지도 연상되었다. 그들은 머리, 가슴, 팔, 다리 배가 땅에 닿게 하는 절로서 기도하며 성지순례를 하지 않는가. TV에서 보니 오체투지로 수년 동안 성지순례를 하는 경우도 있었다. 신앙을 위해 목숨을 내놓기도 하고 산골 오지에서 평생을 고생하며 힘들고 어렵게 살기도 하며 자진하여 오체투지 같은 고행을 하는 것은 아무리 생각해도 쉽게 이해되지 않았다.

신앙이란 정신세계에는 참으로 불가사의한 것이 있다는 것을 깨닫게 하였다. 그러면서 천주교박해시대 온갖 수난을 당하며 신앙을 지키고 또한 오체투지로 고행하며 수행하는 신자들이 존경스러웠다.

자정 무렵 서울에 도착하여 귀가하려니 출발 시와 같이 사방에 안개가 깔려 있었다. 나는 천주교 박해를 피해 간월산 일대의 교우촌을 찾아가는 교우의 심정을 헤아리며 안개 속을 뚫고 집으로 향하였다. 안개 속에서 무엇인가를 볼 듯하고 무엇인가를 깨달을 듯하였다.

일본 동대사와 신사를 둘러보고

봄나들이 삼아 집사람과 막내딸을 앞세우고 일본 땅의 백제의 흔적을 찾아 나라, 교토 그리고 오사카 여행을 떠났다. 특히 나라는 불교 건축 등 우리나라와 관계가 깊고 더욱이 동대사는 백제계 사람들이 건축한 것이라 하여 보고 싶었다. 아침 8시 반에 오사카 호텔에서 나와 백제의 불교 등 백제문화를 받아들인 옛 수도 나라로 향하였다.

현청 소재지인 나라 시는 오사카에서 동쪽으로 40㎞, 교토에서 남쪽으로 42km 떨어져 있었다. 교토와 더불어 일본의 오래된 간사이 지방 문화고도로 불상 등 국보급 문화재와 오래된 신사가 많은 곳이다. 710년부터 784년까지 70년간은 일본의 수도였으며 백제로부터 최초로 불교를 전파 받은 곳이었다. 특히 나라는 손꼽히는 불교 건축물과 오래된 신사 그리고 불상 등과 더불어 고대 일본의 정취를 그대로 간직하고 있는 곳이었다. 700년대에 세워진 동대사는 세계최대의 목조 건물이라 한다. 절의 규모도 건물과 연못 그리고 신사와 공원 등 우리나라의 사찰과는 비교가 안 될 정도로 광대하였다. 절 입구에는 사슴이 방목되는 사슴공원이 있어 사슴들이 한가롭게 돌아다니고 사람 곁에도 자연스럽게 거니는 것이 인상적이었다. 백제인이 흰 사슴을 타고 백제에서 왔다는 전설이 있고 사슴을 신의 동물이라 하여 신성시한다고 하였다. 동대사 정문은 중국 송나라 건축양식이라 하고 문의 양쪽에는 잡귀를 물리친다는 금강역사상이 눈을 부라리며 내려보고 있어 우리나라 금강역사상이 있는 사찰의 문을 들어가는 듯하였다.

동쪽에 있는 큰 절이라는 뜻의 동대사는 일본 화엄종의 대본산으로 남도7대사의 하나였다. 본당인 대불전에는 청동으로 만든 화엄종의 주불인 비로자나불상이 금동불상과 같이 앉아 있었다. 앉은 키 높이가 15m가 넘어 대불이라 하였다. 대불전 큰 기둥 아래 네모난 구멍이 보였는데 그 구멍을 통과하면 액운을 막아주고 무병장수한다고 하였다. 한번 들어가 보고 싶어 허리를 구부려보니 어른은 통과하기가 어려울 듯하여 포기하였는데 많은 사람들이 들어간다 하였다. 동대사 대불이나 절을 건축하는 데에는 백제계 사람들의 공이 컸다고 한다. 특히 행기 스님이 대불 제작과 절의 공사를 완성시키는 데 큰 기여를 했다고 한다. 행기 스님은 백제왕의 후손으로 15세에 출가하여 나라 약사사奈良 藥師寺에서 신라승 혜기慧基와 백제계 의연義淵 스님에게서 불도를 닦았으며 745년에 대승정 자리에 오른 일본의 고승이다. 그는 30세에 사회구제활동을 시작하여 민중 속에서 보살행을 실천하며 빈민구제 사업에 앞장섰다고 한다. 우리나라 가이드는 절 입구 오른쪽에 붉은 가사를 두르고 있는 승려 좌상이 바로 행기 스님 상이라고 말해주었다. 동대사를 나온 후에 절 내에 행기당이 있다는 말을 들었으나 가보지 못하여 유감이었다. 동대사 주변에는 신사가 여럿 있었다. 절도 제사를 드리고 기도도 하는 종교시설인데 그 옆에 또 종교시설인 신사가 있어 제사도 하고 기도도 한다는 것이 흥미로웠다. 나라시와 동대사를 탐방하며 불교 등 일본 문화 속에 우리나라 백제문화와 혼이 여기저기 살아 숨 쉬고 있다는 느낌이 들었다.

나라를 한나절 둘러본 뒤 다시 버스로 일본 신사의 3등급 중 최고라는 교토 헤이안신궁(평안신궁)으로 달려갔다. 평안신궁은 헤이안천도 1100주년을 기념하여 1895년에 건립하였다. 신궁 입구에는 빨간 옻칠을 한 기둥문 도리이가 한가운데 서 있었다. 우리나라 왕릉에 있는 홍살문과 비슷하였으나 도리이는 기둥에 가로막대만 있어 홍살문보다 단순하였다. 도리이는 속계와 경내를 경계하는 표시이며 신전까지 참배길이 있다. 도리이 문을 지나 안으로 들어가자 우리나라 궁궐의 드므와 같이 물이 담겨있는 용기가 있었다. 손을 깨끗이 씻고 정결히 하고 들어오라는 물이라 한다. 그리고 건물의 기둥과 처마가 모두 붉은 색으로 되어 있었다. 넓은 신사 경내가 신전을 둘러싸고 있으며 신전은 헤이안시대 왕궁의 형태를 하고 있었다. 신전에서는 많은 사람들이 절을 두 번하고 손뼉을 두 번 치고 소원을 빌었다.

한국인 가이드는 일본의 신은 잡신이며 사람뿐만 아니라 개나 여우, 술 등도 신으로 모신다고 하였다. 그리고 일본 총리가 신사 참배하는 것은 그들의 신앙이기 때문에 우리가 왈가왈부할 수 있는 일은 아니라고 하였다. 일본을 알리고 홍보하는 일본 여행 가이드여서 그러한지 일본에 호의적이고 일본의 입장에서 말하는 듯하였다. 나는 우리가 문제 삼는 것은 일본 총리가 일본 태평양전쟁 전범들을 받드는 야스쿠니신사를 공식 참배하는 것이라며 한마디 하고 싶었지만 그러한 분위기가 아니어서 참았다. 그러나 두고두고 여행이 끝날 때 까지 마음에 걸렸다. 일본 신사란 무엇인가? 신사란 일본의 신을 모시는 장소로 우리나라의 사당이라 할 수 있을 것이다. 일본 고유의 신앙대상인 신이나 또는 일본 황실의 조상이나 나라에 공이 큰 사람을 신으로 모셔놓고 제사를 지내는 종교시설이다. 야스쿠니신사는 특히 제2차 세계대전 A급 전범으로 처형된 14명을 안치하고 제사 지내는 곳이 아닌가. 그러한 이유로 일본 총리가 공식적으로 야스쿠니신사를 참배하는 것을 비난하고 외교문제화 하는 것이다. 우리뿐만 아니라 중국과 북한도 이를 문제시하고 있는 것이다. 야스쿠니 신사는 전쟁과 군신의 신사로 일본 정치인들이 야스쿠니 신사에 참배하는 것은 군국주의 상징성으로 군국주의와 제국주의 또는 팽창주의의 예찬이나 부활을 기도하는 것이라고 볼 수

있는 것이다. 일본 군국주의의 피해자인 우리나라나 중국으로서
는 묵과할 수 없는 일이 아닌가!

　일본 속의 백제불교문화를 찾아 나라와 교토를 여행하며 우리
나라와 일본은 뿌리가 같고 조상도 같다는 생각이 들면서도 임
진왜란과 일제 강점기를 생각하면 원수 같은 자식 간이 아닌가
하는 혼돈 속에 빠져들어 정리가 되지 않았다.

사랑의 바자회 하느님의 사업

싱그러운 오월의 끝자락에서 우리 청담동성당 증축기금 마련 사랑의 바자회가 열렸다. 오늘따라 신록은 더욱 푸르고 날씨는 더욱 화창하다. 오늘 같은 날씨에는 바자회행사는 망치는 것이 아닐까? 날씨가 좋으면 사람들은 야외로 놀러 나갈 것 같아 성당 바자회에 나올 사람들이 많지 않을 것으로 우려되었다. 아니, 이런 날 바자회는 오히려 대박나는 것 아닌가? 날씨가 좋으면 집에서 편히 쉴 생각을 했던 사람들도 집에 있지 못하고 밖으로 나가고 싶어 성당에 나올 것 같은 생각이 들었다.

나는 행사 주최측은 아니지만 교인의 한 사람으로 관심이 없을 수 없어 바자회가 잘되길 바라는 마음으로 이리저리 머리를 굴려보았다. 더욱이 우리 성당증축기금 마련을 위한 바자회가 아니던가!

바자회 개장시간에 맞추어 걱정 반, 기대 반의 심정으로 딸과 같이 성당으로 달려갔다. 성당 마당에 들어서자 안으로 더 들어가기가 어려울 정도로 인파로 붐비고 있었다. 성당 담장을 따라

ㅁ자로 천막이 세워지고 천막마다 사람들로 법석거리고 있었다. 대박이었다. 터키의 그랜드 바자르를 방불케 하였다.

마당을 얼핏 둘러보고 성당 안으로 들어가 보았다. 소성당은 물론이고 실로암 방, 만남의 방 심지어 복도에까지 물건이 펼쳐지고 빈 공간이 없을 정도로 법석거렸다. 부엌에서는 자매님들이 짜장떡볶이, 국수장국, 비빔국수 등을 만드느라 손놀림이 분주하였다. 특히 복잡하게 붐비는 인파 속에서 씻은 무처럼 뽀얀 청담동 사모님들이 국수그릇 쟁반을 바쁘게 주방에서부터 마당으로 나르고 있었다. 또 일부는 빈 그릇을 들고 이리 저리 뛰고 있었다. 어떤 코너에서는 팔 물건을 손으로 흔들며 소리치고 호객행위까지 하고 있었다. 명색이 청담동 사모님들 아니던가. 그 모습 보기 좋았다. 참으로 아름다웠다.

외부에서는, 아니 지방에서는 이런 모습 상상조차 하지 못하는 것 아닐까? 청담동 사모님들은 매니큐어, 페디큐어나 칠하고 우아하게 고급 레스토랑이나 드나들 것으로 생각하지 않을까? 황혼 길에 접어든 왕주름의 형제님들이 막걸리 통을 흔들며 열심히 호객하는 모습은 아름답기보다 다소 안쓰러워 보였다. 그러나 하느님 보시기에는 모두 좋아 보이지 않으셨을까? 남녀불문하고 무슨 일이든 열심히 최선을 다하는 모습은 그 어떤 아름다움보다 더욱 아름답다. 감동이 추가되기 때문이리라. 각종 성당 활동이나 성당 동아리 활동을 열심히 하는 자매님들을 보면서 청담동 사모님들의 가치와 품격을 재발견하고 재인식하게 되었다.

우리는 가격과 물품을 꼼꼼히 따져가며 반소매 드레스셔츠, 바지, 스카프, 짜장떡볶이 등을 샀다. 그리고 시중가격보다 싸게 산 것을 좋아하였다. 11시 미사시간에 주임신부님의 강론을 들으며 우리의 마음은 뒤집어졌다. 신부님은 성당건축기금 마련을 위한 바자회는 하느님의 사업이요, 하느님의 손길이며 하느님의 숨결이라는 것이다. 그러하니 사랑의 바자회에서 물건 값을 깎으려 하지도 말고, 물건 값 비싸게 샀다고 속상해하지도 말라는 것이었다.

지극히 당연한 것을, 물건을 잘 사야 한다는 습관적인 구매행태 때문에 물건을 사는 순간 그 사실을 깜박 잊고 있었다. 물건을 싸게 샀다고 좋아한 것이 슬그머니 부끄러워졌다. 딸과 같이 미사를 보고 나오며 인기가 별로 없는 물건부터 찾았다. 큼직한 옥수수 박스를 들고 강원도 유과를 외쳐대는 백발의 자매님에게서 유과 한 박스를 샀다. 물건 앞이 비어 있는 코너에 가서는 깻잎절임도 사고 등산용 장갑도 샀다. 오전에는 우리 소비자 위주로 실속 있는 물건을 구입했지만 오후에는 판매자 위주로, 인기가 적은 물건을 구입하였다. 신부님이 기증하신 도서도 몇 권 구입하였다. 기증도서는 자기계발서, 위인전 등 다양하였다. 신부님이 강론 준비를 위하여 얼마나, 어떻게 애쓰는지를 알 수 있었다. 신부님은 강론 중에 당신은 돈을 책갈피에 끼워 넣기도 한다며 혹시 책갈피 속에서 돈을 발견하면 돌려달라고 부탁도 하였다. 신부님 책을 만지니 그의 체온이 느껴지는 듯하고 그의 숨결이 들리는 듯하였다.

성당 입구 한 옆에서는 형제님 5명과 자매님 1명으로 구성된 색소폰 동아리 연주단이 김현식의 「사노라면」을 구성지게 연주하고 있었다.

사노라면 언젠가는 밝은 날도 오겠지
흐린 날도 날이 새면 해가 뜨지 않더냐

생음악소리에 바자회 장터는 더욱 흥청대고 청담동성당 교인 축제는 동네 축제, 지역 축제로 확대되고 있었다. 성당 동아리 밴드이지만 연주 수준은 프로 못지않았다.

다음번 바자회 행사는 좀 더 규모를 확대하여 성당과 지역주민이 함께하는 강남지역 문화행사 이벤트로 발전시켜 봄은 어떠할까 하는 생각이 스쳤다. 그리할 때 우리나라의 관광과 경제 활성화도 도모할 수 있는 문화축제, 강남 명품축제, 감동축제가 될 수 있지 않을까 하는 생각도 해 보았다.

유과박스를 힘들게 들고 집으로 돌아오며 사랑의 바자회는 주님의 사업이고 주님의 손길이라는 의미를 되새겨 보았다. 그리고 형제님이 호객하던 막걸리를 깜박 잊고 사지 못한 것을 유감스럽게 생각하였다. 사랑의 바자회는 결국 청담동 사모님들의 무수리 억척으로 대성공하는 듯하였다.

청담동성당 사랑의공동체가 명품 성전으로 거듭나기를 기도해
본다.

토론 송년회

청담동 성당 한국천주교회사 토론수업이 끝났다. 참가자는 처음 시작 시 형제자매 20명 가까이 되었으나 끝날 때는 남녀 10여 명으로 줄어들었다. 개근생은 한 명도 없었다. 나도 스페인, 포르투갈, 모로코 여행으로 한 번 결석한 바 있다. 개근을 못하여 아쉽기도 하였지만 이미 계획된 여행이었으므로 어쩔 수가 없었다. 그러나 40대에서부터 60대까지의 남녀 교우 모두가 열성적으로 적극적으로 수업에 참석하여 열띤 토론을 벌였었다.

가톨릭교회의 세계복음화 등 주제별 토론수업의 대미는 나의 몫이었다. 내가 이번 마지막 주제 토론수업을 마치고 종강이 되며 금년을 마무리하게 되었다. 나는 마지막 주제인 병인박해에 대하여 판서를 해가며 발표하였다. 1668년부터 1671년까지 대원군에 의하여 자행된 천주교도에 대한 대학살사건으로 조선 천주교도 천여 명이 순교하였다는 것이 주 내용이었다

나는 박해기간 산정과 남연군묘 도굴사건 문제점을 비롯하여 순교에 대하여 주님의 뜻이 어디에 있었겠는가, 순교와 배교,

정약용 등에 대하여 토론 주제를 던졌다. 저녁 8시부터 시작된 토론은 밤 10시가 되어도 끝나지 않았다. 우리는 성당 만남의 방에서 성당 길 건너 호프집으로 자리를 옮겼다. 그리고 치맥을 시켜놓고 쫑파티 겸 송년 토론회를 이어갔다. 토론은 형제교우보다 자매교우가 더 적극적이었다. 토론에 몰입되어 남편과 자녀나 귀가시간은 생각하지 못하는 듯하였다. 2부 토론과 쫑파티 겸 송년회는 치킨과 피처맥주를 나누며 주로 병인박해를 안주삼아 12시까지 이어졌다. 옆자리에는 20대의 젊은 남녀들이 시간 가는 줄 모르고 치맥을 앞에 놓고 담소하고 있었다.

우리는 한국천주교회사 토론수업 종강과 수료를 자축하며 생맥주 건배로 지난 일 년을 마무리하였다. 그러고도 미련이 남아 이태리 예수회 선교사 마테오리치가 출판한 「천주실의」를 윤독하기로 하였다. 십여 명 남녀 회원들은 연초에 1박 2일로 콘도 등에 가서 끝장토론 모임을 갖기로 합의하였다. 차가운 밤공기가 아쉬운 작별을 눈물 나게 하였다.

이와 같은 탐구적이고 열성적인 토론 송년회는 내 생전 처음이었다. 오밤중에 파했지만 싫진 않았다. 대학 재학 시 자정이 넘어 밤하늘의 별을 보며 도서관을 나올 때의 뿌듯함이 새롭게 느껴졌다. 내 인생의 새로운 추억, 의미 있고 인상적인 역사적 송년회로 영원히 기억될 것이다.

Ⅳ. 인간과 사회

내 인생의 보물

보물에 대한 생각은 사람마다 다를 것이다. 그러나 누구에게
나 귀중하게 생각하는 보물은 있다. 어떤 사람은 집안에 숨겨둔
금괴를 보물로 생각할 수 있고 어떤 사람은 결혼식 때 신랑에게
서 받은 다이아몬드반지를 보물로 여길 수 있다. 또 어떤 사람은
높은 학문으로 역사에 기록되고 있는 선조가 직접 그리거나 글
로 쓴 병풍을 가보로 생각할 수 있을 것이다. 경우에 따라서는
어머니가 남겨주신 당신의 여고 시절 육상 우승 메달을 보물로
생각할 수도 있는가 하면, 먼저 떠나간 연인이 남긴 만년필을 보
물로 생각하고 애지중지 할 수도 있을 것이다. 내게도 소중하게
생각하는 보물이 있다. 나의 보물은 추억이다. 기쁘고 즐거운 추
억만이 보물은 아니다. 힘들고 괴로웠던 추억도 또한 나의 보물
이 된다. 아름답고 행복한 추억뿐만 아니라 괴롭고 슬픈 추억도
내 마음의 보물상자에 잘 보관되어 있다. 모든 것은 순간적으로
지나가고 또 지나간 것은 그리워지고 소중하여지기 때문이다.
러시아의 국민시인 알렉산드르 푸쉬킨도 삶(삶이 그대를 속일지라도)

이란 시에서 그렇게 읊조리지 않았던가!

'……

마음은 미래에 사는 것

현재는 항상 슬픈 것

모든 것은 순간적으로 지나가는 것이니

그리고 지나간 것은 소중하여지리니'

　가끔 나는 멍때린다는 소릴 듣곤 한다. 그런가하면 "또, 먼산 바라본다"거나 "무슨 생각하세요?" 라는 말을 듣기도 한다. 내가 보물 상자에서 보물을 꺼내 고려청자나 이조백자를 감상하는 시간이다. 나만의 행복한 시간을 즐기는 것이다. 고려청자의 하늘색을, 이조백자의 우윳빛을 즐기는 것이다. 그러나 보물을 꺼내 그것을 감상하고 즐기기만 하는 것은 아니다. 새로운 보물을 찾아내고 그것을 보물상자에 집어넣기도 한다. 그러하니 보물은 계속 늘어나게 된다.

　나는 여행을 즐긴다. 여행은 보물을 찾아내고 보물상자에 보관하기 좋기 때문이다. 여행은 인상적인 추억을 만들기 때문이다. 여행은 일상을 떠나 낯선 곳을 돌아다니고 새로운 감흥을 느끼고 새로운 생각을 하게하여 귀중한 보물을 발견하기 좋다. 특히 여행 중에 만난 사람과의 인연은 대체로 즐겁고 유쾌하고 아름다운 추억으로 남는다. 그러하기에 추억을 위해 비용을 지출하는 것이다. 좋은 보물을 찾기 위해 많은 비용을 지출하며 멀고

먼 해외여행을 떠나기도 한다.

여행만이 추억이 되고 보물이 되는 것은 아니다. 내 인생사가 모두 보물이 될 수 있다. 어릴 적 가족들과의 어울림, 학교생활, 사회활동 등 내 기억장치 속에서 살아 숨 쉬는 모든 것들 속에서 보물을 찾아낼 수 있다. 이 기억장치 속에는 아주 특별한 정보데이터들이 있다. 이 정보데이터는 머리만 관계되는 것이 아니다. 마음에도 관계된다. 보물이 되는 추억은 머릿속에만 기억되고 있는 정보만이 아니라 마음속에도 기억되고 있는 정보도 있다. 큰 보물일수록 머리와 마음속에 특별히 인상적으로 기억되고 있는 추억이고 정보데이터이다. 기억장치에 남아 있는 정보데이터는 입력한 것이 많을수록 좋다. 출력할 것이 많고 보물이 많아질 수 있기 때문이다. 이 정보데이터는 머리가 좋은 사람만이 많이 입력하는 것이 아니다. 오히려 감성이 풍부한 사람이 더 많은 추억거리를 입력시키고 더 큰 용량의 정보데이터를 간직할 수 있다. 아이큐(I.Q.)보다는 이큐(E.Q.)가 사물과 사건을 더욱 인상적으로 입력시킬 수 있기 때문이다. 사물과 사건을 머리로 보기보다는 가슴으로 먼저 보고 강하게 느끼는 경우가 많다. 어쨌건 머리와 가슴으로 함께 기억장치에 기록해야 하니 아이큐와 이큐가 모두 좋은 사람이 추억을 많이 간직하고, 보물을 많이 간직할 수 있다고 할 수 있을 것이다.

나는 이 두 가지가 모두 부족한 듯하다. 어릴 적 추억은 어렴풋해도 정확치 않고 또한 추억조차 그리 많지도 않은 듯하다. 또한 어찌된 일인지 나이가 들수록 오랜 추억은 남아 있는데 최근 일들은 잊어버리기 일쑤다. 최근 것이 기억이 나지 않아 혹시 치매는 아닐까 걱정까지 하게 된다.

최근에는 추억은 성격하고도 관련이 있지 않나 생각하게 된다. 성격이 활달하고 적극적인 사람은 추억거리도 많이 만든다는 생각이 들기 때문이다. 특히 대인관계에서 더욱 그러한 듯하다. 나는 내성적이고 활달하지 못하고 사교적이지도 못하다. 특히 사람에게 접근하는 게 쉽지 않다. 언젠가는 대구행 기차의 옆좌석에 여성이 앉아 동행하게 되었는데 목적지에 내릴 때까지 말 한마디 하지 못하였다. 강릉행 시외버스에서도 옆좌석의 여성과 나란히 앉아가게 되었지만 목적지에 같이 내릴 때까지 한마디 대화를 나누지 못하였다. 불필요한 말은 하지 말고 서로 편한 것이 최고라는 생각을 하고 있기 때문이었을까.

근래 추억은 보물이고 추억 만들기는 보물을 보물상자에 넣어두는 것이라는 생각이 들면서 성격을 변화시키기로 작정하였다. 그리하여 매사에 적극성을 띄기로 하고 대인관계에서도 남녀불문하고 내가 먼저 접근하기로 한 것이다. 말하자면 성격 개조, 인간 개조를 시도하게 된 것이다. 그러나 나이가 들면서 얼굴은 두꺼워졌으나 선천적인 성격은 어쩔 수 없는 것인지 시도조차 하지 못하고 마는 경우가 허다하다. 그래도 내 인생의 보물을 수중에 넣는다는 생각으로 매사에 능동적이고 적극적으로 추억 만들기에 나서기로 한다.

문학과 철학의 만남

강원도 양구에 문학관이 있다하고 더욱이 시와 철학의 공간이 있다하여 호기심을 가지고 그곳을 방문하였다. 주황색 건물 정면의 「시 & 철학」이란 간판 글씨가 첫눈에 들어왔다. 건물 앞 한편에는 「김형석 안병욱 철학의 집」이라고 쓰여 있는 화강암 대형 간판석이 우뚝 서 있었다. 정문 입구에는 살구색 종이 바탕에 검정 글씨로 「시와 철학이 숨 쉬는 공간 양구 인문학 박물관」이란 안내표시가 있는 입간판이 보였다. 그리고 그 옆에는 「나도 시인, 독서도 하고 나만의 시도 써 보세요」라고 표시된 이젤 게시판이 놓여 있었다. 정문을 들어서려니 서울에도 없는 이런 공간이 어떻게 지방 양구에 있게 되었을까 하는 생각이 스쳐지나갔다. 엘리베이터 옆에는 1층 「시가 있는 공간」, 2층 「철학이 있는 공간」, 3층 「휴식이 있는 공간」이라는 안내표지가 붙어있고 그밑에 양구문학관 양구인문학박물관이란 글씨가 눈길을 끌었다.

특히 1층 전시장 벽면에 쓰여 있는 「자연을 노래한 10인의 시인들」이란 표제어가 호기심을 자극하였다. 표제어 아래로 '최남

선의 최초의 현대시 「해에서 소년에게」가 발표된 지도 100년 남짓 흘렀다. 우리의 시는 그 속에서 시대를 안고 언어를 다듬어 아름다운 시들로 탄생하였다. 한국에서 가장 많이 사랑받는 시와 시인들 10인을 뽑아 이 자리를 마련하였다. 이들은 모두 내 나라와 내 땅을 동경하고 고향과 가족을 사랑하였던 순수한 마음을 자연으로 승화시켜 시를 노래하였다. 학창시절 교과서를 통해 쉽게 접할 수 있었던 이들의 대표시를 통해 이를 확인해 보기로 한다' 고 설명되어 있었다. 나는 10인의 시인들은 누구일까 궁금해 하며 호기심을 가지고 그 시인들부터 확인해 보았다. 그 옆 벽면에 백석을 비롯하여 조지훈, 김영랑, 윤동주, 정지용, 박두진, 김소월, 서정주, 한용운, 박목월 순으로 10인의 시인들이 소개되어 있었다. 어떤 기준으로 선정한 것일까 하는 생각이 들기도 하였으나 선정될 만한 시인들이 선정되었구나 하는 생각으로 찬찬히 둘러보았다. 10인 시인 모두 사진과 더불어 출생지, 작품 활동 그리고 끝부분에는 대표시가 소개되어 있었다. 그리고 각 시인들의 대표적 명시 일부 구절이 벽면에 게시되고 시인과 시에 대한 동영상 공간도 보였다. 벽 앞에는 시인들의 각종 시집을 전시한 시집 전시함도 설치되어 있었다. 전시장 끝부분 「시, 아름다운 노래로 태어나다」 코너에는 정지용의 「향수」, 김소월의 「산유화」 등 시를 가사로 작곡한 노래의 악보들이 전시되었다. 나는 그 악보를 보며 허밍으로 노래를 불러보았다. 내가 부르는 노래를 내가 들어도 시어의 감동이 느껴졌다.

1층 시가 있는 공간을 사진을 찍어가며 둘러보고 2층 철학이 있는 공간으로 올라갔다. 2층으로 오르는 계단 벽면에는 양구 출신 저명인사들의 현수막들이 걸려 있었고 각 현수막에는 수녀 시인 이해인, 코미디언 배삼룡, 화가 박수근 등의 사진과 출생지 그리고 약력이 소개되어 있었다.

2층 철학이 있는 공간이라고 쓰여 있는 실내로 들어가니 벽면에 장식된 철학자 김형석, 안병욱 교수의 사진이 첫눈에 들어왔다. 사진 사이에 있는 「안병욱 선생과 나는 같은 해, 같은 고장에서, 같은 일로 90평생을 함께 보냈습니다. 겨레의 앞날을 생각하면서 제자들을 키웠습니다. 빈 마음을 채워주기 위해 많은 글을 썼습니다. 이제 우리의 길은 끝났습니다. 우정을 나누면서 뒤따라오는 이들을 위해 한 알의 밀이 되었으면 좋겠습니다」라는 문장이 마음을 울렸다. 한 세대를 마감하며 다음 세대에게 당부하는 것이리라.

철학이 있는 공간이란 김형석 안병욱 두 철학자의 철학공간이었다. 그들의 인생관, 그들의 어록이 정리되고 그들의 저서는 진열장 안에 진열되어 있었다. 김형석 교수가 대학시절 존경하던 인물로 러시아의 대문호 도스토예프스키, 덴마크의 철학자 킬케고르, 인도의 민족지도자 마하트마 간디, 러시아 문호 톨스토이가 저서와 함께 소개되었다. 그 외에 「내 인생에 중요한 영향을 미친 친구와 선배」 및 「자랑스럽고 고마운 제자들」도 소개되어 의미 있다고 생각되면서 흥미로웠다. 한평생을 살아오면서 영향을 받고 또 영향을 준 인연을 한 사람 한 사람 발표하는 듯 하였다. 또한 그들이 애용하던 안경, 휴대폰 등 애용품들도 진열장 속에 진열되고 그들의 서재까지 책상, 소파 등 한편에 재현되어 있었다.

안병욱 교수의 사진 옆에는 본인이 붓글씨로 쓴 인생人生은 수학修學, 수업授業, 수덕修德의 삼수도장이란 액자가 벽면에 걸려 주목받고 있었다. 또한 안병욱의 인생관은 '첫째, 생즉도 즉 산다는 것은 자기의 길을 가는 것이고 둘째, 생즉학은 산다는 것은 죽는 날까지 배우는 것이고 셋째, 생즉수는 산다는 것은 부지런히 자기의 재능과 인격을 갈고 닦는 것이고 넷째, 생즉동은 산다는 것은 가치창조를 위해 열심히 일하는 것이다'라고 벽면에 정리되어 있었다. 그 옆에는 인생관과 더불어 안병욱의 인생론이 발길을 멈추게 하였다.「사는 것이 중요한 것이 아니다 바로 사는 것이 중요한 것이다. 어디에 사느냐가 중요한 것이 아니다 어떻게 사느냐가 중요한 것이다 무엇을 말하는 것이 중요한 것이 아니다 무엇을 행하는 것이냐가 중요한 것이다. 얼마나 오래 사느냐가 중요한 것이 아니다 얼마나 보람 있게 사느냐가 중요한 것이다」. 이는 그 자신이 평생을 실천해 온 그의 생활신조나 생활철학이 아니었을까 하는 생각이 들었다.

김형석 교수의「요즘 세대들에게 바라는 점」도 보였는데 "꿈이 없는 20대는 죽은 인생이다. 20대는 꿈을 꾸며 살아야 한다. 이상이 없는 40대는 방황하는 사람이다. 40대는 이상을 가지고 살아야 한다. 젊은 세대에게 가장 필요한 것은 열린 눈으로 세상을 보는 것이며 그래야 우리 민족의 길이 열릴 수 있다."고 하였다. 한편 안병욱 교수는, 젊은이는 다섯 가지의 자본을 갖는다고 하며 첫째는 시간, 둘째는 정력, 셋째는 감격성, 넷째는 이상주의 정신, 다섯째는 용기라고 하였다. 특히 용기는 가장 중요한 자본인데 용기에서 도전하는 힘이 생긴다는 것이다. 또한 그는 용기 있는 젊은이가 성공하고 대업을 이룬다며 젊은이의 용기에 비중을 두었다.

김형석 교수는 98세임에도 아직도 TV 등에 출연하고 강연도 하며 바쁘게 살고 계신다. 최근에는 저서를 출판하기도 하였다. 한 세기를 현역으로 활동하시는 것이다. 누구에게서나 존경받을 만한 분이리라. 철학이 있는 공간에서는 그를 '진리의 별을 찾는 언제나 젊은 삶의 철학자'라고 소개하며 평양 숭실고 사진 등 젊은 시절의 사진과 육필원고를 보여주고 있었다.

그는 인생의 황금기를 60세부터 75세까지라고 하였다. 60세 전에는 모든 면에서 미숙하다는 것이다. 또한 자녀에게 의탁하지 않고 내 인생은 내가 산다고 하며 50세부터는 경제적으로 문제되지 않도록 노후 인생에 대비해야 한다고 한 말이 가슴에 와닿았다. 특히 가정보다 친구가 중요하며 죽음은 운명으로 받아들이고 삶의 의미를 남기라고 한 말은 삶의 지혜를 후세에게 가르치는 것으로 받아들여졌다. 나도 대체로 공감하고 내 인생관과 별로 다르지 않다고 생각되었으나 가정보다 친구가 중요하다는 대목에서는 고민스러웠다. 나는 친구보다는 가정이 우선이라는 생각으로 살아왔다. 친구와 가정 모두 중요하나 굳이 우선순위를 따진다면 나는 가정을 우선시하였던 것이다. 또한 그는 70대의 사랑은 인간애라고 하며, 가는 사람은 모르지만 남는 사람은 힘들다고 하였다. 나아가 자신의 여자 지인은 남자 먼저 보내니 걱정 안 해도 되고 편안하다는 말을 하였다고 부부의 이별에 대해서도 언급하였다. 그의 강연 중 남자는 70세가 넘으면 쓸모없다고 한 말은 인생의 황금기는 75세까지라고 한 말과 모순되는 부분이 있지 않나 하는 생각이 들기도 하였다.

김형석 안병욱 철학공간을 나서며 내가 많이 성숙해졌다는 느낌이 들었다. 또한 두 철학자는 살아있는 철학을 일깨워주고 있다는 생각을 지울 수 없었다. 김형석 교수가 100세에 즈음하여 김형석 한 세기 특강을 하게 된다면 부처님의 깨달음과 다르지 않을 특강이 될 것이란 생각을 하게 되었다. 그때엔 내가 제일 앞자리에 앉아 경청하여야겠다고 다짐해 본다. 한편 가정이 더 중요한지 친구가 더 중요한지, 인생 100세 시대에 남자는 과연 70세가 넘으면 쓸모없는 것인지에 대하여 곰곰이 생각하며 그의 의도를 나름 이렇게 저렇게 헤아려 보았다. 새로운 화두를 얻은 듯하였다.

솎아내기

이른 아침, 우리 산에 숲 가꾸기 한다며 일꾼들이 들이닥쳤다. 반 트럭에 전기톱과 휘발유통, 엔진오일 통 등을 싣고 와 작업 준비를 하는 것이다. 무얼 하느냐고 묻자 나무 가지치기와 솎아베기를 한다는 것이다.

지난해 시 녹지과에서 숲 가꾸기 사업 추진을 위한 산림 소유자의 동의요청 공문을 보내온 것이 기억났다. 시에서 숲의 가치를 증진시키고 산림을 가치 있는 자원으로 육성하고자 형질이 우량한 임목에 지장을 주는 불량목을 제거하기 위하여 나무 베기 사업을 한다는 것이다. 국고보조사업이라고 한다. 주소불명 등의 사유로 산림 소유자의 동의를 받기 어려울 때에는 시·군·구 등에서 30일 이상 공고하는 것으로 동의에 갈음할 수 있다고 하였다. 산림은 목재 생산 등 경제적 가치 외에도 수질정화 및 수원함양기능, 재해예방기능이 있다. 어디 그뿐인가. 산림은 산림생태와 환경개선 등의 공익적 가치를 높일 수 있기에 국·사유림을 불문하고 국가차원에서 산림관리를 하는 것이리라. 숲 가꾸기가 잘되면 산림의 생태적 환경이 개선되어 야생동물 개체 수도 증가하고 산림의 경제적 가치도 증가하며 산사태 등 수해를 예방한다. 그 외에도 홍수조절이나 갈수완화 등 물 공급기능, 수원함양기능이 향상되고 이산화탄소 흡수 능력도 20% 증가한다는 것이다.

산주에게도 우량 임목의 생장에 지장을 주는 방해목이나 고사목, 나무 모양이 나쁜 형질 불량목을 제거하여 주는 것이니 마다할 이유가 없는 것이다. 내가 간간히 내 나름으로 고사목이나 불량목은 간벌을 해주고 있기는 하지만 그것으로는 별 표시가 안 나고 효과도 별로 없었다. 그러하니 불량목이나 방해목은 더욱 왕성해지고 우량목은 점점 더 위축되어 갔다.

시의 숲 가꾸기 사업은 산림전문가인 산림기술사에 의한 숲 가꾸기 설계에 따라 간벌도 하고 가지치기도 하고 잡목도 솎아내어 그 효과가 대단하였다. 숲 솎아내기를 하니 죽어가던 숲이 살아난 것이다. 아쉬운 것은 소나무나 꽃나무는 베어내지 말라고 작업 팀장에게 부탁하였으나 소나무는 물론 왕벚꽃나무까지도 베어버린 것이다. 팀장에게 따져 물으니 소나무라도 니끼다 소나무라서 베어버렸다는 것이다. 나무는 키우는 데는 수십 년이 걸리나 베 버리는 데는 한순간이니 속이 상하지 않을 수 없다. 우리 산에는 소나무가 몇 주 안 되고 왕벚꽃이 피면 한 철 볼 만한데 이를 알 리 없는 작업원들이 수종 가리지 않고 베어

버린 것이다. 나무 가격으로 따져도 작업원들의 인건비를 초과
하였을 것이나 그들의 노고를 생각하여 서운한 말은 하지 않았
다. 작업원들에게는 간벌목 표시가 제시되겠지만 솎아베기를 하
여야 할 것과 그렇지 않을 것을 구별하는 것은 쉽지 않을 것이
란 생각이 든다.

그 동안 우리 산은 우량목과 불량목이 혼재되어 우량목까지
햇빛을 보기 어렵게 되고 바람도 잘 통하지 않게 되었다. 그리
하여 나무들은 햇빛을 찾아 하늘로만 뻗어나가 위로만 자라고
고사목도 늘어만 가고 산 다니기도 어려웠다. 불량목은 우량한
임목의 생장에 지장을 주고 우량목을 고사시키고 숲의 가치를
떨어뜨린다. 불량목 제거 등 솎아베기를 하니 우량목은 햇볕을
더 받게 되고 바람도 잘 통하게 되어 숲에서 하늘도 볼 수 있게
되었다. 산 전체가 숨통이 트이고 산을 오르내리기도 좋게 되었
다. 나무도 살아나고 숲도 건강해지고 산도 정리가 된 것이다.
불량목의 제거로 해서 남은 나무들은 더욱 건강해지고 생태환경
은 개선된 것이다.

우리 인간사회에도 남에게 피해를 주는 불량목과 같은 존재들
이 있다. 선량한 사람들의 생활에 지장을 초래하고 위협을 주며
해악을 끼치는 우리 사회의 암적 존재들이다. 그러한 불량인간
은 선량한 사람을 괴롭히며 살상하기도 한다. 또한 우리 사회를
혼탁하고 병들게 한다.

영국의 토머스 그레셤은 악화는 양화를 구축한다는 그레셤의 법칙을 만들어 내었다. 어느 사회에서나 악화와 양화가 같이 유통될 경우 악화만 유통되고 양화는 사라진다는 것이다. 말하자면 악인과 선인이 공존하다면 선인은 하나둘씩 그 사회를 떠나가고 나중에는 악인만 남게 되는 것이라고 설명할 수도 있을 것이다.

우리 인간사회도 식물사회의 숲 가꾸기 사업과 같은 악질인간 솎아내기, 비양심인 솎아내기 사업은 할 수 없는 것일까? 인간사회란 본시 선인과 악인이 더불어 살게 되어 있다고 할 것인가? 타인과 사회에 해악을 끼치는 악질적인 인간도 인권이 있는 이상 솎아내기는 불가하다고 할 것인가? 사법제도가 있는 이상 확실한 범죄인만 재판결과에 따라 처벌을 받게 하는 것으로 만족해야한다고 할 것인가?

타인과 사회에 해악을 끼치는 악질적인 인간은 인간사회에서 더불어 살기를 포기한 존재라고 볼 수는 없는 것인가? 인권이란 사람다운 사람에게 있는 것이지 남에게 해악을 끼치는 사람답지 않은 사람에게는 존재하지 않는다고 볼 수는 없는 것인가?

우리 인간사회도 숲 가꾸기 사업과 같이 솎아내기를 하여 인간사회가 더욱 건강하고 행복해지고 인간생태환경이 더욱 아름답고 건실해지게 할 수는 없는 것인지. 솎아내기는 생태계의 안정을 가져오는 것이 아닌지.

나의 팬클럽

　가정생활은 연출에 의해 단조로움에서 벗어날 수 있고 가족 간의 화목과 사랑도 더욱 돈독하게 할 수 있다. 연출은 여러 형태로 가능하다.

　나의 팬클럽이 만들어진 지 20여 년이 되는 듯하다. 팬클럽 결성일은 정확치 않으나 나의 팬클럽에 대한 말이 나온 것만은 분명하다. 연예인도 아닌 대학교수의 팬클럽은 매우 이례적이다. 나의 팬클럽이 하는 일은 주로 내게 교수 사회나 대학에 대한 정보를 전해주고 강의에 입고 갈 의상, 와이셔츠 그리고 넥타이를 코디해 주는 것이다. 한편 나는 팬클럽 회원들에게 가끔 회식자리를 마련해 주거나 함께 여행하는 기회를 만들어 준다. 팬클럽이 내게 해주는 의상 코디는 단순치만은 않았다. 넥타이 고르는 데에 어려움이 있었기 때문이다.

　20여 년 전으로 기억된다. 내가 학과장을 맡고 있을 때였다. 내 강의과목을 수강했던 한 여학생이 연구실로 찾아왔다. 그 여학생은 교수님 덕분에 장학금을 받아 감사하다며 넥타이를 탁자

위에 놓았다. 나는 본인이 공부를 잘하여 장학금을 받은 것이지 나 때문에 받은 것은 아니라며 넥타이는 아버지께 선물하라고 돌려주었다. 그러나 그 여학생은, 어머니와 함께 하루 종일 백화점을 돌아다니며 교수님께 잘 어울리는 넥타이를 고른 것이라며 다시 내게 주었다. 그리고 내 강의시간에 그 넥타이를 하고 강의를 하여 달라고 부탁까지 하였다. 그 이후, 나는 그 넥타이를 하고 수업을 하겠다는 약속을 한 바는 없지만 그 여학생이 들어오는 수업시간이면 그것을 의식하지 않을 수 없었다. 어떤 날은 양복과 와이셔츠를 입고 넥타이까지 했다가도 그 여학생이 수강하는 수업시간임을 뒤늦게 깨닫고 그 넥타이를 찾아내어 그에 맞춰 와이셔츠와 양복을 갈아입기도 하였다. 그러한 수업시간이 한두 번이 아니고 한두 학기가 계속되며 나는 은근히 스트레스를 받기도 하였다. 또한 그 여학생을 기억하여 나에게 코디를 하여주는 팬클럽에 미안하여 선물 한번 잘못 받았다가 큰 봉변당한다고 하니 재미있지 않느냐며 대수롭지 않다는 표정이었다. 그리고 아무 불평 없이 그 요일을 기억하며 그 넥타이를 골라내어 그에 맞추어 와이셔츠와 양복을 코디하여 주었다.

　나의 팬클럽은 간간이 회원관리를 잘해야 한다며 나를 압박하기도 하였다. 나와 함께 하는 여행도 국내여행에 만족치 않고 해외여행까지 요구하여 팬클럽 관리비용으로 적지 않은 목돈을 지출하기도 하였다. 학생 때 가입했던 두 딸은 어느덧 사회인이 되었고 나도 정년퇴직을 하였다. 두 딸은 언제부터인지 팬클럽을 탈퇴하여 집사람만 혼자 남게 되었다. 처음에 집사람 혼자 시작하였으니 원점으로 돌아간 셈이다. 당초 1인 팬클럽 결성 후 아들과 두 딸에게 가입을 권유하여 두 딸은 가입하였으나 아들은 응하지 않았다. 결국 나의 팬클럽은 집사람과 두 딸 등 여성 회원 3명으로 이루어지게 되고 회장은 집사람이 맡았다. 가히 오빠부대라고 해도 틀린 말은 아니었다. 나는 집사람에게 나의 팬클럽 회원이라면 나에게 오빠라고 불러도 보고 열광도 해보라고 말해 보았다. 그는 오래전에 내가 부부 사이에 오빠라는 호칭은 잘못된 것이라며 거부한 적이 있다고 오빠란 말은 하지 않았다. 그 자신 나이가 들어서인지 젊지도 않은 부부 사이에 오빠라고 부르는 것은 망측한 것이라고 생각하는 듯하였다.

1인 팬클럽으로 그 세(?)가 약화된 후에도 집사람은 탈퇴하거나 해체하지 않고 오늘날까지 명맥을 유지해 오고 있다. 그러나 최근에는 집사람마저 내가 자기 비위에 거슬리기만 하면 안티로 돌아서겠다고 은근히 협박을 한다. 나는 황혼 이혼이 증가되고 있는 이 때, 두 딸도 탈퇴한 후에도 돈 쓰기만 하고 벌지는 못하는 백수의 팬클럽을 홀로 유지하는 것이 고마워 오늘도 그의 눈치를 살핀다. 나의 팬클럽이 유지되는 한, 나와 팬클럽 회장과는 바늘과 실의 관계를 유지하며 계속 협조하고 공존하게 될 것이다. 때론 이 같은 엉뚱한 코미디도 단조로운 가정생활에 변화를 주는 활력소가 되는 듯하다.

종각 옆 라이브카페 망년회

해 넘기기 전에 얼굴 좀 보자고 말한 것이 세 차례나 되어 만사제쳐 놓고 종각 앞에서 동창 친구를 만났다. 종로 종각 앞에 와본 지가 일이십 년은 된 듯하다. T.V에서 제야의 종 타종식 때 보았던 보신각 종이 매우 육중하게 느껴졌다.

종각 뒤 관철동은 라스베이거스를 방불케 할 정도로 휘황찬란한 불야성이었다. 압구정 로데오와 신사동 상권은 홍대 앞에 밀려 죽어가고 있지만 이곳은 팔팔하게 살아있었다. 내가 처음 취직하여 출퇴근 하던 곳이 바로 이곳 인근이어서 한 1년 관철동의 밤거리를 누빈 적도 있었지만 지금은 생소하게 느껴졌다. 저녁으로 감자탕을 먹으며 소주를 한잔하였다. 감자란 돼지 뼈를 뜻해서 인지 감자탕에 감자는 별로 없었다.

저녁반주로 소주 한 잔 하고 2차로 노래나 들으며 힘들었던 지난 1년을 날려 보내자며 인근 스카이세시봉이란 라이브카페로 이동하였다. 간판에는 세시봉이란 세 글자가 크게 쓰여 있었다. 내가 대학 다닐 때 세시봉은 을지로 쪽 청계천변에 있어 종로 YMCA 인근에 있었던 고전음악감상실 르네상스를 걸어서 오고갔던 기억이 새로웠다.

시간은 아직 9시도 안 되었지만 업소에는 이미 삼사십 명의 남녀가 자리를 잡고 있었다. 어떤 이는 벽에 기대어 기타선율 위를 흐르는 가수의 노래 소리에 깊이 빠져있는 듯하였다. 우리는 무대 바로 앞에 자리를 잡았다. 여자 가수가 자기 노래를 부르며 객석에서 신청곡을 받아 노래를 불러주기도 하였다. 그가 부르는 노래는 후랑크 시나트라의 「마이웨이」에서부터 아이돌가수 빅뱅의 「붉은 노을」에 이르기까지 시대와 장르를 초월하여 다양하였다.

자기노래 시간이 끝나 건반 위를 정리하고 무대를 내려오는 여가수에게 술 한 잔을 권하였다. 자동차로 다음 무대로 이동해야 하기 때문에 술은 조금만 달라고 하였다. 하루 세 곳에서 노래를 부르고 자정이 넘어야 집에 들어간다고 하였다. 노래를 몇 곡이나 알기에 신청곡을 받아 키보드를 두드리며 노래를 하느냐고 물으니 한 삼백여 곡 된다고 하였다. 노래를 좋아하여 힘든 줄 모르고 즐겁게 일한다고 하며 힘들게 일하는 일반 직장인들을 위로하였다. 다음 순서로 남자가수가 노래를 시작하자 빨리 가봐야 한다고 총총히 사라졌다. 남자가수 역시 옛 노래와 요즘 유행가를 가리지 않고 불러주었다.

홀 뒷자리에서는 사오십 대 중년여성 일행들이 자리에서 일어나 가수의 노래에 맞춰 춤을 추었다. 춤추는 그녀들의 모습이 밉거나 나빠 보이지 않았다. 오히려 은근히 부러웠다. 나는 그런 용기나 흥, 끼가 없는 것일까? 나는 이미 한물간 사람일까? 한물간 정도는 그래도 봐줄 만하지만 혹시 완전히 두 물 간 것은 아닐까? 불현듯 내 자신을 분석하듯 조심스럽게 돌아보게 되었다.

우리는 남의 노래를 듣기만 할 것이 아니라 우리도 노래를 부르며 지난 일 년 간의 스트레스를 날려버리자고 그곳을 빠져 나왔다. 노래방을 찾으며 시간을 보니 벌써 자정이 가까워지고 있었다. 모처럼 낯선 곳에 오니 밤늦게 집에 갈 걱정이 앞섰다. 귀가 걱정으로 노래방은 다음 기회에 가기로 하였다. 미련이 남아야 재회가 빠른 법, 다음 만날 날을 기약하며 종각 앞에서 헤어졌다. 그 시간에도 지하철 종각역 앞에는 시간을 잊은 듯 이삼십대의 젊음은 밀물처럼 밀려오고 썰물처럼 밀려가고 있었다.

한 해를 보내며 라이브 가수를 위로해주려고 하다가 도리어 위로를 받은 것을 생각하니 슬그머니 웃음이 나왔다. 또한 귀가 시간 걱정에 노래방 가기로 나선 발걸음을 귀가 길로 돌린 우리는 분명 한물간 세대고 노인이라는 생각을 지울 수 없었다. 늦은 밤에도 귀가시간 걱정 없이 활보하는 젊음을 보니 공연히 서글픔이 밀려들었다.

기내식 마니아

여행에는 설렘이 있다. 낯선 외국여행은 더욱 그러하다. 여행 떠날 준비를 하며 느끼는 설렘에는 짜릿함이랄까 흥분이랄까 어떤 야릇함이 있다. 이에 못지않게 기내식에 대한 기대도 있다. 어떤 기내식이 나올까하는 궁금증과 기대가 여행의 설렘에 뒤지지 않는 것이다. 기내식을 식도락으로 생각한다면 좀 이상한 사람이라고 생각할 수 있을까?

나는 여행 중 여객기 기내식을 즐긴다. 기내식을 먹기 위해 여행을 하고 비행기를 탈 정도이다. 이런 나를 두고 집사람은 참으로 소박한 사람이라고 한다. 또한 기내식을 그렇게 좋아하는 사람 처음 보았다고도 한다. 못 먹고 못 사는 사람도 아닌데 한낱 기내식을 그리 좋아하고 즐긴다는 말이다.

나는 기내식 마니아인 셈이다. 비행시간이 길어 아무리 피곤하고 힘든 상황이라도 기내식을 즐긴다. 적지 아니 여행을 하는 편이지만 한번이라도 내 몫의 기내식을 남겨본 적이 없다. 기내식이라면 어느 나라 음식이건, 어떤 음식이건 가리지 않고 다

잘 먹는다. 기내식이 아닌 경우에는 음식을 가리기도 하고 안 먹는 음식도 더러 있기도 하다.

사실 비행기 기내식은 정식 성찬은 아니고 간이식이라 할 수 있다. 그 때문인지 기내식을 즐기지 않는 사람들도 적지 않다. 나의 집사람도 그러한 편이다. 그러나 나는 그 어떤 정식 못지 않게 좋아한다. 일전의 이태리 여행 시에는 비행기의 내 옆좌석과 또 그 옆 좌석에 앉은 탑승객 몫의 기내식을 다 먹어치우기도 하였다. 조찬식으로 나온 기내식의 음식량도 적지 않았는데도 말이다. 그들은 내가 기내식을 하도 맛있게 먹어 자기네 것을 내게 더 주었다 하였다. 자기들은 장시간 비행으로 입맛이 없다고도 하였다. 사실 그들은 내가 정신없이 내 몫을 다 먹는 동안 한 번도 자기 도시락을 건드리지 않고 있었다. 어디 그뿐인가. 언젠가는 우리 부부가 기내 식사를 끝내고 비행기를 갈아탔는데 또 기내식이 제공되었다. 집사람은 배가 부르다고 손도 대지 않았는데 나는 맛있다고 하며 그것마저 깨끗하게 비워버리더라고 두고두고 얘기를 한다. 기내식이 아무리 맛있다고 하더라도 한 끼 식사를 두 번씩이나 할 수 있느냐는 것이다. 별일도 다 있었다. 어떤 여행에서는 기내식 석찬을 2인분 통채로 다 먹어치우기도 하였다. 여승무원이 석찬 배식을 할 때 나는 소고기 음식과 닭고기 음식 중에서 닭고기 음식을 주문하였다. 그러나 그 여승무원은 소고기만 남아있다 하여 어쩔 수 없이 그것을 먹게 되었다. 그러나 얼마 후 그는 닭고기 도시락이 남아 있었다며 그것을 또 갖다 주었다. 나는 먹고 있던 소고기 도시락을 돌려주고자하였으나 이미 절반 이상을 먹어치운 후여서 돌려주지 못하고 그대로 다 먹어버렸다. 그리고 다시 갖다 준 닭고기 도시락까지 먹어버렸다. 기내식 2인분을 한 번에 후딱 먹어치운 것이다. 이를 본 집사람은 아무리 먹성이 좋고 아무리 기내식이 맛있다한들 어찌 그럴 수가 있느냐는 듯 입을 반쯤 벌리고 다물지를 못하였다.

나는 비행기 요금에는 민감한 편이지만 저가항공은 잘 이용하지 않는다. 안전문제가 신경 쓰이기도 하지만 내가 좋아하는 기내식을 즐길 수 없기 때문이다. 저가항공에서는 기내식이 제공되지 않거나 기내식이 부실할 수밖에 없다. 이상하게 사서 먹는 기내식은 신통치 못하였다.

근래에는 항공사간 서비스경쟁이 치열해서인지 기내식 경쟁도 만만치 않다. 어떤 경우에는 풀코스의 양식 못지않게 여러 차례 양질의 코스 음식이 제공되기도 한다. 장거리비행일수록 기내식도 좋다. 인천공항에서 밀라노 말펜서공항까지 가는 장거리비행에서는 세 끼 정식과 까페 서비스까지 제공되었다. 특히 조식에는 식사 제공 전에 메뉴판까지 나누어주었다. 아침식사로는 애피타이저와 메인코스가 제공되고 애피타이저로는 신선한 제철과일과 과일요구르트 그리고 따뜻한 빵과 잼이 나왔다. 메인코스로는 소고기와 채소 넣은 전통 쌀죽이 제공되었다. 그 외 치즈 오믈렛, 그릴드 치킨 소시지, 양송이버섯, 감자웨지, 시금치 볶

음과 방울토마토 등이 제공되는 코스 음식을 선택할 수 있었다. 또한 레드와인과 화이트와인 중에서 선택할 수 있었고 다양한 맥주와 스카치위스키 등 증류주까지 마실 수도 있었다. 어디 그 뿐인가. 코카콜라나 다양한 과일주스 그리고 커피나 핫 초코렛, 녹차 등 따뜻한 음료도 얼마든지 마실 수 있었다. 그러하니 어찌 기내식을 즐기지 않을 수 있을 것인가! 더욱이 기내에서 먹는 라면은 어떠한가! 인스턴트 음식은 정크푸드라고 폄하하기도 하지만 지루하고 피곤한 비행에서 간식으로 제공되는 컵라면의 맛이란 그 어떤 진수성찬과 비교해도 뒤지지 않지 않는가! 나는 비행 중에 제공되는 제대로 된 기내식은 지상에서 먹는 어떤 고급 음식 못지않다고 생각한다. 기내에서 제공되는 음식의 질이나 서비스 그리고 다양성 등은 지상 일반식에 비하여 차별화된다.

그러나 우주여행에서 우주선 우주비행사들이 먹는 캡슐이나 튜브 음식은 별로일 것 같다. 아무리 고가로 개발된 특식이라 하더라도 음식의 고유한 맛과 향을 맛볼 수 없을 것 같아서이다. 그래서 그러한지 나는 우주여행에는 큰 관심이나 기대가 없는 편이다.

기내식은 지루한 여행의 지루함을 덜어주고 기분을 새롭게 전환시켜주기도 하고 원기를 회복시켜주기도 한다. 또한 기내식은 지친 몸의 생기를 불어넣어 주기도 한다.

앞으로 기내에서만 맛볼 수 있는 특색 있는 기내식이 개발되기를 기대한다. 그리하여 여행의 즐거움을 배가시켜주기를 희망한다. 나와 같은 기내식 마니아들이 기내식을 찾아 비행기를 골라 탈 수 있도록 되었으면 좋겠다. 식도락을 기내식에서 찾게 되는 때가 오면 좋겠다. 기내식이 먹고 싶어 또 여행을 떠나고 싶어진다.

청출어람 여담

    강원도 양구에는 김형석 안병욱 철학의 집이 있다. 그 2층 전시장 벽면에는 김형석 교수의 「자랑스럽고 고마운 제자」들이란 제목 하에 10여 명의 내외국인 제자들의 사진과 함께 학력 경력 사항들이 전시되어 있다. 이들의 면면을 보면 장관이나 총장, 교수, 기업체 회장 등 세칭 성공한 사람들이다. 김 교수는 대학총장을 하지 못했지만 제자는 그가 다년간 봉직하였던 연세대 총장을 하고 교육부장관도 하였다. 교수로서 직급이나 보직을 따질 것은 아니지만 제자가 총장이나 장관을 역임하였다면 청출어람이라 할 수 있을 것이다. 그리하여 그러한 제자를 자랑스럽게 생각하고 그의 기념관에서 전시까지 하고 있는 것이다.

    푸른색은 남색에서 나왔지만 남색보다 더 푸르다 하여 청출어람이라 하였던가! 제자가 스승보다 훌륭하게 되거나 세칭 출세하는 경우는 드문 일은 아니다. 어느 해인가 공직자재산등록제에 따라 공무원들이 재산등록을 하던 때의 일이다. 근래에 졸업한 제자가 내게 와서 오래전에 졸업한 제자가 공직자재산등록을 하였다고 교수님보다 더 출세하였다며 옛 제자 소식을 전해주었다. 공무원으로 시작하여 공무원 고위직에 오른 제자만 성공한 것이 아니다. 수년 전에는 대학 제자가 대학의 총장으로 취임하였다. 스승인 나는 대학의 부총장도 아닌 학장으로 정년퇴직하였지만 제자는 대학의 총장까지 하게 된 것이다. 그 해에는 은행에 다니던 제자는 이사로 승진하고 육군 대령이던 제자는 준장으로 승진하여 별을 달았다. 제자들은 나름대로 그들의 꿈을 이루고 성공을 한 것이다. 나는 누구보다 먼저 이 사실을 알고 이를 자랑스럽게 생각하였다. 그리고 청출어람이라며 여러 제자들에게 이 사실을 알려주었다.

교수는 자기 업적에 따라 대접을 받지만 제자에 의해 대접을 받기도 한다. 성공한 제자로부터 식사초대나 후원 등 직접 대접을 받기도 하지만 사회로부터 아무개 총장의 스승, 아무개 이사의 스승이라는 식으로 대접도 받는 것이다. 그러하니 제자의 성공은 곧 스승의 성공이 되기도 한다. 제자가 잘되면 따라서 스승도 잘되는 것이다. 이는 우리나라만이 아니고 미국이나 다른 선진국에서도 별로 다르지 않다. 제자의 성공은 스승의 업적이나 실적이 되는 것이다. 국가의 동량지재를 키워난 공적을 인정받는 것이다.

교수는 지인들에게 성공한 제자를 자랑하기도 하고 자신의 수업시간에 잘된 졸업생 제자의 업적이나 성공담을 소개해 주기도 한다. 또한 스승은 자기가 이루지 못한 꿈을 제자를 통하여 이루고 싶어 하기도 하고 대리만족을 하기도 한다. 이러한 관계는 교육계에만 있는 것이 아니다. 스포츠 세계에서는 더욱 분명하고 확실하기도 하다. 선수가 국내외경기에서 뛰어난 성적을 거두는 경우 본인에게만 그에 상응하는 영광과 혜택이 주어지는 것이 아니다. 그의 스승인 코치와 감독에게도 혜택이 주어지게 되는 것이다. 제자의 성공은 제자만의 성공이 아니라 제자 및 스승의 공동 노력, 공동 성공으로 보는 것이다. 스승인 코치나 감독이 없었던들 선수가 그와 같이 뛰어난 성적을 거둘 수 있었겠는가? 제자인 선수는 스승인 코치나 감독에게 감사하고 스승인 코치나 감독은 선수지도에 대한 보람과 희열을 느낀다. 스승은 제자가 잘되고 성공하는 것에 기쁨과 보람을 느끼고 그 맛에 제자를 가리키고 지도한다고도 할 수 있다. 그러하니 당연히 스승은 청출어람을 꿈꾸고 그것을 기대하며 제자에게 온갖 정성을 쏟아붓는다고 할 수 있다.

이와 관련하여 특수하고 이례적인 경우도 있다. 스승은 박사학위가 없는데 제자는 외국 명문대학의 박사학위를 갖고 있는 것이다. 그리고 스승이 뒤늦게 대학원에 입학하여 박사학위과정을 이수 중인데 제자가 그 대학원의 강의를 하게 되는 것이다. 대학과 대학원의 스승과 제자의 입장이 뒤바뀌는 것이다. 대학원 박사과정의 교수가 제자인 경우는 극히 이례적인 경우이지만 제자의 동기생이나 친한 동년배의 동료들이 그 스승의 대학원

교수인 경우는 종종 있었다. 스승은 제자를 자랑스럽게 생각하나 스승과 제자는 서로 피하려고 하였다.

한편 학회지 논문심사에서 제자가 스승의 논문 심사위원이 되거나 제자의 친구 동료가 친구 스승의 논문심사위원이 되는 경우가 있게 된다. 교수들은 학회지에 논문을 게재하기 위하여 논문을 제출하고 논문심사를 받는다. 제출논문이 무수정 통과되는 경우도 있지만 심사위원에 의해 수정, 보완지시를 받는 경우도 허다하다. 이러한 논문심사에서 제자나 그의 친구 동료들이 스승의 논문심사위원이 될 수 있는 구조가 있게 되는 것이다. 이런 것을 잘 아는 노교수들은 이를 부담스럽게 생각하고 이를 피하려 하게 된다. 그리하여 학회지 논문심사위원이 누가 될 것인지에 대하여 신경을 쓰며 논문제출할 학회지를 선별하기도 한다. 또한 학회지 논문심사를 피하여 논문작성보다는 저술 쪽에 역점을 두기도 한다. 이처럼 제자의 약진이 자랑스럽지만 부담스러운 부분도 없지 않은 것이다. 그래도 스승은 제자의 약진을 위하여 기도한다. 그리고 청출어람이 되기를 꿈꾼다. 이는 아들이 아버지보다 낫다는 세평에도 아버지는 흐뭇해하는 것과 같을 것이다.

쑥 뜨는 남자가 되는 뜻은

집 주변에 쑥이 지천이다. 집 앞 이팝나무 아래도, 집 뒤 영산홍 앞에도 쑥이 밭을 이루고 있다. 말 그대로 쑥밭이다. 가히 쑥밭의 향연이라고 할 수 있겠다. 쑥은 해마다 늘어난다. 아카시아만큼이나 번식력과 생명력이 강한 듯하다. 산속으로 들어와 농사지으며 산 지도 여러 해가 되었다. 그동안 집안에는 농촌살림도 늘었지만 집밖에는 아카시아와 쑥이 엄청 늘어났다. 아카시아는 베어버리고 쑥은 수시로 캐어낸다. 아카시아는 쓸모가 없지만 쑥은 쓸모가 많다. 쑥이 흔하다하여 쑥의 효능이 줄어드는 것은 아니다.

얼마 전 등산에서 돌아오며 사우나에 들른 적이 있다. 여러 개의 온탕 중 쑥 향이 피어오르는 온탕에 들어갔다. 쑥 묶음을 광목주머니에 넣어 탕 속에 담아두고 있었다. 쌉싸름한 쑥탕에 몸을 담그니 몸이 나른하여지며 아로마 향에 취하는 듯하였다. 탕에서 나오니 몸에서 쑥내가 났다. 피부도 매끄럽고 탄력이 있는 듯하였다. 쑥은 항산화작용을 통해 피부에 활력을 주고 피부노

화방지에 탁월한 효과가 있다는 말이 생각났다.

내가 초등학교 저학년 시절, 쑥을 캐러 나가시는 할머니를 따라나섰을 때 할머니께서는 쑥은 위와 장에 좋다고 말씀하셨다. 어른이 되어서 쑥은 그 외에도 피를 맑게 하고 체내 노폐물을 제거하여 고혈압과 동맥경화를 개선한다는 것을 알게 되었다. 어디 그뿐인가. 쑥은 해독작용을 하고 면역기능을 강화하며 노화를 방지하고 간 기능을 강화한다고 하지 않는가. 특히 4월의 애쑥은 더욱 효과가 좋고 맛도 좋다. 집사람과 쑥의 효능을 얘기하며 봄맞이삼아 집 앞 이팝나무 아래서 쑥을 뜯기로 했다. 이팝나무는 흰 눈송이를 얹고 있어 바닥에 있는 연둣빛 애쑥과 대비되었다. 친구들은 날씨가 좋아 골프치러 간다고 난리들이고 동창산악회에서는 등산모임에 나오라고 아우성이다. 오천 원만 주면 한 봉지를 사는데 뭘 그리 힘들여 쑥을 캐느냐고도 한다. 틀린 말은 아닐 것이나 쑥 채취는 돈을 떠나 나름의 의미가 있다. 집사람과 쑥을 뜯으며 함께하는 시간도 의미 있고 쑥국을 해 먹으며 쑥 문화와 봄의 맛을 느껴보는 것도 귀한 것이 아닐 수 없다.

쑥은 간밤에 비가 와서 그러한지 조금만 힘을 주어 움켜 쥐어도 뿌리 채 뽑혔다. 쑥을 살짝 낚아채듯 훑어 뜯을 때면 쌉쌀한 쑥 향이 은은하게 번졌다. 어린 시절 쑥이 날 때면 조부모님과 부모님 그리고 우리 5남매는 쑥을 뜯어 떡시루에 쑥떡을 해먹곤

하였다. 김이 모락모락 나는 시루 뚜껑을 열면 쌉싸름하며 향긋한 쑥 향이 부엌 전체로 번져나갔다. 우리는 모두 한 접시 가득히 쑥 향을 담아 온 가족이 둘러앉아 말 한마디 없이 접시를 비우곤 하였다. 요즈음에는 떡시루 있는 집도 드물고 집에서 쑥떡을 해먹는 집도 드물다. 그때가 새삼 그리워진다.

곁에서 함께 쑥을 뜯던 집사람은 다리가 저리다며 한바구니 채워 먼저 일어났다. 쑥대밭에서 쑥을 채취하는 것도 나이 많은 사람들에게는 쉽지 않은 일이다. 나는 여자들처럼 쪼그리고 앉아 쑥을 뜯지 못하고 엉거주춤 엉덩이를 빼고 허리를 굽혀 뜯다가 낮은 의자를 갖다 놓고 그 위에 앉아서 쑥을 뜯었다. 의자에 앉아 쑥을 뜯는 사람을 본 적은 없지만 다리가 저리고 힘이 들어 어쩔 수가 없다. 의자에 앉으니 이동은 다소 불편하지만 쪼그리고 앉는 것보다는 훨씬 편하다. 쑥과 이웃한 머위, 꽃다지. 냉이도 봄의 선물이어서 쑥과 더불어 손바닥처럼 넓적한 냉이도 함께 거뒀다.

쑥은 신이 인간에게 주는 축복이고 선물이다. 쑥은 입맛을 돋우며 인간에게 맛과 기를 준다. 쑥의 파릇파릇한 색깔과 향은 그윽한 맛과 제대로 어우러진다. 쑥은 쑥뜸, 쑥국 등 오래전부터 약용이나 식용으로 쓰이기도 하며 개똥 쑥은 특히 항암효과가 뛰어나다고 하지 않는가. 더욱이 단군신화에조차 등장하기도 하는 아주 오래된 허브식품이 아니던가?

쑥은 농약과 무관하고 길가 먼지를 뒤집어쓰지 않은 무공해 쑥만을 골라서 뜯는다. 집 울타리 안에서 뜯는 것이니 안심이 된다. 사서 먹는 쑥은 어디서 채취한 것인지 알 수가 없다. 집사람이 방금 전에 뜯은 쑥을 씻어 넣고 도다리쑥국을 끓이고 쑥전을 부쳤다. 쑥은 혀보다 눈과 코로 먼저 맛을 본다. 은근히 파릇한 색깔과 은은한 향을 맛보는 것이다. 4월의 별미가 아닐 수 없다. 통영 바닷가에서 맛보았던 도다리쑥국과 멍게비빔밥 맛이 살아나는 듯하다. 쑥밭을 바라보며 음식문화와 계절의 맛을 느껴본다. 집사람과 쑥국과 쑥전을 먹으며 도란도란 쑥덕쑥덕, 쑥에 얽힌 이야기를 나누는 것도 적지 않은 재미가 있다. 우리 교회에서는 쑥떡쑥떡 판매행사로 쑥버무리, 쑥 개떡, 쑥 두텁떡, 쑥 가래떡 등 다양한 쑥떡을 판매한다고 한다. 이참에 교인들이 만든 여러 가지 쑥떡을 사다가 가족들과 계절의 향기를 느끼며 쑥떡파티를 할 것에 의기투합하며 미소지어 본다. 아내에게서 쌉싸름하고 은은한 쑥 향을 느껴본다.

멀리 나가지 않고 봄 속으로 들어가 봄 냄새도 맛보고 쑥 향에 취하며 아내 곁에서 쑥 뜯는 남자가 되어 보는 것도 괜찮은 듯하다. 쑥밭 속에서 쑥을 뜯으며 쑥 향에 취하고 쑥 힐링을 해 보는 것도 일상 탈출이 되고 심신의 재충전이 될 수 있을 듯하다. 공들여 쑥 뜯는 남자가 되는 것은 무엇보다 봄의 선물에 감사하며 봄의 향연에 동참한다는 뜻이다.

난 아직도 걸음이 빠르다

지난 초겨울 어떤 문인단체 행사에 참석키 위해 길을 걷다가 한 여류문인을 만났다. 행사장까지 자연스럽게 함께 걷게 되었다. 잠시 후에 "좀 천천히 가요.", "아직 시간 남았어요!" 하는 소리에 깜짝 놀라 뒤를 돌아보았다. 당신 쫓아가기 힘들다는 표정으로 나를 쳐다보고 있었다. 아차하고 정신차릴 때는 이미 늦었었다.

"데이트 별로 못해보셨죠?" 살짝 웃으며 하는 우스개 소리지만 뼈가 있는 말이었다.

"아! 죄송합니다. 본래 걸음이 좀 빨라서."

난 어렸을 때부터 걸음이 좀 빨랐다. 6·25때 피난 가서 초등학교 다니면서부터인 것 같다. 충남 예산 오지로 피난가서 논두렁 밭두렁 지나 산을 넘고 냇가를 건너다니며 어두워지기 시작하면 무서워서 발걸음을 재촉하며 발이 빨라진 것 같다. 버들피리 불거나 아카시아 꽃 먹으며 유유자적하게 돌아다니던 기억보다는 어머니 심부름 등으로 빠른 걸음 재촉하여 헐레벌떡 집에 들어와 냉수부터 벌컥벌컥 마시던 기억이 더 강하다. 그 후로도 줄곧 나는 할 일이 많아 시간에 쫓기는 생활을 한 탓에 자연 걸음이 빨라지게 되었다. 더욱이 육상선수였던 어머니의 유전자를 이어받았는지 뛰는 것은 자신 있어 힘들지 않게 빨리 걸었다. 거기에 성격조차 급한 편이어서 느릿느릿 여유를 부리는 것은 생리에 맞지 않았다. 그리하여 나는 낚시도 하지 못하고 바둑도 시간이 아깝다는 생각에 즐기지 못한다. 정적인 것보다는 동적인 것이 더 편하고 익숙하게 되었다. 한창 바쁠 때는 생각하고 결정한 후 뛰는 것이 아니라 뛰면서 생각하고 결정하였다. 따로 운동할 시간이 없어 걷는 것을 운동으로 생각하고 보통보다 늘 빨리 걸었다. 이러한 나를 보고 정년 임박하여 나의 동료는 나의 걷는 뒷모습을 보면 아직도 쌩쌩하다며 정년퇴직할 때가 안되었다는 식의 위로 인사말을 해주기도 하였다.

근래에는 파워 워킹을 하면 혈압이 낮아진다기에 혈압관리차원에서 의도적으로 빨리 걸어 다니고 있다. 그러하니 요즈음도 집사람과 동행하면 처음에는 나란히 걷다가 어느 순간부턴 차이가 나기 시작하여 마치 내외라도 하듯 일렬종대로 떨어져서 걷게 되기 일쑤다.

집사람과는 지금은 물론 처음 만났을 때부터 나란히 다정하게 걸어본 기억이 별로 없다. 중매로 만나 약혼하고 약혼녀와 혜화동 언덕길을 걸은 적이 있다. 언덕길이어서 평지보다 자연히 속도가 떨어지는 구간이다. 고개 절반쯤 올라왔을 때 약혼녀가 슬그머니 내 오른손 손가락 하나를 살짝 쥐었다. 나는 무의식적으로 손을 뿌리치며 손가락 삐게끔 손가락을 꽉 잡는다고 일갈하고 앞서가기 시작하였다. 손을 잡으려면 손 전체를 다 잡아야지 손가락 하나만 잡으면 자칫 손가락을 삘 수 있다는 의미였다. 결혼한 지 40년 가까이 되지만 아직도 우리 부부는 그 때를 떠올리며 그 얘기를 나누곤 한다.

나의 그와 같은 별난 행태 때문인지 나는 여자와 나란히 걸어본 기억이 별로 없다. 더욱이 고궁이나 덕수궁 돌담길을 천천히 걸으며 데이트를 즐겨본 기억이 없는 것이다. 그래서인지 데이트를 별로 못해본 것 같다는 여류 문우의 우스개소리는 내게 악담같이 들리기도 하였다. 정년 후에는 한창 유행하는 힐링이나 고교영어에서 배운 천천히 그리고 꾸준히 해야 경기에서 이긴다(Slow and Steady wins the Race)라는 말을 되새기며 분위기도 즐기며 여유를 가지려 노력하고 있다. 그래도 나는 지금까지 걸음이 빠르다. 건강관리차원에서 걸음을 빨리 걷기도 하지만 아직도 해야 할 일이 많아 서둘러야하기 때문이다. 도로 위에서 보내는 시간이 아깝기 때문이다. 또한 빠른 걸음이 이미 버릇이 되어버렸기 때문이기도 하다.

걸음만 빠른 것이 아니다. 걷지 않고 차를 탈 때에는 차도 빨리 몬다. 차타고 가는 시간이 아까워 이동시간을 단축하기 위해

서이다. 그러니 과속을 하게 된다. 과속은 위험하기도 하지만 속도위반으로 벌금을 내게 된다. 제한속도보다 10% 이내 과속 하는 것은 딱지를 떼지 않는다고 하여 이동시간을 줄인다고 제 한속도의 10%를 감안하여 과속을 하다보면 네비가 있어도 범칙 금통지서를 받게 된다. 과속은 생명에 위험을 초래하고 또한 과 속으로 내는 벌금이 아까워 절대로 서두르지 말고 과속하지 말자 고 다짐하건만 수일 전 또 거주지 경찰서로부터 속도위반 통지서 를 받았다. 영주 어느 교차로에서 70km 제한속도에서 82km로 달렸다는 것이다.

생각해 보니 한 보름 전 쯤 동창 친구와 영주 소수서원과 선비 촌, 부석사 그리고 귀농한 동창의 친구 농원과 백두대간 수목을 다녀온 기억이 났다. 서울서 날이 밝기도 전에 출발하여 당일치 기로 돌아오기 위하여 서둘러 다니고 밤늦게 도착했던 적이 있는 데 그때 과속을 한 모양이다. 4만원 짜리 딱지인데 이의신청하 지 않고 바로 납부하면 32,000원이라 한다. 8천 원이라도 아끼 자고 고지서 받자마자 인터넷뱅킹으로 송금하였다. 송금하고 생 각하니 82km로 주행한 것인데 그게 그리 과속인가, 더욱이 불 과 12km 초과하여 주행한 것인데 그렇게나 범칙금을 납부해야 만 하나 하는 생각이 스쳤다. 그리고 미국에서 하루에 세 번 과 속으로 교통경찰에 적발되었던 때가 떠올랐다.

1990년 아이들의 여름방학을 이용하여 뉴욕에서 후로리다 올란도 디즈니 월드를 가기 위하여 고속도로를 운전한 적이 있었다. 출발 전 현지의 숙소에 신용카드로 예약을 하였었는데 시간을 못 지키면 환불을 못 받는다기에 불가피하게 과속을 하였다. 고속도로 상에서 고속도로 경찰에게 한 번 행차에 세 번이나 적발되었다. 세 번 모두 어디서 나타났는지 고속도로 경찰차가 경광등을 튀기며 사이렌을 울리며 내 차 가까이 다가오며 차를 길가에 세우라 하였다. 그리고 속도위반이라 하였다. 나는 초등학교에 다니는 아이들이 방학을 맞이하여 디즈니 월드에 가자하여 그곳으로 가고 있는데 호텔 예약시간 관계로 과속하였다고 시인한 뒤 초행길이라 그러하니 한 번만 기회를 달라고 하였다. 교통경찰은 뒷좌석에 앉아 있는 아이들을 보더니 친절하게 주법상 제한속도를 알려주며 그 속도를 넘지 말라하며 보내주었다.

한국 교민들의 말로는 미국 경찰에게는 변명이나 뇌물이 안 통한다 하여 그리 알고 있었는데 말 한마디로 무사통과되었던 것이다. 그 후 자동차 속도계를 보며 조심운전을 하다가 초행길에 호텔 약속시간을 의식하여 또 다시 빨리 달리다가 평생 처음 하루에 세 번이나 고속도로 상에서 과속으로 적발되었다. 그리고 세 번 모두 스티커를 발부받지 않고 통과되었었다. 세 번 모두 고만고만한 초등학생들을 보고 관대한 처분을 한 듯하였다. 그 이후 아이들은 차만 타면 뒷좌석에서 경찰차가 있는 것을 찾아내어 운전하는 내게 알려주고 주행속도만 조금 올리면 과속한다고 난리를 하게 되었다.

근래에는 인생은 그리 길지도 않은데 인생길을 그리 서둘러 갈 필요가 있을까 하는 생각을 하게 된다. 그러나 빠른 걸음은 이미 체질화되어 내가 거동이 불편해지거나 몸져누울 때까지는 여전히 빠른 걸음으로 다닐 듯하다. 차 운전만은 이제는 제 명대로 살려면 과속하지 말아야 한다고 생각하고 과속하지 않고 안전운전을 하고자 애쓰고 있다.

우리집 설날과 세배문화

설날하면 우선 설날 나의 대문 열기와 우리집 세배하기가 떠오른다. 설날 대문 열기는 어릴 적 추억이고 우리집 세배하기는 현재진행형이다. 나는 어릴 적에 조부모님과 한 방에서 함께 생활하였다. 연년생 동생이 있어 일찍이 동생에게 엄마젖과 방을 빼앗겼다. 그리고 나는 건넌방에서 할머니의 오그라든 젖꼭지를 만지작거리며 할아버지와 할머니 사이에서 잠을 자곤 하였다. 설날이면 할아버지는 내게 아침 일찍 대문을 열어 놓으라고 말씀하셨다. 일 년을 새로 시작하는 첫날인 설날의 대문은 장손이 제일 먼저 활짝 열어놓아야 한다는 것이었다. 그래야 복이 많이 들어오고 집안이 화평하다고 하셨다. 당시는 음력을 기준으로 설을 쇠는 때여서 구정 날은 몹시도 추웠다. 더구나 단독주택에 살아서 현관문을 열고 추위 속에 밖으로 나가야 대문을 열 수 있었다. 나는 할아버지 말씀을 거역할 수 없어 아침 일찍 눈을 비비며 일어나 덜덜 떨면서 현관문과 대문을 활짝 열어놓았다. 그리고 방에 들어와 다시 따뜻한 이불속으로 파고들곤 하였다.

내가 대문을 열어놓기가 무섭게 적지 않은 친인척들이 줄줄이 조부모님과 부모님에게 세배를 하러 들이닥쳤다. 할아버지가 장자로 한학을 하시고 아버지가 법조인이어서 그러한지 멀리 고향 충청도에서 서울까지 세배를 오기도 하였다. 나는 낯선 얼굴 맞기에 공연히 들떠 조부모님과 부모님의 곁에 앉아 연세 많은 친인척의 세배도 받고 또 그들의 촌수 따짐을 들으며 세배를 올리기도 하였다.

지금도 나는 왜 할아버지가 아버지가 아닌 내게 설날 제일 먼저 대문을 열라고 하셨는지 알 수가 없다. 다만, 나는 어린 새싹이고 집안의 미래이고 희망이란 생각으로 또한 집안의 질서를 정하시기 위해 그리 하셨나보다 라고 짐작할 뿐이다.

세월은 흘러 우리 5남매가 결혼을 하고 손주도 보게 되었다. 조부모님과 부모님은 이미 돌아가셔서 자녀, 손주까지 3세대가 공존하게 된 것이다. 설날이면 자연스레 모두 장남인 우리집에 차례와 세배를 오게 되었다. 우리 세대가 부부동반 10명, 다음 세대가 12명, 그 다음 세대가 7명이 되었다. 많은 인원이 서로 세배를 하고 세배를 받게 되니 혼잡스럽고 시간도 걸리게 되었다. 그리하여 꾀를 내게 되었다. 같은 세대는 원을 만들어 서로 맞절을 하고 나이 순으로 각기 그 다음 세대로부터 세배를 받는 방법을 생각해낸 것이다. 손주 세대에서는 걸음마도 제대로 못하는 꼬맹이도 둥그렇게 원으로 둘러서서 맞절로 세배를 한다.

설날의 하이라이트라 할 수 있다. 결혼한 사람은 부부가 함께 한다. 그에 따라 우리 세대는 자녀 세대와 손주 세대로부터 나이 순으로 세배를 받는다. 다음 자녀 세대는 손주세대로부터 세배를 받는다. 세배를 받는 사람은 세배를 하는 사람에 맞춰 덕담을 하며 재력, 나이 고하를 막론하고 똑같은 세뱃돈을 준다. 자녀로부터 생활비를 받는 사람도 세배하는 자녀에게 세뱃돈을 준다.

나는 29명 중 맏이로서 세대별 원형의 공동 세배가 끝난 다음 제일 먼저 집사람과 남향으로 좌정하고 세배를 받는다. 먼저 우리 자식들로부터 세배를 받고 다음 조카들 및 손주 세대 순으로 세배를 받으며 덕담과 더불어 세뱃돈을 준다. 나는 이미 퇴임하여 백수지만 회사 사장으로 큰돈을 벌고 있는 조카에게도 회사를 더욱 융성하게 하라며 세뱃돈을 준다. 미취업자에게는 창업자금에 보태 쓰라고 덕담을 하며 세뱃돈을 준다. 세뱃돈은 우리 5남매가 합의한 대로 2세대와 3세대로 구별하여 동일 액수를 봉투에 넣어준다. 세배가 끝난 다음에는 함께 상을 차리고 떡만둣국을 같이 먹는다. 얼마 전부터는 캐나다로 이민 간 막냇동생 내외가 차례를 지낼 무렵이면 국제전화를 걸어와 우리집 설날 행사에 동참한다.

주변에서 종종 상속문제로 형제자매간 다툼하는 것을 본다. 또 그로 인하여 형제간 왕래를 끊고 지내는 사람들을 보며 의아하게 생각한다. 특히 재벌들이 거의 모두 재산상속문제로 법적

분쟁을 벌이는 신문 기사를 보며 그들의 집안 문화를 생각해 보게 된다. 설날이면 형제 자매가 모두 모여 차례를 지내고 세배를 하며 덕담도 나누고 떡국을 같이 먹는 설날 세배문화가 가정의 화평과 행복을 가져온다는 것을 뒤늦게 깨닫는다. 불현듯 할아버지 할머니가 그립고 뵙고 싶어진다.

V. 농촌과 자연

쌀이 남아돌아 문제라니

서울 지하철 7호선 강남구청역 지하 한쪽 벽면에는 「사랑의 쌀독」 표지판이 있다. 쌀이 필요한 사람은 누구든지 마음대로 퍼 가져가라는 것이다. 쌀을 나누어 주기도 하고 기부를 받기도 한다. 표지판 밑에는 한때 쌀독이 놓여 있었으나 지금은 쌀독을 놓았던 쌀독대가 놓여 있다. 그 옆에는 「어려운 이웃을 위해 퍼 가도 퍼 가도 마르지 않는 사랑의 쌀독」이란 문구가 있다. 또한 '100리 안에서 굶어서 죽는 사람이 없게 하라'는 노블레스 오블리주를 실천한 경주 최부자집 이야기가 소개되고 있다.

내가 사는 동네 인근 교회 건물 앞 벽면에는 쌀 100포를 어려운 이웃을 위해 무료로 나누어 드린다는 현수막이 걸려있다. 어떻게 된 것인지 수개월째 계속 걸려있다. 모두 생활이 어려운 사람에 대한 사랑의 실천이요 구휼제도라 할 수 있다. 쌀은 우리나라 사람에게 가장 기본적이고 생명과 직결된 중요한 먹거리이다. 세계인구의 1/3이 우리와 같이 쌀을 주식으로 하고 있기도 하다.

과거 부자의 판단기준도 쌀이었다. 일 년에 한 집에서 수확하는 쌀의 양을 따져 천석꾼이니 만석꾼이니 하였다. 또한 그 집 땅을 밟지 않고는 장터에 갈 수 없었다는 등 쌀을 생산하는 토지를 기준으로 부의 척도를 나타내곤 하였다.

내가 어렸을 적에는 쌀이 큰 선물이었다. 식량이 부족한 때 주식인 쌀처럼 소중한 것도 별로 없었기 때문이다. 그리하여 짐꾼이 쌀가마니를 지게에 지고 선물로 전달하기도 하였다. 쌀이 큰 선물이 되다보니 뇌물로 이용되기도 하였다. 쌀이 뇌물로 전달되어 오는 경우 돌려주기가 어려워 골치를 썩였다. 돈이나 수표 등은 증뢰자에게 쉽게 돌려줄 수 있지만 쌀가마는 돌려주기가 어려웠기 때문이다. 집에 쌀가마가 뇌물로 와 있다는 것을 안 사람은 쌀을 보낸 사람에게 연락하여 당장에 가져가라고 호통을 쳤다. 그러나 증뢰자는 사정사정하며 받아달라 하고, 뇌물을 갖고 있는 사람은 도로 가져가라 하여 실랑이가 벌어지기도 하였다. 지금은 볏짚으로 짠 쌀가마니도 보기 어렵고 쌀도 큰 선물이 아니다. 오히려 쌀을 선물로 주었다가는 오해를 살 수도 있다. 오늘날 쌀은 불우한 사람들에게 자선으로 주는 구호품으로 인식되고 있기도 하기 때문이다.

우리나라는 전통적인 농업 국가였다. 농자천하지대본, 즉 농업이 국가의 근본이었다. 우리나라는 전국토의 70% 이상이 산지이고 농지가 적은데다 국민의 주곡은 쌀이어서 쌀 생산량이 부족하였다. 풍년이 들어도 쌀이 부족하였다. 밥을 못 먹고 굶

주리는 사람까지 있었다. 보릿고개, 춘궁기라는 말도 생겨났다. 봄에는 양식이 떨어져 파란 보리 싹을 뜯어먹고 초근목피로 연명하기도 하였다. 통일신라시대부터 쌀을 주식으로 하여왔다 하니 우리나라의 역사는 쌀의 역사라고도 할 수 있겠다.

우리나라 사람에게는 주곡인 쌀이나 토지는 우리의 생명, 생활의 원천이 되어왔기에 쌀은 먹거리 이상의 특별한 인식과 정서가 깔려있다. 쌀을 생산하는 토지 또한 단순한 부동산 이상의 특별한 의미가 있었다. 쌀로서 인건비를 주기도 하고 쌀은 교환가치가 있는 황금이나 화폐와 같은 존재이기도 하였다. 쌀은 또한 재력과 권력의 상징이 되기도 하였다. 소설가 박경리의 소설 「토지」나 채만식의 소설 「탁류」 등은 농지나 일제의 쌀 수탈을 소설의 바탕이나 배경으로 하고 있다. 쌀과 토지, 농민에 대한 인식이 각별하여 우리의 쌀 문화가 생겨나고 농민문학이라는 장르도 문학의 주요 분야가 되어왔다.

불란서도 우리와 같이 농업 국가였다. 더욱이 중농주의국가였다. 중농주의는 한 나라의 부의 원천을 농업생산에서 찾으려 했던 경제사상이다. 중농주의는 토지와 농업을 부의 원천이라고 보고 토지와 농업을 중시하였다. 우리나라는 중농주의를 표방하지는 않지만 농업은 생존, 생명과 직결된 문제로 농정은 국정의 주요정책분야였다. 그리고 농정의 주요정책과제는 양곡 수입에 의존하지 않는 쌀 내지 양곡의 자급자족이었고 쌀의 생산증

대였다. 국민 생존의 문제, 사활이 달린 문제이기에 절박하였다. 그리하여 농민이나 국가나 모두 쌀 생산 증대에 심혈을 기울였다. 그런 노력의 결과물로 통일벼를 개발해 내었다. 통일벼는 단위면적당 쌀의 생산이 많은 벼 품종으로 쌀 증산에 크게 기여하였다. 본래 쌀은 우리나라와 같이 계절풍의 영향을 받는 지역에 적합한 작물로서 단위면적당 수확량이 가장 많은 작물의 하나이다. 이처럼 쌀은 토지의 생산성이 높은 작물이어서 경지면적이 적은 우리나라로서는 중시하지 않을 수 없고 쌀 생산을 극대화하지 않을 수 없었다.

그러나 오늘날은 어떠한가. 오늘날 우리나라 국민들은 전처럼 쌀밥을 많이 먹지 않는다. 식습관이 서구화되고 햄버거 등 밀가루 음식이나 육류를 많이 섭취한다. 과거 우리나라에는 쌀이 부족하여 큰 문제가 되었지만 오늘날에는 쌀이 남아돌아 큰 문제가 되고 있다. 보릿고개를 걱정하던 때가 엊그제 같은데 사정이 그렇게 달라졌다. 모자라는 것은 큰 문제가 될 수 있지만 남아도는데 무슨 큰문제가 되느냐고 할 수 있을지 모르지만 절대 그렇지가 않다. 외국과의 자유무역협정 체결로 매년 쌀 수입이 불가피한 데다 쌀 수요량은 줄고 공급량은 증가되어 쌀의 수급이 불균형하여지니 문제가 발생되는 것이다. 우리나라는 매년 40만 5천 톤의 쌀을 수입하고 있으며 연간 400만 톤 정도의 쌀을 생산하고 있다. 연간 1인당 쌀 소비량은 1980년 132.4kg이었으나 1990년에는 119.6kg 그리고 2000년에는 93.6kg으로 뚝 떨어졌고 2010년에는 72.8kg, 2016년에는 61.9kg으로 감소하였다. 이처럼 1인당 쌀 소비량은 지속적으로 감소하고 있으며 2016년은 1980년에 비하여 절반으로 줄었다. 전문가들은 쌀 소비량은 1인당 소비량이건 식용 소비량이건 앞으로 모두 지속적으로 감소할 것으로 예상하고 있다. 우리나라 전체의 연간 쌀 소비량은 1962년 550만 톤이나 되었으나 점차적으로 감소추세를 보이더니 2015년에는 약 400만 톤, 2016년은 약 390만 톤으로 감소하였다.

한편 쌀 생산량은 1980년 350만 톤이었으나 1990년에는 약 550만 톤, 2000년에는 약 500만 톤, 2010년에는 약 400만 톤 그리고 2016년 약 420만 톤(4,197,000톤)이었다. 지난해 우리나라전체 쌀 생산량은 연간 420만 톤, 수요량 연간 390만 톤으로 생산이 수요를 30만 톤 초과하였다.

쌀 수급 문제를 놓고 볼 때 쌀의 공급이 수요를 초과함으로써 쌀값이 떨어지게 된다. 농민들은 쌀값 하락으로 쌀값 보장이란 머리띠를 매고 트랙터를 몰고 시위에 나선다. 또한 남는 쌀을 보관하려니 창고료 등 관리비가 많이 들고 재고관리가 어렵게 된다. 쌀 재고 170여만 톤을 보관하는데 보관비용은 5,300억 정도가 된다고 한다. 그러하니 쌀이 남아도는 것은 경제적인 문제가 될 뿐더러 정치적인 문제가 되고 있고 정권유지차원에서도 적당히 넘어갈 일이 아니다.

정부는 고민 끝에 쌀 수요를 증가시키는 노력을 하는 한편 쌀 공급을 감축시키는 방향으로 쌀 정책을 시행하고 있다. 쌀 생산량을 줄이고 농지를 축소시키는 방향으로 가닥을 잡은 것이다. 벼 대신 다른 작물을 심도록 하고 쌀 재배면적을 축소시켜 나가도록 하고 있다. 농업진흥지역 해제도 도시개발로 농업 진흥의 목적을 달성하기 어렵게 된 농지를 다른 용도로 전용할 수 있게 해주는 것이라 하지만 쌀 재배면적 내지 농지를 축소시키는 정책임은 부인할 수 없다. 쌀의 수요창출보다는 공급 감축 위주의 정책이라 볼 수 있다.

정부의 쌀 생산 감소, 농지축소 위주의 감농정책이 최선일까? 쌀 생산이나 농지를 감소시키지 않고는 쌀 문제를 해결하는 방법은 없는 것일까? 쌀 생산을 줄인다면 얼마나 감소시키는 것이 적정한 것일까?

정부의 이 같은 감농정책은 식량무기화, 식량안보, 자원내셔널리즘 등도 충분히 고려한 것인지 의심스럽다. 우리는 석유파동, 즉 오일쇼크를 경험한 바 있다. 제1차 오일쇼크 때는 돈을 많이 주면 기름을 살 수 있었다. 그러나 2차 오일쇼크 때는 돈을 많이 준다 해도 팔지 않겠다고 하여 큰 어려움을 겪은 바 있다. 자원 내셔널리즘이다. 또 우리는 고추파동도 겪은 바 있다. 고추는 양식도 아니고 단순한 기호식품일뿐인데 김장 때 고추가 부족하여 난리가 난 적이 있다. 또한 기후변화로 인하여 전 세계가 흉년으로 쌀 등 곡물의 생산량이 급감한 경우, 더욱이 그러한 이상기후가 수년 지속되는 경우에는 어떻게 대처할 것인지 걱정스럽다.

우리나라 쌀의 다양한 효능과 기능이 밝혀지면서 주식용 외에도 술, 과자, 국수, 화장품, 음료 등의 원료로 사용되고 있다. 만일 쌀을 개발하여 당료나 고혈압치료제 등 성인병 치료의약품, 더욱이 암 치료제 등 난치병 치료의약품 등으로 개발이 된다면 그 수요는 엄청날 것이다. 쌀 라면이 밀가루 라면을 능가하는 경쟁력을 갖추기만 하여도 쌀 라면 수요가 증가하여 쌀 생산을 감축하지 않아도 될 듯하다.

쌀의 획기적인 개발효과를 기대하려면 연구개발비(R&D)를 효과적으로, 파격적으로 투자하여야 한다. 기능성 쌀의 개발 등 쌀 성분을 이용한 지속적인 연구개발비 투자가 효과적으로 이루어진다면 쌀의 수요는 폭발적으로 이루어질 것이다. 또한 인간의 먹거리나 건강, 수명 연장, 미용 등 다양한 면에서 개선이 이루어지고 전 인류가 혜택을 볼 수 있을 것이다. 쌀 개발품을 수출상품화 하여 수출증대 및 국민경제 발전에도 크게 기여할 수 있게 할 것이다. 나아가 인류의 질병문제나 기호문제의 해결을 통하여 인류를 더욱 안전하고 행복하게 할 수 있을 것이다. 쌀 문제의 해결은 쌀의 개발과 그것을 위한 연구개발비 투자에 좌우되고 쌀 문화도 그에 따라 변화하게 될 것으로 생각된다. 쌀이 남아돌아 발생하는 문제는 공급축소 위주보다는 수요증대 내지 창출 위주로 해결하고 이를 위하여 연구개발 투자를 파격적으로 증대시키고 효율적으로 관리하는 것이 바람직하지 않을까.

밭고랑과 세월

　도시생활을 멀리하고 농촌에 들어와 내 손으로 직접 농사를 한 지도 여러 해가 되었다. 그 전에도 농사를 안 한 것은 아니지만 도시생활에 바쁘고 농사를 할 줄 몰라 주로 사람을 사서 농사를 지었었다. 남의 손을 빌리지 않고 내 손으로만 하는 농사의 성과는 온몸에서 흘러내리는 땀의 양과 비례한다. 집사람은 내가 벗어놓는 땀에 젖은 속옷을 보고 작업량을 추산한다. 한참 일할 때는 보통 하루에 서너 차례 속옷을 벗어놓고 서너 차례 샤워를 한다.

　1회 밭일의 작업량을 비교해 보면 세월의 변화를 느낄 수 있다. 5년 전만 해도 밭고랑 하나 작업을 마친 뒤에야 허리를 펴고 잠시 휴식하면 되었었다. 그러나 재작년에는 밭고랑 하나의 1/3정도는 남았는데도 허리가 아프고 힘이 들어 어쩔 수 없이 허리를 펴고 잠시 휴식을 취하였다. 그러다 작년에는 밭고랑 하나의 절반이나 일이 남았는데도 어찌나 허리가 아프고 힘이 드는지 도저히 그 이상 일을 계속 할 수가 없었다.

오늘도 새벽 다섯 시 반경 일어나 여섯 시가 지나서 밭일을 시작하였다. 예년과 같이 감자를 캐며 잡초도 제거하고 김장용 배추와 무를 심으려는 것이다. 감자밭에는 감자만 있는 것이 아니다. 감자밭 고랑 사이의 이랑은 물론이고 감자 줄기가 뻗은 고랑에도 잡초가 적지 않다. 매년 김매기를 제대로 못하고 잡초관리를 철저하게 하지 못한 때문이다. 지난여름에도 세 차례 밭고랑과 이랑의 잡초를 뽑거나 낫질을 하였었다. 그러나 감자 캘 때에는 늘 감자 줄기 반, 잡초 반일 정도로 잡초가 무성하였다. 그나마 검정비닐을 씌우고 씨감자를 심고 이랑 사이에도 잡초예방용 비닐이나 부직포를 씌워 두었기에 그 정도 밭 꼴이 된 것이다. 우리 밭에 잡초가 유난히 무성한데는 10여 년 이상 유기농을 고집한 것도 한 몫을 한다. 10여 년간 제초제를 뿌린 적이 없을 뿐만 아니라 토양의 멸균을 위한 살균제조차 사용해 본 적도 없기 때문이다. 그러하니 칡넝쿨이나 가시박넝쿨를 비롯하여 온갖 잡초가 해마다 번성하여 점점 그들의 영역이 넓혀지고 있고 농사는 점점 더 어려워지고 있다. 거기에다 인근 밭에 제초제나 농약을 치면 병균들이 무농약 유기농을 하는 우리 밭으로 몰려들어 잡초도 우리 밭에서 더욱 극성을 부리는 듯하다.

제초기와 낫까지 동원하여 밭고랑 하나의 감자 줄기와 잡초를 걷어내고 호미를 사용하여 그 밭 1/3가량의 감자를 캐니 허리가 아프고 땀이 눈에 들어가 더 이상 일할 수가 없다. 잠시 허리를 펴고 쉬며 땀을 닦았다. 땀도 눈에 흘러들어가면 눈이 쓰리고 따가워진다. 작년만 해도 한 고랑의 1/2가량 감자를 캐고 한 번 쉬면 되었던 것이다. 한 해 한 해가 달라지는 것이다. 세월은 흐르고 내 몸도 따라서 변화되는 것을 확연히 느낄 수 있다.

어디 그뿐인가. 세월 따라 농사 몸의 건강상태도 달라진다. 10여 년 전만 해도 퇴비 20킬로그램 한 포대는 가볍게 들고 밭고랑 사이를 뛰어 다녔다. 수년 전부터는 퇴비 한 포를 끙끙거리며 억지로 들고 허리를 구부정하게 하고서야 밭고랑을 간신히 넘어 다닐 수 있었다. 그런 것도 무리가 되었던지 생전 처음 대상포진을 호되게 앓았다. 허벅지에서 발목에 이르기까지 수포가 심하게 돋아나 병원 세 곳을 다니며 3개월간 치료를 받아야 했다. 보기도 흉해 남을 기피하기도 하였지만 그보다 통증이 너무심해 나도 모르게 죽어가는 소리를 지르기도 하였다. 담당의사는 몸에 면역력이 약해지고 신경에 염증이 생겨 그러한 것이니 농사일을 무리하게 하지 말라고 하였다. 한동안 일손을 놓고 쉬었다. 건강이 회복되는 듯하였다. 그러나 몸과 마음이 편해져서 그러한지 체중이 자꾸 불어났다. 더욱이 밭이 나를 부르고 있었다.

다시 낫과 삽을 잡았다. 작은 텃밭은 경운기나 관리기로 로터리를 치지 않고 삽질을 해서 밭고랑과 이랑을 만들었다. 또한 김매기까지는 못 해도 밭 주변의 잡초와 아카시아 같은 잡목은 낫으로 베어내었다. 삽질과 낫질이 무리가 되었던지 오른손 가운데 손가락이 제대로 펴지고 오므려 지지 않았다. 의사는 손가락 방아쇠병이라 하였다. 수술을 하면 되는데 우선 물리치료를 하고 손을 쓰지 말아보라고 하였다. 수년 전만 해도 낫질이나 삽질은 재미삼아 하였던 것인데 이제는 몸까지 상하는 큰 일이 되었다. 세월 앞에 장사 없다는 말이 인상적으로 느껴졌다. 어느새 밭고랑을 보며 세월 탓을 하게 되었는가!

친구의 귀농

학교 동창 친구가 경북 봉화에 귀농하여 블루베리와 아로니아 농장을 한다기에 다른 동창 친구와 둘이서 방문하기로 하였다. 네비게이터를 따라 달리다가 영주에서도 너무 멀어 혹시 길을 잘못 들어선 것이 아닌가하여 네비게이터를 불신하고 간선도로에서 빠져나오기도 하였다. 봉화에서도 춘양면은 더 내륙 깊숙이 들어가고 소나무 춘양목으로 유명한 곳이었다. 인근에는 동양 최대라고 하는 백두대간 수목원이 있었다. 아직 정식으로 개장하지는 않았지만 이미 공개되어 돌아볼 수 있고 인터넷으로 신청도 받고 있었다. 널리 소개되어 방문객이 늘어나면 이 지역에도 관광단지가 조성되거나 지금처럼 외지거나 한적하지는 않을 것이란 생각이 들었다.

가는 길에 인근 도로변 과수원 창고에서 판매하는 봉화 명산 사과를 한 상자 사들고 갔다. 귀농 친구는 경사진 비탈길에 아로니아를 심고 평지에는 블루베리를 심어 농장 경영을 하고 있었다. 작년에는 이웃 사과밭 3,000평을 인수하여 첫해 수확을

하였다고 하였다. 사과 농사하는 사람에게 사과 선물을 하였으
니 어처구니없는 선물을 한 것이다. 서울서 미리 선물을 준비해
가지 못한 것이 후회되었다. 친구 부인은 우리에게 자기 농장
사과가 아닌 우리가 사 갖고 간 사과를 깎아 내 놓았다.

그 친구는 서울 사람으로 대기업을 그만두고 강원도로 귀농하
려던 차에 봉화에 귀농한 지인 집에 놀러왔다가 봉화에 귀농하
였던 것이다. 귀농 시 지자체로부터 이사 비용 백만 원을 지원
받았다고 한다. 농사를 해본 적도 없고 구경조차 해본 적이 없
지만 귀농 3년차인 데에도 과수재배를 제법 잘하고 있었다. 나
무 묘목은 인근에서 구입하여 혼자서 삽으로 경사진 땅에 구덩
이를 파고 다 심었다고 하였다. 68세에 귀농하여 무리 없이 현
지에 잘 적응하고 있었다. 백발의 부인에게 농사하기 힘들지 않
느냐고 물으니 견딜 만하다고 하였다. 외롭지 않느냐고 하니 그
런 건 모르겠고 혼자 있을 때는 집이 외딴 곳에 있어 다소 무섭
다고 하였다. 서울에서 귀농한 것을 후회하지 않고 두 부부는
매우 행복해 보였다. 내가 만나본 귀농인 중 제일 행복해 보여
기뻤다.

도시에서 농촌에 들어와 살더라도 귀농과 귀촌은 구별하고 있
다. 귀농은 농사를 하기 위하여 도시에서 농촌으로 들어가는 것
이고 귀촌은 농사목적이 아니고 농촌에서 살기 위하여 농촌으로
들어가는 것이다. 귀농은 노동이 수반되니 비교적 젊은 사람들

이 하는 것이고 귀촌은 은퇴자나 오염된 도시를 떠나 청정지역에서 살기 싫은 사람들이 농촌으로 들어가 사는 것이다. 요즘은 어촌으로 들어가 어부가 되는 귀어도 간간이 볼 수도 있다. 친구는 칠순이 가까운 나이에 귀농하여 전혀 연고도 없는 농촌에서 손수 밭을 일구고 행복하게 생활하고 있는 것이다.

귀농 초기에는 농장에서 조금 떨어진 곳에 집을 빌려 생활하였지만 그 후 농장에 패널로 집을 지어 그곳에서 두 내외가 생활하고 있었다. 집에는 저온창고 시설도 있었다. 지역주민들과도 잘 지내고 있으며 특히 인근 귀농인들과 잘 어울리고 있었다. 수확한 과실은 서울의 지인들에게 택배 판매하고 나머지는 농협에 수매한다고 하였다. 작년에는 대형 농약 살포기를 3,000만 원 주고 매입하였다. 외지 귀농인으로 첫해부터 큰 고생이나 고민 없이 현지에 잘 적응하며 수입도 올리고 있었다. 이것을 곁에서 지켜본 37세의 아들 내외가 서울 회사생활 10년 만에 귀농하겠다고 하여 작년에 인근으로 내려와 사과농사를 함께 하고 있었다. 갑작스럽게 귀농하는 바람에 지자체의 지원은 받지 못하고 있었다. 아직은 서울 생활을 떨쳐내지 못하고 수시로 서울을 오르내리고 있었다. 자부는 아들이 귀농하겠다고 하자 두 말 없이 따라왔다고 하였다. 젊은 나이에 서울에서 봉화 벽지에 귀농하여 농사 외의 시간에는 취미로 도자기도 배우며 서울을 밀어내고 정착을 도모하고 있었다. 기특하다는 생각이 들었다.

친구는 아로니아와 사과를 즙으로 짜서 개별 팩으로 포장하여 박스판매도 하고 있었다. 수입이 있어서인지 두 내외가 힘든 줄 모르고 행복한 농촌생활을 하고 있었다. 이미 농부가 아니라 농장 경영인으로 기업인이 되어가고 있었다.

과일나무는 폭은 좁게 하고 높이는 높게 하여 적은 공간에서 수확을 최대화할 수 있도록 심는다 한다. 과거에는 전지 등 관리를 쉽게 하기 위하여 과수 가지를 높게 하지 않고 옆으로 벌려, 서서 작업하기 쉽도록 하였었다. 그러나 최근에는 리프트로 작업을 하여 키를 높여 키우고 면적을 최소화하고 있었다. 나무의 줄과 줄 사이에는 기계가 다닐 수 있도록 사이를 벌리고 있었다. 과수 재배도 기계를 이용하며 점차 새로운 방법으로 변화되고 있어 정보와 재배법에 대한 공부를 하지 않으면 안 되었다. 부지런한 사람은 지난 12월부터 사과나무 전지를 하고 있다고 하였다. 구정이지만 설 분위기에 개의치 않고 농사 비수기 겨울철이지만 농사에 관한 생각으로 금년도 농사를 준비하고 있었다. 귀농 성공의 새로운 모델을 보여주는 듯하였다.

봄의 아우성교향곡

멀리 그리고 가까이 봄의 교향곡을 듣는다. 연주 없는 교향곡이다. 산천초목과 꿩과 다람쥐 그리고 고라니가 만들어 내는 교향곡이다.

이른 아침 청설모가 유리창을 두드리는 소리에 잠을 깬다. 기지개를 펴며 창문을 여니 뒤 산 아래 내려와 있던 고라니 한 마리가 후다닥 산속으로 달아난다. 근처에 있던 다른 한 마리도 덩달아 펄쩍펄쩍 뛰어 다른 녀석의 뒤를 쫓는다. 동공이 확대된 두 눈이 뛰어가는 고라니의 뒷모습을 쫓는다. 가파른 산언덕으로 올라가는데 어찌 그리 빠른지 순식간에 시야에서 사라진다. 장끼는 짝을 찾느라고 그러한지 꺽꺽거리며 푸드덕 푸드덕 한다. 눈을 돌려 유리창 문에 닿을 듯 뻗어 있는 단풍나무 가지를 보니 어느새 물이 오르고 봉우리가 맺혀 있다. 단풍나무 가지에는 다람쥐 한 마리가 눈을 동그랗게 뜨고 달라붙어 있다. 다람쥐 본 지가 10년은 넘은 듯하다. 한때는 집 근처에서 제법 자주 볼 수 있었으나 청설모가 늘어나면서 자취를 감추었더니 모처럼 다시 나타난 것이다. 자그마하고 귀엽다. 반가워 한참을 바라보자니 눈치를 챘는지 순식간에 사라진다.

수일 전 화분으로 사온 식탁 위의 히야신스는 하나는 흰색 기둥으로 또 하나는 분홍색 기둥으로 피어나 진한 향기로 코와 눈을 유혹한다. 금년에 집 모퉁이에 심은 라일락은 마치 철쭉꽃 봉우리 피어나듯 봉우리가 터져 나온다. 누런 덤불 밑에는 파란 새싹들에 한창 물이 오르고 있다.

산기슭에 있는 우리 집은 고도가 높아 평지보다 온도가 4도나 낮다. 그만큼 해동도 늦고 봄도 늦게 찾아온다. 그러나 봄을 거른 적은 없고 식물이건 동물이건 봄기운으로 올라오는 놀라운 생명력은 운동경기장에서 울려 퍼지는 함성처럼 요란하다.

한겨울 내내 편히 쉬다가 모처럼 밭에 나가 삽질, 톱질을 하여 본다. 아카시아는 어찌나 번식력이 좋은지 여기저기로 뻗어나가 그대로 두면 군락을 이룬다. 아카시아 밑동을 베고 농약을 발라준다. 그렇지 않으면 새싹들이 돋아나 숱한 새끼를 친다. 한동안 쓰지 않던 근육을 써서 그러한지 뻑적지근하지만 팔다리에 힘이 뻗친다. 다소 힘이 들지만 할 만하다. 버드나무가지에 물이 오르듯 내 몸에도 물이 오르는 듯하다. 내 몸에도 봄이 오는 것이다. 나뭇가지에는 맑은 물이 오르지만 내 몸에서는 땀 속에 소금기 있는 짭짜름한 물이 새 나온다. 봄은 산천에만 오는 것이 아니라 인간의 생체에도 찾아온다. 봄과 텔레파시가 통하고 교감하는 것이다.

요즈음은 아침에 일어나면 철쭉과 영산홍 그리고 블랙커런트와 아로니아에게 문안인사를 하는 것으로 하루를 시작한다. 문안인사는 그들에게 밥을 주는 것이다. 저녁에는 그들에게 저녁밥을 주는 것으로 하루를 마감한다. 하루에 두 번씩 그들에게 밥을 준다. 그리고 수시로 그들의 몸 상태를 살핀다. 가족에게 보다도 더 깊은 애정을 쏟는다. 철쭉과 영산홍은 지난 3월 말 산림조합 나무 판매장에서 묘목을 사다가 심은 것이다. 블랙커런트와 아로니아는 강원도에서 택배로 받아 가식한 것이다. 저녁에 우체국택배로 발송하여 밤을 달려 안양물류센터에 도착하여 그곳에서 다시 안산으로 와서 다음날 아침에 우리집에 도착한 것이다. 도착 즉시 종이 박스를 펼치니 검정비닐에 싸인 나무 묘목들이 촉촉이 젖은 상태로 있다. 묶은 채로 꺼내어 물을 뿌리고 서늘한 곳에 세워 두었다. 너댓 시간 후 다시 보니 어느새 묘목 뿌리는 말라있고 잎은 풀이 죽어 있다. 깜짝 놀라 얼른 땅을 파고 가식하여 두었다. 그리고 물을 흠뻑 주었다. 그래도 나뭇잎은 점점 바싹 말라 죽어가고 있었다. 혹시 땅에 퇴비 기운이 있어 그런 것 아닌가하여 응달에 이식하였다. 그리고 아침저녁으로 물을 주며 건강상태를 살피는 것이다. 나무는 분무기로 물을 쫙쫙 뿌려주어도 금방 쭉쭉 빨아들인다. 날이 가문 탓도 있지만 봄나무는 새싹을 틔우고 꽃을 피우기 위해 밥을 많이 먹어야하기 때문이리라. 나는 그들에게 밥을 충분히 준다. 나무의 밥은 물이다. 양지바른 곳에 심은 철쭉과 영산홍은 나의 정성에 보답이라도 하듯 흰색과 연분홍으로 곱게 피어난다. 마치 경쟁이라도 하듯 다투어 피어나고 있다. 그늘에 심은 것도 하루하루가 다르게 꽃망울이 점점 더 크게 벌어지고 있다. 블랙커런트와 아로니아는 가식한 후에도 시들시들하지만 더 이상 진행은 안 된다. 나의 지극정성에 보답하는 것인지. 주변에는 여린 머위 잎이 여기저기 눈에 띤다. 작년에 몇 주 얻어 심었던 것인데 쑥 번지듯 여기저기 무리지어 자라나고 있다. 금년에는 눈길 한번 안 주었었는데 저절로 살아나니 미안한 생각이 절로 난다. 사업관계로 힘들게 살던 동호회원이 남미로 이민을 가며 버리고 가기 아깝다고 집에 있던 머위 몇 주를 캐다 주었던 것이다. 자리 잡히는 대로 연락을 주겠다며 떠나갔는데 이제껏 연락이 없는 걸 보니 아직도 안정되지 못한 듯하다. 머위를 보니 그 회원이 생각나고 갑자기 우울해 진다. 머위가 힘 있게 살아나듯 머위 주인인 그 회원도 활기차게 일어났으면 좋겠다.

산은 하루가 다르게 무성하여지고 녹음이 우거지고 있다. 경계 측량 하러 나온 측량기사는 나무가 너무 우거져 도저히 측량할 수 없으니 낙엽 진 늦가을이나 해야겠다며 연기하자고 한다. 밝은 대낮같던 내 방이 우거진 나무 그늘로 대낮에도 전깃불을 밝히고 있으니 어쩔 수 없는 일이다. 봄은 여기저기서 소리 없는 아우성으로 교향곡을 연주하고 있다. 들은 들대로 산은 산대로, 식물은 식물대로 동물은 동물대로 아우성이다. 이제 봄은 심포니오케스트라 연주의 클라이맥스에 오르고 있다. 고목에 꽃 피듯 내 인생에도 찬연한 봄이 아우성치고 있는 듯하다.

VI. 자전적 수필
- 역사도 흐르고 인생도 흐르고 -

역사도 흐르고 인생도 흐르고

1. 내 인생의 사계

노을이 진다.

황혼이다.

저녁노을은 내 마음조차 붉게 물들이고 황홀하게 한다

산중턱에 서서 서산으로 기우는 붉은 태양을 물끄러미 바라본다. 그리고 아침에 보았던 이글거리며 떠오르던 아침 노을, 조양을 연상한다.

아침에 보았던 조양은 어느덧 석양으로 바뀌었다.

내 나이 몇이던가. 내 나이 벌써 그리 되었던가

내가 인생을 제대로 살고 있는 것인가?

서편 하늘이 붉게 물드는 저녁노을을 바라보며 가볍지 않은 화두에 발걸음이 무겁다.

안드레아 보첼리와 사라 브라이트만이 부르는 「TIME TO

SAY GOODBYE」를 들으며 「내 인생에 가을이 오면」이란 시
를 떠올린다.

　　내 인생에 가을이 오면
　　나는 나에게 물어볼
　　이야기들이 있습니다

　　내 인생에 가을이 오면
　　나는 나에게 사람들을 사랑했느냐고 물을 겁니다

　　중략

　　그때 나는 자랑스럽게
　　대답하기 위해,
　　지금 나는 내 마음 밭에
　　좋은 생각의 씨를 뿌려놓은
　　좋은 말과 좋은 행동의 열매를 부지런히 키워야 하겠습니다

　　내 인생에 가을이 오면, 후회 없는 삶을 위하여…

　　나는 지금 내 인생의 어느 계절에 와 있는가?
　　나는 누구인가? 나는 무엇인가?

나는 어디서 흘러와서 어디로 가는가? 나는 어떻게 살아야 하나?

누군가는 인생의 봄은 출생에서 25세까지, 여름은 26세에서 50세까지, 가을은 51세에서 75세까지 그리고 나머지 인생은 겨울이라 하였는지 모른다. 어찌됐든 내 인생을 4계절로 나누어 내 인생의 봄은 출생에서 대학생활을 마칠 때까지, 여름은 대학 졸업 후 50세인 1900년대 말까지 그리고 가을은 75세까지로 보아 무방할 것이다.

돌이켜 보면 어려서 6·25라는 한국전쟁을 겪고 4·19 의거와 5·16 군사혁명이라는 소용돌이를 헤치고 민주화와 산업화의 격동기를 타고 넘으며 잡초처럼 살아남아 오늘에 이르렀다. 내 인생이 똑부러지게 실패한 인생이라고 단정할 수는 없을지 모르지만 결코 성공한 인생은 아니다. 꿈을 이루지 못했고 부를 축적하지도 못하였다. 미련은 많고 아쉬움도 많다. 7대 장손으로 조부모님과 부모님의 끝없는 사랑을 받아왔지만 보은은 전혀 하지 못하였다. 철이 들지 못하였던 것이다. 내가 철이 든 것은 조부모님과 부모님이 모두 돌아가시고 정년퇴직 후 바쁘게 달려온 발걸음을 멈추고 잠시 뒤를 돌아봤을 때이다. 뒤늦게 성찰하며 지난날에 대한 참회로 마음이 어둡다. 그리고 부끄러워 머리가 숙여진다. 어두운 마음으로 고개를 숙이고 다니니 여동생들은 자세가 나빠진다고 허리를 펴고 고개를 들고 다니라 한다. 격랑의 우리나라 현대사와 다르지 않은 나의 운명을 관조하며 회상에 잠겨본다. 이루어 놓은 것이 없으니 편안하게 쉬는 나이에 힘들고 어려운 인생 여정을 떠나지 않으면 안 되게 되었다. 뒤늦게 새롭고 고달픈 도전에 나서기로 작정한다. 공연히 눈시울이 붉어진다. 수평선과 지평선을 태울 듯 붉게 타오르는 저녁노을이 아름답다.

2. 내 인생의 봄 : 전쟁과 운명

1) 출생과 전쟁 : 전쟁은 운명을 바꾸고 팔자를 바꾸고

출생 : 7대 장손으로 해방 후 귀하게 태어나다

나는 1945년 8월 15일 해방 이후 일제의 압박을 피해 축복 속에 해주 최씨 문정공파 소문중의 관심 속에 7대 장손으로 태어났다. 문정공파 6대 장손인 아버지는 독자여서 해방 직후 혼란기임에도 나는 서울 원남동 소재 서울대병원에서 34세손 7대 장손으로 출생할 수 있었다. 그리고 넉넉지 못한 살림이었지만 가문을 이어갈 장손으로 금지옥엽처럼 극진한 대접을 받게 되었다. 할아버지께서는 장남인 나는 업고 차남인 연년생 더 어린 동생은 손잡고 걸리어 동네를 돌아다니셨다고 구순의 이모는 종종 말씀하셨다. 동네 사람들은 그 모습을 보면서 한마디씩 수군거렸지만 할아버지는 개의치 않으셨다고 한다. 나는 이렇듯 특히 조부모님으로부터 장손 대접을 톡톡히 받았다. 할아버지는 한학을 하신 충남 홍성 출신으로, 할머니는 말씀이 없고 조용하신 당진 분으로 두 분 모두 유교 바탕의 보수적인 시골 양반이라 더욱 장자의식이 강하셨던 듯하다. 그러나 장남 대접도 잠시 1950년 6월 25일 갑작스런 북한군의 남침으로 평화롭고 행복하던 우리 가족은 돈암동 집을 떠나 피난길에 내몰리지 않을 수 없었다.

전쟁 : 전쟁은 인간의 운명을 바꾸고 팔자를 바꾸고

전쟁은 질서를 무너뜨리고 운명을 바꾼다. 전쟁으로 온 세상이 뒤죽박죽이 되고 동식물의 팔자가 바뀐다. 전쟁은 인간이 만든 재앙이며 비극이다. 전쟁은 국가의 운명을 좌우하지만 국민 개인의 운명도 좌우한다.

일제에서 해방되던 다음해 봄, 귀하게 출생하여 한창 대접받던 나는 1950년 6월 25일 발발한 한국전쟁으로 하루아침에 거지 신세로 전락하게 된다. 그리고 네 살의 어린 나이에 피난길에 오르게 되고 충남 예산 대술면 산골 외진 마을, 구렁이가 지나다니는 초가집 사랑채 단칸방을 빌려 목숨을 연명하기 위한 고난의 피난생활을 시작한다. 나뿐만 아니라 우리 세대는 모두 그렇게 사주가 바뀌고 운명이 바뀌었다.

특히 나의 선친은 당시 서울지검 검사로 북한군의 표적이 되어, 홀로 정부를 따라 부산으로 내려가고 우리 가족은 남의 눈을 피해 아무도 모르는 예산 산골짜기로 숨어들어야 했다. 더욱이 선친의 검사 직무관계로 공산당에게 발각되면 총살당한다는 말도 들려 어린 나이에도 눈치를 알아 끽소리 못하고 숨어 지냈다. 우리 집안은 대대로 충남 홍성에 뿌리가 있고 지금까지도 퇴락한 집과 선산이 있기도 하지만 선조의 고향으로 들어가지 못하였다. 그리고 인접지역인 예산의 산골짜기에 거처를 마련하였던 것이다. 나는 6세 전후에서부터 장남으로, 당장 밥해 먹기 위한 땔감을 구하려 할아버지를 따라 산 속을 헤매며 청솔가지를 질질 끌고 와야 했다. 또한 땅바닥에 떨어진 땡감을 주워와 소금물에 침을 담가 먹어야 했다. 가족들이 생활하기도 비좁은 방이었지만 소금물에 땡감을 띄운 항아리가 한 자리를 차지하였다. 항아리는 두꺼운 이불로 푹 뒤집어 씌웠던 듯하다. 고온으로 일정 온도를 유지하면 얼마 후 떫은 맛이 없어지고 잘 익은 감 맛이 났다.

당시 아카시아 꽃은 최고의 군것질 감이었다. 순백의 아카시아 꽃을 한손으로 쭉 훑어 한 움큼 입안에 던져 넣으면 달콤 쌉쌀한 맛과 향이 그윽하였다. 고무신을 신고 산기슭을 헤집고 다니며 칡넝쿨을 찾아내어 한나절 걸려 땀을 비 오듯 쏟으며 칡뿌리를 캐내기도 하였다. 그리곤 칡뿌리를 찢어 나누어 주기도 하고 하루 종일 칡을 씹으며 돌아다녔다. 쌉싸름하고 진한 칡 향은 나름 감칠맛이 있어 칡뿌리는 귀하고 귀한 별식이었다.

피난지에서 대술국민학교에 입학한 나는 어린 나이에 논두렁 밭두렁을 지나 내를 건너다니기 어려워 1학년을 중퇴하게 된다. 일찍이 내 인생의 첫 번째 좌절을 맛보았다고 할 수 있다. 그리고 다음해 다시 입학을 하고 서울 수복 후 돈암동 집으로 돌아와 돈암초등학교 2학년에 편입하게 된다. 예산에서는 내와 들판 그리고 야산과 과수원을 벗 삼아 하루 종일 뛰어다니며 자연을 즐겼다. 내에서는 남동생이나 동네 아이들과 고무신을 벗어 송사리, 미꾸라지를 잡고 들판에서는 삽이나 곡괭이를 들고 다니며 땅강아지도 잡고 신나게 뛰어 놀았다. 내 체력과 정서 그리고 감성은 그 당시에 기초가 형성되었다고 할 수 있다. 그리하여 칠순의 나이에도 걷거나 뛰는 것을 겁내거나 싫어하지 않고 자연에 대한 친근한 정서와 감성을 가지고 아련한 향수를 느낀다. 할아버지를 도와드린다고 나무를 한 짐 짊어지신 지게를 언덕 내려갈 때는 밀고 올라갈 때는 당기기도 한 것을 생각하면 아무리 철없던 어린 나이라도 쉽게 이해가 안 된다. 언덕을 올라갈 때는 힘들어 할아버지 지게 끈을 잡고 오르고 내려갈 때는 미끄러질까봐 지게를 밀었던 것이다. 할아버지께서는 밀지 말라거나 잡지 말라는 말씀 한마디 안 하셔서 나는 할아버지가 힘들다는 것을 전혀 몰랐던 것이다. 나이가 들며 할아버지를 생각하면서 뒤늦게 그런 사실을 떠올리게 되고 아무리 어린 나이라지만 왜 그런 것을 몰랐을까 하며 후회하게 된다.

부모님은 나를 낳아주셨지만 조부모님과 자연은 나를 키웠다. 그런 연유로 아이들은 대도시보다 시골이나 농어촌에서 맘껏 뛰놀며 자연과 더불어 생활하게 하는 것이 좋다는 교육관과 교육철학을 가지게 되었다.

  돈암동 집으로 돌아온 후에는 일찍이 천주교 신자가 되신 할머니를 따라 혜화동 천주교회에 다녔다. 당시 미사는 라틴어로, 성가는 그레고리안 성가로 진행되어 무슨 뜻인지 전혀 알 수는 없었지만 장엄한 그레고리안 성가가 좋고 엄숙한 미사의식 분위기가 싫지 않았다. 특히 어린 눈에도 성당 유리창의 스테인드글라스가 화려하고 인상적으로 비추어졌다. 천주교 신자인 조부모님과 부모님 덕에 유아영세를 받았던 나는 아무 것도 모르고 할머니를 따라 성당을 다닌 것이다. 돈암국민학교 뒤편 집에서 혜화동 성당까지는 전차를 타기도 하였지만 주로 걸어 다녔다. 어린 나이에 혜화동 고갯길이나 돈암동 언덕길을 걸어다니는 것은 쉽지 않았다. 하지만 조용하고 인자하신 할머니를 따라 성당에 다니는 것은 도리인 것으로 생각되어 힘들다거나 싫다는 말 한마디 하지 않았다. 성인이 되어 뒤늦게 청담동 성당에서 견진성사를 받으며 50여 년이 지난 후 혜화동 성당 교적을 확인해 보고 당시를 회상하기도 하였다. 어린 시절 조부모님은 말씀 한마디 하시지 않고도 솔선수범을 통해 우리 형제자매에게 깊은 가르침을 주시며 여러 교훈을 남기셨다. 할머니는 불교 신자와도 가까이 하시며 천주교와 불교에 대하여 상호문답을 통하여 교리를 말씀하시던 모습이 눈에 선하다.

2) 질풍노도의 시기와 방황

4·19 학생의거와 5·16 군사혁명

돈암국민학교를 마치고 1958년 이승만 대통령의 모교로서 서울사대 부속국민학교나 다른 학교보다 먼저 입시선발을 하는 특차입학제도를 시행하던 배재중학교에 입학하게 된다. 그리고 럭비부에 가입한다. 당시 럭비부에는 자진하여 가입하는 학생은 드물었다. 비인기 종목에다 거칠고 위험하다고 생각했기 때문이다. 그러나 나는 아버지와 베개를 가지고 안방과 건넌방을 오가며 자기보다 뒤에 있는 사람에게 패스하는 럭비놀이를 많이 했던 터라 주저 없이 럭비부 문을 두드렸다. 그러나 체구도 크지 않고 얼굴이 희고, 용모가 거친 럭비에는 적합하지 않게 보였는지 주목받거나 관심의 대상이 되지 못하였다. 그리하여 럭비부에 실망을 하고 중2 때에는 야구부에 가입하였다. 초등학교 저학년 때부터 아버지가 사다주신 야구 글러브로 집 앞 길거리에서 동생과 캐치볼을 많이 하였던 터라 공을 받고 던지는 데에는 자신이 있었다. 처음에는 야구부에서 열심히 야구 연습을 하였으나 경기에 출전하는 고등학교 야구팀과 달리 중학 팀은 정식 경기에 출전하지 않아 그것 또한 그만두게 되었다. 그 무렵 내가 글쓰기 방학숙제를 제출하면 시건 수필이건 모두 뽑혀서 학교 신문에 게재되었다. 방학숙제로서 적당히 끄적거려 제출한 글인데도 선정되어 학교 신문에 실리는 것을 보고 글쓰기에 소질이 있나하여 중3 때에는 문예반에 가입하게 된다. 나는 중학교에 다니면서 『푸르다크영웅전』이나 나관중의 『삼국지』, 김내성의 『황금박쥐』 조흔파의 『얄개전』, 앙드레지드의 『좁은문』 등과 김소월 시집, 김성한의 고바우 만화를 인상적으로 열독하였다. 고등학교에 진학하면서는 박목월, 조병화, 푸쉬킨, 롱펠로 등의 시에 심취하게 되고 법학도였던 톨스토이의 『부활』, 안나카레니나』, 『전쟁과 평화』, 도스토예프스키의 『죄와 벌』, 『카라마죠프의 형제들』, 정비석의 『자유부인』 등을 특별한 느낌으로 읽게 된다. 또한 대학입시를 위한 제2외국어로 독일어를 공부하며 접하게 된 하인리히 뵐이나 니체, 괴테 등에 관심을 가지게 된다.

내가 중3 졸업 학년 때인 1960년 4월 19일, 3·15부정선거와 독재정권에 항거하는 4·19학생의거가 일어나고 이승만 대통령은 하와이로 망명하기에 이른다. 나는 4·19학생의거에 적극적으로 참여하지 못하였다. 수많은 학생데모에도 우리 배재중학교는 움직이지 않았고 나는 정의감은 충만하였으나 용기가 부족하였다. 4·19혁명 후 장면 내각이 들어섰으나 데모로 하루를 시작해서 데모로 하루가 끝날 정도로 사회는 혼란스러웠고 1961년 5월 16일에는 박정희 소장이 주도하는 군사혁명이 일어나기에 이른다. 혁명정부는 잘 살기 위한 근면, 자조, 협동의 새마을 운동을 범국민운동으로 전개하며 수출주도형 경제개발정책을 추진하게 된다. 그리하여 1962년부터 수출주도의 제1차

경제개발5개년계획이 시작되고 이후 제2차, 제3차 경제개발계획이 지속적으로 추진된다. 이로 인하여 우리나라 수출은 연평균 40% 내외의 고도신장률을 보이며 9% 내외의 고도경제성장을 하기에 이른다. 세계는 한강의 기적이라며 한국의 고도수출증가와 고도경제성장에 놀라게 된다.

군사혁명이 일어나던 해에 고등학교에 진학한 나는 유도부에 들어가게 된다. 학과목에 체육시간 외에 유도과목과 유도시간이 있었지만 특별활동으로 유도부에 가입한 것이다. 그리고 낙법 배우기부터 유도를 시작한다. 도장 매트 위에 다치지 않게 떨어지는 낙법연습을 하며 머리가 울려 짜증이 나기도 했다. 유도를 배우며 한창 재미를 느껴갈 무렵 대학 입시 공부를 위하여 부득이 대학 입학 후를 기약하며 운동을 중단하지 않을 수 없었다.

젊은 날의 고민과 대학 생활

특별한 재주가 없던 나는 대학진학을 앞두고 전공학과 선택문제로 고민을 많이 하였다. 대학의 전공을 평생 직업과 직결하여 생각한 때문에 더욱 그러하였다. 특기를 개발하지 못한 것이 후회되었다. 무엇 하나 뛰어나게 잘 하지 못하는 것이 마음을 무겁게 하였다. 일제시대 육상과 빙상선수를 하셨던 어머니를 조금은 닮았는지 고등학교 다닐 때는 학급대표 100m 달리기 선수도 하고 야구, 유도 등 여러 운동을 즐겼지만 하고 싶은 운동선수는 하지 못하였다. 아버지의 문학성향을 이어받았는지 문학에 취미는 있었지만 제대로 글을 써 보거나 작품을 내 보인 적이 없었다. 어떤 시도나 도전을 해 보지 못한 것이 후회되고 반성되었다. 학교성적은 나쁘지 않아 막연하게 서울대 진학을 목표로, 서울대 입시과목이었던 제2외국어로 독일어 과목까지 추가하여 힘들게 공부하게 되었다. 독일어를 공부하면서 전후 독일을 대표하는 작가로 『그리고 아무 말도 하지 않았다』의 저자인 하인리히 뵐에 흥미를 느끼게 된다. 그의 소설은 1965년 전혜린의 작고 후 선풍적인 관심을 모았던 같은 제목의 수필집과 유사한 의식과 감성으로 우리 세대에 깊은 울림을 준 책이었다. 당시 그는 곧 노벨문학상을 받게 될 것이라는 예상이 많았는데 1972년, 정말로 노벨문학상을 수상하게 된다. 나는 또 『자라투스트라는 이렇게 말하였다』, 『신은 죽었다』 등을 읽으며 니체에도 관심을 갖게 되고 『파우스트』의 괴테 등의 문인과 독문학에 관심을 가지게 되었다. 그리고 대학입시에는 서울대 독문학과 입시원서까지 작성하게 된다. 그러나 평생의 생업을 떠올리며 취업을 생각하여 법대로 방향 전환하고 낙방한다. 내 인생에서 초등학교 중퇴 후 두 번째 실패와 좌절이었다. 그 후 평소 호감을 느끼고 있던 고려대로 선회하여 제1차 경제개발 5개년계획 기간 중에 65학번으로 고대생 생활을 하게 된다. 당시 정치 사회적으로는 한일협정 반대, 월남 파병과 광부, 간호사 파독문제 등으로 사회는 술렁이는 분위기가 확산되었다. 월남에 파병된 65학번 장병들도 그곳 밀림 속에서 전사하거나 부상을 당하기도 하였다. 독일에 파견된 광부와 간호사들은 어려운 역경 속에서 말할 수 없는 고초를 겪으며 외화를 벌어 고국의 가족을 살리고 나라를 구하는 데 앞장섰다. 나와 같은 학년이던 내종사촌도 나와 같이 서울대 입시에서 낙방하고 성대 불문과 2학년 재학 중 가정형편상 파독 간호사로 독일로 떠났다. 그는 후일 독일에서 의사가 되고 독일인과 결혼하게 되며 그리던 고국으로 귀환하지 못하게 된다.

대부분의 법대 동기 지방 수재들은 어려운 여건 속에서 학교 중앙도서관(지금의 대학원도서관)을 중심으로 사법시험에 전력투구하였다. 나도 중앙도서관을 근거로 대학생활을 하였다. 그러나 나는 그들과는 달리 지성과 야성을 내세우는 고대 분위기에 매료되어 차분하게 공부에 몰입하지 못하였다. 나는 외견상으로는 도서관파로 불리울 정도로 중앙도서관 상주멤버의 한 명이었지만 머릿속에는 각종 스포츠행사와 문화행사가 입력되고 공부보다 수시로 그것을 즐겼다. 영국 로얄발레단의 「백조의 호수」를 보러 광화문 시민회관에 갔다가는 차낙훈 상법 교수님을 2층에서 맞닥뜨리기도 하였다. 또한 걸핏하면 취향이 비슷한 동기들과 어울려 제기천변 허름한 막걸리 집에서 막걸리를 마시며 개똥철학을 논하였다. 가끔은 종로2가에 있는 음악 감상실 「디쉐네」에 가서 단편소설을 읽으며 클래식음악을 듣거나 법대 동기이며 초등학교 동창인 친구와 청계천2가 쪽에 있는 「아폴로」 음악 감상실에서 팝송을 즐기기도 하였다. 그 외에도 가끔은 교외선 열차를 타고 송추계곡으로 올라가서 동기생들과 술을 마시며 낭만파를 자처하기도 하였다.

특히 스포츠 마니아였던 나는 정기 고연전만큼은 한 번도 빠지지 않고 경기장에 참석하고 맘껏 즐겼다. 경기뿐만 아니라 뒤풀이도 즐겼다. 고연전은 스포츠가 아니라 예술이다. 고연전에는 설렘이 있고 젊음, 열정, 순수, 애교심, 집념, 감격. 감동, 애환이 있다. 고연전은 특히 젊음의 향연이다. 나는 젊음이 부딪치는 젊음의 향연이 좋아 노년이 된 지금까지도 그 향연을 즐긴다.

재학 중이던 1967, 68년에는 야구, 농구, 아이스하키, 럭비 등 4종목에서 승리하고 축구만은 비겨 4승 1무였다. 법대 이희봉 교수님은 민법수업 중에 고대 축구팀은 골키퍼가 제일 바쁘다며 우스갯소리로 당시 축구팀의 전력을 말씀하시기도 하였다. 그 무렵 농구에서는 신동파, 방열, 김영일, 김인건 등이 주축이었던 연대가 전력상 고대에 비해 우세하다는 일반적인 평가도 있었지만 법대 동기인 박한을 비롯하여 정광석, 조승연, 신현수, 정진봉 등이 활약한 고대가 연대를 격파하는 파란을 일으키기도 하였다. 경기가 끝난 뒤에는 고연전을 즐기는 몇몇 법대 동기들과 어울려 밤늦도록 술을 마시며 어깨동무하고 명동과 무교동을 누비고 돌아다녔다. 지금도 그 추억을 잊지 못하고 젊음의 향연이 좋아 고연전경기장을 찾고 뒤풀이까지도 즐기는 것이다. 지난 2014년에는 고연전 사상 처음으로 고대가 5개 종목 전승하였는데 나도 그 역사적 현장에 있었다. 나는 법대 동기 김형원과 야구경기장 본부석에 나란히 앉아 경기를 관람하였는데 화장실에서 나오다 그 입구에서 우연히 우리 법대 동기인 주선회 고대 총동창회장을 만나기도 하였다.

2015년에도 동기와 같이 잠실야구장 본부석 입구에서 고대 총장을 역임한 이기수 동기를 만나기도 하였다. 야구경기장 본부석 출입구에는 교무위원만 들어간다며 일일이 출입을 통제하고, 잠실농구장은 인기는 많고 수용인원은 적어 출입문마다 철저히 출입을 통제하였지만 친구는 입장권 한 장 없이 순간순간 그 저지선을 뚫고 나를 최고의 좌석에 그와 나란히 앉아 관람할 수 있게 해주었다. 더욱이 어떤 해에는 본부석 주요인사 점심 도시락을 우리에게는 제공하지 않자 그가 어떻게 하였는지 고급 도시락을 구해다 주기도 하고 연대 모자를 얻어다 주기도 하였다. 왜 고대 모자가 아닌 연대 모자를 가져 왔느냐고 묻자 고대 모자는 다 떨어져 연대 측에 가서 달라고 하여 갖고 왔다 하였다.

우리는 연대 모자를 쓰고 고대 도시락을 먹으며 땡볕에서 고대 응원을 하였다. 나는 그의 융통성과 기지, 순발력, 빠른 머리 회전과 상황판단능력이 그를 대기업의 임원까지 갈 수 있도록 해주었다는 생각을 하게 되었다. 그리고 원리 원칙만 알고 고지식한 나는 대학에 근무했으니 망정이지 일반기업체에 근무했더라면 과장도 못하고 해고됐을 것이라고 생각하였다. 나는 안 되는 것은 안 되는 것으로 알고 있지만 그는 안 되는 것은 되게 할 수 있는 것으로 알고 있었다.

　최근에는 고연전경기가 끝난 뒤에는 경기장 이곳저곳에서 고대생과 연대생이 함께 무리지어 어울리며 노래도 부르고 춤도 추었다. 연대생들은 경기에서 5대 0으로 참패를 당한 경우에도 고대생들과 잘도 어울리며 젊음을 즐겼다. 아직 미숙한 대학생들이지만 열린 마음과 넓은 마음을 가지고 있었다. 승패란 병가지상사兵家之常事라는 것도 잘 알고 있는 듯하였다. 우리가 대학에 다닐 때에는 그러하지 못하였다. 우리는 동지의식보다 라이벌 의식이 강하여 서로 경계하며 따로 따로 즐기고 함께 어울리지 못하였다. 경기 승패보다는 친교가 우선이고 순수한 젊음이 공동의 광장에서 서로 어울리고 청춘을 구가하는 것이 더욱 중요하지 않겠는가! 최근에는 성숙한 대학생 의식으로 많이 세련되어 양교생이 함께 어울리며 친선경기를 즐기는 것을 보고 놀라기도 하고 흐뭇하게 생각도 하였다. 양교는 영원한 맞수이자 영원한 동지가 아니겠는가! 양교는 서로 선의로 경쟁하며 서로 축하하고 서로 격려하며 발전을 도모하여야 하지 않겠는가!

　2015년 정기 고연전은 고연전 50주년으로서 둘째 날 목동경기장에 무료입장하는 모든 교우들에게 입장 시 종이백 하나씩을 안겨주었다. 그 안에는 도시락, 물과 더불어 5개 고연전 종목

팀과 고대 여자축구팀이 소개되어 있는 고연전 안내책자, 응원곡 가사집, 바닥 깔개, 모자 등이 들어있었다. 그 외 특히 「선배들이 후배들을 위하여 무료주점 30곳, 야외주점 2곳을 마련했습니다」라는 고대교우회 무료주점 개설 안내 인쇄물이 눈길을 끌었다. 「고대선후배 화합의 장」, 「세계 최고의 후배사랑을 느껴보세요」라는 문안의 보조설명과 무료주점 약도가 그려져 있었다. 고연전이 끝난 후 뒤풀이에서 전에도 선배가 후배들에게 술을 사 주긴 하였으나 이번에는 교우회에서 공식적으로 무료주점 안내를 하고 있었다. 세계 어느 대학, 어느 나라에서 운동경기 후 무료주점을 개설하고 선배가 후배에게 술을 사주겠는가? 유인물 문안 그대로 세계 최고의 후배 사랑이 아니겠는가?

60년대 당시에는 스포츠 프로리그가 출범하기 전이어서 고연전은 장안의 인기 스포츠였다. 고연전 경기일자가 다가오면 신문마다 경기 승패예상 기사가 올라가고 KBS 등 TV 방송국은 항시 실황중계방송을 하였다. 3군사관학교 체육대회도 TV로 생방송되기도 하였으나 고연전만큼 관심과 인기를 끌지는 못하였다. 내가 소중하게 간직하는 추억 중 고연전의 추억만큼 생생하고 풍부하고 행복한 추억도 많지 않다. 고연전이 옥스퍼드와 캠브리지, 와세다와 게이오전을 능가하는 세계 명품 대학정기전으로 발전되고 명품 이벤트로 전통화되기를 기대해 본다.

고려대학교가 표방한 지성과 야성은 내가 추구하는 철학이었으며 내가 지향하는 인간상이었다. 당연히 나는 고대 입학 후 서울대에 앞선 세계 최고수준의 대학으로 생각하게 되고 고려대학에 흠뻑 젖어들게 되었다. 또한 고대는 나의 영원한 마음의 고향으로 자리 잡게 되었다. 그리고 다양한 고려대학 생활을 통하여 보다 넓은 세상과 세계를 보게 되고 보다 큰 꿈을 꾸게 되었다.

3. 내 인생의 여름 : 교수활동과 미국 생활

1) 무역입국과 내 인생의 전환

대학 졸업을 앞둔 여름방학, 나는 조용한 곳에서 공부한답시고 고교 동문이기도 한 동기 오세립과 공주 마곡사 은적암으로 들어갔다. 암자는 대웅전에서 조금 떨어진 언덕 위 고즈넉한 곳에 있었다. 우리는 그곳에서도 100여 미터 떨어진 토담집에 기거하며 공부하게 되었다. 일반사회와는 단절된 무인고도 같은 곳으로 공부하기에는 더할 나위 없이 좋은 곳이었다. 친구는 강한 의지로 고도의 집중력을 발휘하며 차근차근 목표치에 접근하였지만 나는 숙소 앞뜰의 연약한 봉숭아 줄기에 생쥐가 타고 오르는 모습을 관찰한다거나 동자스님에게 감나무에서 홍시를 따주는 등 엉뚱하게 낭만을 즐겼다.

당시 정부는 부존자원이 부족한 나라에서 단기간에 고도경제성장을 하기 위해서는 외국에서 원자재를 수입하여 그것을 가공

수출하여 외화를 벌어들이는 방법밖에 없다고 판단하고 수출에 총력을 기울이는 수출제일주의정책을 시행하고 있었다.

　나는 대학을 졸업하며 그러한 정부와 사회 분위기에 편승하여 무역과 무역학에 관심을 가지게 되었다. 그리하여 친구 따라 고시공부도 하며 남모르게 대학원과정에서 경영학, 무역학을 공부하게 되었다. 무역학은 비교적 새로운, 생소한 분야라 재미가 있었다. 그리고 새롭고 창조적인 것에 흥미를 느끼는 내 성격상, 신학과 더불어 가장 오래되고 보수성이 강한 법학보다는 새롭게 시작하는 무역학에 내가 할 일이 있고 내가 설 자리가 있을 것이라 판단하게 되었다. 그럴 즈음 1975년 대한상사중재협회(대한상사중재원의 전신)의 공채1기 시험공고를 보고 응시하여 입직하게 되고 상사중재와 무역상무, 관세 등의 이론과 실무를 익히게 되었다.

　그 후 1977년 실물경제를 공부하고자 전국경제인연합회 국제경쟁력강화위원회 특채공고를 보고 응시, 입직하여 국내산업의 국제경쟁력강화와 관세 위주의 업무를 담당하게 되었다. 1979년에는 내가 익힌 실무와 이론을 정리하여『무역자유화와 신관세정책』이란 책자를 집필, 출간하였다. 또한 1977년부터 단국대학교 상경대학에 경영학 시간강사로 출강하게 되었다.

2) 교수생활과 하와이대학

1980년 3월부터 시간강사 3년 만에 강사 딱지를 떼고 단국대학교 천안캠퍼스의 전임교수 생활을 시작하였다. 나는 교육은 인간을 인간답게 하고 필수적인 것이며 남을 가르치고 깨닫게 하여 쓸모 있는 인간으로 키우는 것이야 말고 가장 보람 있고 가치 있는 일이라 생각하고 있었다. 더욱이 대학에서 국가의 동량지재를 키우는 것이야말로 국가에 공헌하는 것이며 교육 중에 최고의 교육이라는 생각을 갖고 있었다. 그리하여 최고의 교육자인 대학교수를 하기 위하여 부단히 노력하여 왔고 드디어 그 1차 목표를 성취한 것이다. 더욱이 이론과 실무를 필요로 하는 분야에서 경험을 바탕으로 강의와 연구를 할 수 있어 의욕과 희망이 샘솟았다. 국내 대학의 지방캠퍼스 시대를 개막하며 근무환경이 열악하여 적지 않은 교수들이 학교를 떠나기도 하였지만 나는 학생들과 어울리는 것이 좋고 안서호와 어우러진 학교 캠퍼스 자연환경이 마음에 들어 별로 힘든 줄 모르고 즐겁게 근무하였다.

그러나 1980년 5월 18일, 전두환 보안사령관과 신군부의 퇴진 및 계엄령 철폐 등을 요구하는 광주민중항쟁을 비롯한 학생데모가 80년대 내내 장기간 계속되는 관계로 모든 교수들이 교내외적 요인으로 시달리지 않을 수 없었다. 학생들은 이사장 개인이나 교내비리문제 등을 제기하며 이사장 퇴진, 총장 퇴진 등의 교내문제로 데모에 나서기도 하고 반독재, 민주화 등 국내 정치적인 이슈, 시국문제로 데모에 나서기도 하였다. 학생들은 순수한 민주화만을 외치는 것은 아니고 국가보안법폐지 등을 외치기도 하였다. 일부 공산주의 이론으로 무장된 친북세력이 배후의 주동자로 데모대를 조종한다고 하여 불안해하고 긴장하기도 하였다. 어떤 총학생회장은 학교 운동장에 모인 데모대 앞에서 분신자살하겠다고 위협하며 휘발유를 몸에 끼얹기도 하였다. 제자 중에는 학교 인근 파출소에 화염병을 던지고 달아나다 경찰이 쏜 총에 맞아 허벅지에 관통상을 입기도 하였다. 그는 도망가기에 바빠 관통상 입은 줄도 몰랐다하며 병원에서 약물을 부으니 다른 쪽으로 약물이 그대로 흘러나왔다 하였다.

나는 학생지도교수로서 천안경찰서로 찾아가 데모로 연행된 학생들의 신병 인수증을 써주고 데리고 나오기도 하고 학생 지도 차 서울광화문 빵집에서 학생들을 만나기도 하였다. 80년대는 대부분의 대학들이 교내외 이슈로 학생데모가 지속되어 수업 결손이 많고 학교가 비정상적으로 운영되는 어려움을 겪었다.

1983년에는 여름방학을 이용하여 하와이대학 태평양 아시아경영원 국제경영과정을 이수하였다. 강사진은 여름 바캉스를 이용하여 강의와 휴양 차, 겸사겸사 본토에서 하와이로 온 저명한 교수들도 있었고 수강생들 중에도 본토에서 온 미국 커뮤니티 칼리지 교수들도 있었다. 대학 기숙사에서 숙식하며 학교체육시설을 이용하여 테니스 등 운동도 하고 세계 각국에서 온 다양한 동료들과 어울리는 것은 공부의 어려움보다 더 큰 즐거움이었다. 일부 여수강생들 중에는 와이키키해변에서 수영을 하다가 물이 줄줄 흐르는 수영복을 입은 채 입실하여 강의를 듣기도 하였다. 대학교 내 서점 전면에 『플레이 보이』 잡지가 진열되어 있는 것이 놀라웠다.

나는 국제경영과정이 끝나고 수료증을 받기 전날 뉴욕으로 날아갔다. 그리고 법대 동기인 뉴욕주 변호사 홍성육의 롱아일랜드 집에서 기거하며 미국중재협회 사무실에도 다니고 박사학위 논문을 준비하였다.

1985년 우리에게 국제법과 상법을 강의하시던 이윤영 선생님께서 내가 법대 출신으로 대학원과정서 경영학과 무역학을 전공하고 상경계열 교수로 있다는 것을 아시고 경영과 법률을 접목한 경영법률학회의 창설을 제의하시어 고대에서 창립총회를 개최하는 데 일조하였다. 그 후에 나는 학회의 총무이사직을 맡아 선생님을 모시고 문교부를 방문, 지원도 호소하고 학술대회도 개최하고 학회지도 발간하였다. 창설초기에는 법학교수와 변호사 외에 기업계 인사들도 다수 참여하였으나 1992년 선생님이 타계하신 이후에는 기업계나 경영학계 인사들은 점점 멀어지는 듯하다.

1986년 2월 안암동 고대 졸업식장에서 단상에 나가 이준범 총장님으로부터 개별적으로 경영학박사 학위증을 받았다. 학위의 절반은 부모님 몫이었다. 부모님께서는 나의 박사논문 자료도 챙겨주시고 일부는 번역까지 하여 주셨다. 1983년에 일찍 돌아가신 어머니가 새삼 그리웠다. 나는 아버지에게 나의 박사모와 가운을 벗어 착용해 드리고 사진촬영을 해드렸다.

3) 미국 콜롬비아대학교 방문교수와 뉴욕 생활

미국 이주와 콜롬비아대학

1989년 나는 문교부의 해외 파견교수로 선정되고 콜롬비아대학교 경영대학으로부터 방문교수 초청장을 받았다. 단국대학교에서는 문교부 해외 파견교수 신분으로 급료 지급 등 가족들까지 생활할 수 있도록 대우해주었다. 나는 하와이대학에서 국제경영과정을 이수한 것 외에는 유학을 한 적이 없기 때문에 유학생 겸 교수로 두 마리 토끼를 잡고자 한껏 기대에 부풀어 있었다. 그리하여 2학기 강의를 마치고 12월 중순 설레는 마음으로 가족과 함께 뉴욕으로 떠났다. 마침 법대 동기 홍성육이 변호사로 롱아일랜드에 거주하고 있고 우리 아이들의 교육문제도 있어 우리는 대학교가 있는 맨하탄이 아닌 롱아일랜드 리틀 넥에 거주하게 되었다.

콜롬비아대학교는 맨하탄 북쪽 116번가 할렘가에 접하고 있었다. 이삿짐을 정리하고 경영대학장을 인사차 방문하였더니 박사학위논문으로 강의를 하겠느냐고 물었다. 나는 영어가 서툴다고 하였더니 빨리 영어를 배우라고 하였다. 나는 대학원 마케팅 전공의 유수대학 합동 교수세미나 등 세미나에 참석도 하고 가끔 로스쿨(법학대학원) 세미나 및 행사에도 참석하였다. 대학에는 일 년 내내 각종 세미나가 수시로 개최되었는데 나는 주로 내 전공 과 관련된 국제무역과 국제정치분야 그리고 콜롬비아대학 한국 학생회가 주최하는 코리아 포럼(Korea Forum) 등에 참석하였다.

나는 대학 측으로부터 도서관의 캐럴을 배정받아 그 곳을 이용 하며 상사중재, 국제무역법, 국제경영 위주로 자료를 모으고 연 구논문과 저술 준비를 하였다. 그 외 학교에서 멀지 않은 곳에 미국중재협회가 있어 그 곳의 배려로 그곳 도서실(EASTMAN LIBRARY)도 자유롭게 이용하며 중재업무시스템을 살펴보기도 하였다. 영어가 유창하지 못하여 세미나에 참석해도 이해나 발 표가 부족할 수밖에 없어 녹음을 해서 다시 듣기도 하였다. 영 어가 부족해도 학술행사 외 일상생활을 하는 데에는 별 어려움 은 없었다. 생전 처음 집 근처 미국공립학교(PS94)에 두 아이들 을 별 문제없이 입학시키고 만 네 살짜리 막내는 유태인 교육을 하는 쥬이쉬센터(Jewish center)에 입학시켰다. 센터 유아원 여 자 원장은 영어는 우리가 가르칠 터이니 모국어는 가정에서 가 르치라고 한 말이 인상적으로 들렸다. 그는 내가 교수인 줄 알 고 읽어보라며 유아교육에 관한 책도 빌려주고 우리가 귀국할 무렵 막내딸의 유아원 생활을 담은 수제앨범을 만들어 주었다.

뉴욕의 문화생활

나는 수도도 아니면서 세계 최대의 도시인 뉴욕에 온 이상 뉴욕을 만끽하고 싶었다. 또한 우리 아이들과 집사람에게도 그러한 기회를 주고 싶었다. 그리하여 미술관, 운동경기장, 도서관, 공연장, 대학, 천주교회 등을 부지런히 돌아다녔다. 그리고 금요일 오후, 아이들이 학교에서 돌아오면 바로 여행을 떠나는 것을 원칙으로 정해놓았다. 먼저 지리를 알아야 하기에 대형 뉴욕지도와 미국 전도를 방의 벽면에 붙여 놓았다. 그리고 수시로 가고자 하는 곳을 찾아가는 도상연습을 하였다. 당시에는 네비게이션이 없어 지리를 모르는 목적지를 가고자 하면 지도를 이용하여야 했다.

뉴욕은 음산한 잿빛 도시였다. 거리는 물론이고 지하철에는 구걸하는 거지, 알콜 중독자, 마약 흡입자, 노숙자들이 발걸음을 재촉하게 하였다. 권총강도나 살인사건은 일상적인 것이었다. 우리나라에 비교하여 불안하고 위험하여 잠자리에 들기 전까지는 긴장하지 않으면 안 되었다. 재미 한국인들은 믿을 건 돈밖에 없다고 하며 악착같이 돈을 벌고 있었다. 미국 속담인 「믿을 건 주머니 속의 돈과 늙은 마누라밖에 없다」는 말을 교훈으로 삼는 듯하였다. 돈을 번 재미교포나 돈을 못 번 재미교포나 모두 미국 주류사회에는 진입하지 못하고 한인사회에만 들락거리는 듯하였다.

뉴욕은 세계 각국에서 모여든 사람들로 인종전시장 같았다. 백인보다는 유색인종이 더 많았다. 맨하탄 거리를 걷거나 지하철을 타보면 백인은 보기 어려울 정도였다. 출산율도 백인보다 유색인종이 훨씬 높아 향후 미국은 유색인종국가, 특히 흑인국가가 될 것이라고 하였다. 연초에 제106대 뉴욕시장으로 노먼 딘킨스가 취임하였는데 그 또한 순수한 흑인이었다. 그리하여 뉴욕은 거지서부터 청소원, 노숙자, 시장에 이르기까지 흑인들 세상이었다.

초등학교에 편입한 우리 아이들은 『NEWSDAY』 신문을 들고 학교에 갔다. 미국은 초등학교 5학년부터 신문에서 시사적이고 중요한 내용을 골라 학생들에게 토론을 시킨다고 하였다. 그것을 통해 학생들의 이해력, 분석력, 판단력, 비판력을 키우는 듯했는데 건전한 사고와 올바른 비판을 하는 훈련이 될듯하였다. 우리나라 학생들에게도 그와 같은 수업방식은 필요하다고 생각되었다.

나는 1990년, 수시로 가족을 데리고 뉴욕 현대미술관, 구겐하임미술관, 자연사박물관이나, 시립도서관, 동네 도서관을 다녔다. 큰딸이 어린 나이에 미술관을 가면 점심을 거를 정도로 미술에 흥미를 느껴 보스톤미술관, 필라델피아미술관, 로뎅미술관 등을 찾아다니기도 하였다. 미국은 동네마다 동네 도서관이 있었는데 우리가 사는 리틀 넥과 그레이트 넥 도서관에는 한인들이 많이 살아서인지 한글로 된 소설, 시집은 물론 씻김굿 등의 책자도 있었다. 나는 『신경림 문학선』, 강석경의 『숲속의 방』 등의 책을 빌려다 보았다. 나는 또한 야구를 좋아하여 한인상가가 많이 있는 훌러싱 인근의 뉴욕 메츠 구장이나 양키스 구장을 가족과 함께 찾기도 하였다. 브로드웨이에서 공연하는 뮤지컬「캣츠」를 보러갔다가 막내가 네 살이어서 입장이 안 된다고 하여 승강이를 하고 매니저를 설득한 후에야 「캣츠」를 볼 수 있었다. 우리는 여행을 자주 다녔는데 보스턴, 필라델피아, 워싱턴, 올란드 등을 비롯하여 캐나다까지 승용차를 운전하며 5명 가족이 동행하였다. 올란도 디즈니 월드에서는 햄버거를 먹으며 하루 종일 돌아다녔다. 폐장시간에 주차장 가는 곳에서 집사람을 놓치고 찾지 못하여 경찰에 실종신고를 하고 경찰차를 타고 찾아 돌아다니기도 하였다. 이러한 것들은 평생 잊혀지지 않는 추억이 되고 자산이 되었다. 골프클럽은 맨하탄의 골프상점에서 키를 재가며 테일러메이드 한 세트를 맞추었지만 가족과 모두 어울리기 어렵기도 하여 몇 번 필드에 나가지 못하였다.

콜롬비아대학의 관심 세미나 참석

나는 세계의 중심으로 IVY리그의 하나인 명문 콜롬비아대학에 있는 동안 경영학과 법학의 새로운 흐름을 파악하고 연구하고자 하였다. 더불어 국내외 정세판단능력, 특히 우리나라와 관련된 정세와 관련 입장을 이해하려고 노력하였다. 그리하여 관련 세미나에 가능하면 많이 참석하였다.

1990년 3월 27일 나는 콜롬비아대학 코리아포럼에 참석하였다. 여기서는 「한미무역관계-도전과 전망(U.S-KOREA TRADE RELATIONS : CHALLENGE AND PROSPECT)」이란 주제로 국제경영관 건물 7층 홀에서 당시 세계은행 이코노미스트인 현오석 박사가 발표를 하였다. 미국인들은 서너 명 참석하고 뉴욕총영사관의 최경보 영사 등 한국인 30여 명이 참석하였다. 현 박사는 농수산물수입개방 문제는 한국 내 문제로 보는 듯하여 미국 측 입장에 동조하는 것 아닌가 하는 생각이 들었다. 행사가 끝난 후에는 학교 인근 후난 가든(HUNAN GARDEN)이란 중국 음식점에서 저녁식사를 함께하며 담소하였다.

4월 5일에는 대학 내 일본경제경영연구소(COLUMBIA BUSINESS SCHOOL CENTER ON JAPANESE ECONOMY AND BUSINESS)가 주최하는 미국과 일본의 무역문제(THE U.S.-JAPAN TRADE PROBLEM) 교수 세미나(FACULTY SEMINAR, 국제경영관 6층 홀)에 참석하였다. 패트릭(H.PATRIC) 연구소장이 사회를 보고 노벨상 후보로 수차 거론되었던 인도계 바그와티(J.BHAGWATI) 콜롬비아대 경제학과 교수 등이 토론하였다. 내가 아는 왕(WANG) 교수 등 40여 명이 참석하였는데 미국의 무역적자와 무역정책 그리고 협상에 대하여 날카로운 공방이 전개되었다. 아오야마 대학의 고미야(KOMIYA) 토론자는 미국의 무역적자는 미국내 문제라고 하고, 일본은 별문제 없고 미국은 문제인데 누구 책임이냐고 일갈하였다(Japanese is good, America is bad, who is responsible). 미국 측의 린컨(E. Lincoln)은 고미야는 오해하고 있다고 반박하고 미국 측 토론자 모두 일본 측의 시장개방과 무역수지상 일본의 책임을 강조하였다. 고미야는 협상자로서 일본은 관료를 내세우는데 미국은 법률가를 내세운다며 일본 관료는 타협을 하는 편이고 미국은 그렇지 않다고 주장하였다. 패트릭 사회자도 3시간 이상 진행된 세미나에서 세계 속에서의 일본의 리더십과 일본의 책임을 강조하였다. 나는 한미 간의 무역관계 세미나라면 어떤 말들이 오고갈지 궁금하였다.

4월 19일, 대학 코리아포럼에서는 「최근의 미한관계(Recent the U.S.-Korea Relations)」에 대한 하버드대학 한국학연구소 최성일 씨의 발표가 있었다. 그는 무역관계와 광주 사태 등에 나타난 반미주의에 대하여 비중 있게 언급하였다. 나는 무역학 전공자로서 국내에서 직접 경험한 바가 있어 관심을 가지고 경청하였다. 그리고 무역은 특히 정치와 밀접하고 상호 영향을 주고받아 무역학 공부에 정치학 공부도 필요하다는 생각을 하게 되었다. 나아가 무역학커리큘럼에 정치학분야 과목도 포함시키는 것이 좋겠다는 생각도 하게 되었다.

4월 25일, 콜롬비아대학 왕(WANG) 교수 사회의 세미나는 중국 내 펩시코의 경험(The Pepsico Experience in China)이란 주제로 교내에서 진행되었다. 여기에는 중국 관계 콜롬비아대학 교수 및 전문가 등 30여 명이 참석하였는데 홍콩과 중국에 켄터키치킨과 피자 핫이 진출하여 사업을 활발하게 하고 있음을 강조하였다. 경제적 측면에서 미중관계는 더욱 밀접하고 활성화

될 것이라는 예상을 하게 되었다.

5월 4일에는 오전 10시부터 오후 5시까지 경영대학 건물에서 진행된 뉴욕, 콜롬비아, 예일대학 합동 마케팅 교수와 박사과정생 심포지엄(Marketing Faculty and Doctoral Students Symposium)에 참석하였다. 이 심포지엄은 연례행사로 개최된다고 하였는데 연구진행 중인 논문들이 발표되고 50여 명의 교수와 박사과정 생들이 진지하게 토론하였다. 우리나라 대학들도 공동연구나 연구의 공유와 심화를 위하여 이러한 형태의 세미나를 하는 것도 바람직하다는 생각이 들었다.

6월 26일에는 뉴욕한인회관 6층 강당에서 개최된 뉴욕자유총연맹 제1회 세미나에 참석하였다. 나와 같이 콜롬비아대학에 방문교수로 있는 창원대 최 교수가 공산주의의 생성과 북한의 위상에 대하여 발표를 하고 북한 사진전도 열렸다. 화요일 오전 행사인데도 불구하고 150여 명의 한인들이 참석하여 적지 아니 놀랐다. 재미동포들이 북한에 대해 지대한 관심을 갖고 있다는 것을 확인하는 계기가 되었다.

제43차 코리아포럼에도 나는 참석하였는데 한반도 통일전망 : 일본, 중국, 미국, 러시아의 시각(The Prospect of Reunification : Views from Japan, FRC, USA, and USSR)이란 주제로 12월 5일 저널리즘빌딩 3층 300호실에서 개최되었다. 토론자로는 UN상주 일본 영사 신야 나가이(Shinya Nagai), 중국대사관 1등서기관 장위에(Zhang Wuwei), 미국무성 한국과장 스펜서 리차드슨

(K. Spence Richardson), 러시아대사관 영사 에브제니 아파나니브(Yevgenity V.Afanasyev) 등이 나섰다. 이 자리에는 각국 인사 100여 명이 참석하였는데 주 유엔 북한대표부 허종 대사도 참석하였다. 이 자리에서는 한국과 독일의 통일 비교, 한반도 안정화문제, 국제원자력기구 핵사찰협정조인문제 등이 거론되었다. 스펜서 리차드슨 미국무부 한국과장은 미국과 소련이 한국 분단에 책임이 있다며 한반도의 긴장완화를 위해 남북대화를 환영한다고 하였다. 또한 북한의 국제원자력기구 핵사찰 협정조인이 필수적이라고 주장하였다. 일본 대표는 한국의 통일은 일본에도 유익하다며 한국의 경제력 증가, 기술개발 등의 위협에도 별 문제가 안 되고 상호경쟁관계는 서로 유익할 것이라고 하였다. 특히 북한의 허종 대사는 북한은 핵사찰에 언제라도 서명할 준비가 되어 있다고 하며, 한국 내에 미국의 핵무기가 있는 이상 사찰을 받는다면 양측이 모두 받아야 한다고 주장하였다. 이에 대해 리차드슨 과장은 핵사찰문제는 북한과 IAEA문제라고 반박하였다. 북한 허종 대사는 외견상 40대 후반으로 보였는데 영어구사를 능숙하게 하여 놀랐다.

귀국과 복귀

나는 비자 유효기간 상으로는 1991년 2월말 1학기 개강 시까지도 미국 체류가 가능하였지만 아버지께서 중병으로 위독하시다는 동생들의 전갈을 받고 미국 생활을 제대로 마감하지도 못하고 연말에 가족과 함께 서둘러 귀국하게 되었다. 귀국 후에는 아버지의 병환문제와 학내 보직, 대외활동 등으로 눈코 뜰 새 없이 바쁜 날을 보내지 않을 수 없었다. 1991년 아버지께서 돌아가시고 불혹不惑의 나이에 고아가 되었다. 어린 나이는 아니지만 칼바람 부는 광야에 혼자 버려진 느낌이었다.

대학에 복귀하여서는 1994년 전후하여 이미 1980년대 초부터 수차 역임하였던 경상대학 학과장 외 경영대학원 주임교수 그리고 대학원 무역학과 주임교수를 겸직하며 학사행정업무에 관여하는 한편 총무처의 7급 공무원, 5급 공무원 시험문제 출제위원 등으로 활동하게 되었다. 또한 1995년에는 대한상사중재원 중재인으로 위촉되어 다양하게 대외봉사활동을 하게 되었다.

4. 내 인생의 가을 : 인생 황금기

1) 학회활동과 봉사활동

나이 50이면 지천명知天明이라 했던가!

어느덧 세월은 흐르고 흘러 타고난 운명을 안다고 하는 지천명에 이르렀다. 내 인생의 가을에 해당한다고 할 수 있을 것이다. 가을은 무르익는 시기이고 수확, 추수의 계절이다. 봄에 뿌린 씨앗의 결실을 걷어들이는 시기이기도 하다. 그러한 계절 탓일까! 나도 그 어느 때보다 열정적으로 여러 학회지에 논문을 발표하고 저서도 여러 권 출판하게 된다. 또한 학회 및 사회단체에서 일을 맡아 봉사활동도 활발하게 하게 된다.

1996년에는 한국무역학회 학회지 논문심사 및 편집위원으로 활동하는 등 한국관세학회, 국제상학회, 국제지역학회, 한국중재학회 등의 임원과 학회지 편집위원으로 활동한다. 또한 1996년에는 5급 관세직 승진심사위원으로, 1997년에는 행정고시 국제통상직 2차 시험위원으로 봉사하게 된다. 그리고 동년 1월 단국대학교 경상대학 경제무역학부장 발령을 받게 된다.

또한 지천명에 이르러 우리 세대의 꿈과 성취 그리고 현실과 애환을 읊은 65학번이란 시를 지어 고대 65동기회지에 발표한다.

65학번

환갑 마주 보는 지천명의 허리
이마의 왕 주름 감추어도 눈가의 잔주름 속일 수 없네

뒤돌아볼 겨를 없이 숨 가쁘게 달려온 그대
시대의 절벽 위에 당도하여 통곡 하는가
6·25, 4·19, 5·16에도 좌절하지 않고
산업화, 민주화, 국제화 파도 타고 넘으며

열사의 중동에서, 동토의 시베리아에서

팔 걷어붙이고 앞장서 온 그대

보릿고개는 전설 속으로 태워 보내고
OECD 선두대열로 치고 올라온 그대

이제 종착역 눈에 들어오는데
이제 통일의 날이 다가오는데

단군 이래 초유의 구조조정 망령에 희생되고
이리 채이고 저리 딩굴리는 빈 깡통 되는구나

그대는 이 시대의 주인이 아니었던가
그대는 이 땅의 하숙생으로 남게 되는가

그대, 21세기 정보화 파도 앞에 주저앉으며
새 시대 패러다임에 좌절하는가

그대 정녕 침묵하는가
그대 정령 추락하는가

그대 듣지 못하는가
황금시대의 함성을

그대 보지 못하는가
대지를 움켜쥐고 포효하는 호상을

그대 전설 속에 잠들 것인가
지축을 박차고 21세기를 비상할 것인가

보라! 이글거리며 솟구치는 동해의 아침 태양을
서해를 태우며 역사로 가라앉은 어제의 태양 아니었던가

그대 손으로 잠든 역사를 깨우리라
그대 손으로 잠긴 내일을 열으리라

다시 꿈꾸어라 새로운 비상을
다시 나서거라 새로운 원점에

2) 미시간대학 전자무역 워크숍 참가와 교수 교류

2001년 6월 23일, 여름방학을 이용하여 산업자원부 지원 전자무역교수연수단장으로 국내 대학에서 선발된 교수 20명과 함께 미시간대학 전자무역 워크숍에 참가하게 된다. 그리고 한 달간 대학 숙소에 유숙하며 동 대학교수 등의 강의를 듣고 전자상거래와 국제경영에 대한 워크숍을 하게 된다. 또한 시카고 등지의 전자상거래업체를 방문, 현장학습을 한다.

1989년부터 1990년 콜롬비아대학 방문교수로 미국 동부 여러 지역을 가본 적은 있으나 미시간 등 중부지역은 처음이어서 그 지역 분위기가 생소하기도 하고 흥미롭기도 하였다.

미시간은 5대호가 있는 호수지역이어서 그러한지 밤늦게나 이른 새벽이면 물안개가 피어오르곤 하였다. 나는 밤늦은 학교 캠퍼스 외곽 가로등 주위로 물안개가 뿌옇게 서서히 피어오르고, 새벽이면 자동차도로 위로 물안개가 번져나가는 것을 넋을 잃고 바라보기도 하였다. 학교 캠퍼스는, 하천 정도의 폭이지만 교내에 강이라 부르는 내가 흐르고 골프장이 있을 정도로 넓었다.

우리 숙소 옆에는 숲이 있고 그 숲속에는 산책로가 있었는데 여기 저기 쓰러진 고목들이 그대로 있었다. 나는 인간환경과 자연환경이 어떻게 조화를 이루고 자연환경을 어떻게 보존하는지를 체험하게 되었다. 나는 미국의 자연보존과 자연환경에 지대한 관심을 갖게 되고 환경문제를 심각하게 의식하게 되었다. 한 달여 체류하는 동안 우리 일행은 자동차산업이 쇠퇴한 디트로이트와 렌싱을 방문하기도 하였다. 나는 특히 야구를 좋아하여 몇몇 동료교수들과 렌싱에 가서 트리플A 야구경기를 관람하기도 하였다.

우연하게 이 대학의 형사학과 교수가 한국인 수녀와 결혼한 것을 알게 되고 두 분을 만나 식사를 함께하기도 하였다. 두 분은 한국의 어느 병원에서 신부와 수녀로 함께 근무한 적이 있었는데 미국에서 다시 만나 미국에서 결혼하게 되었다고 하였다. 천주교 신자인 나는 두 분에게 지금도 성당에 다니느냐고 물은 즉 그들은 지금도 성당에 다니고 있다고 대답하였다. 두 분은 영락없는 할아버지와 할머니로 모두 편안하고 행복해 보였다.

연수강사 중 한 명이었던 미시간 대학 케빈 케네디(KEVIN C. KENNEDY) 법학교수와는 2001년 7월 미시간 대학 오웬홀 저녁식사 자리에서 둘이서 사적인 대화를 나누었다. 그는 미국 교수들 중에서도 매우 점잖아 특히 호감이 있었다. 그의 부인은 회계사로 주말부부로 생활하고 있다 하였다. 내가 집필 중인 상사분쟁관리론에 대한 설명을 듣고 관련자료를 보내주겠다고 말하고 귀국 후 최신판 ADR 서적을 우송하여 주며 격려해주었다. 7월 23일 한 달여의 일정이 끝나 아쉬움과 미련을 간직한 채 우리 연수단은 귀국하게 되었다. 연수교육보다는 그를 통한 미국 전자상거래실태, 인터넷 및 모바일 이용 상황, 미국 대학교수의 생활과 미국의 대학 및 대학원 교육실태 등을 두루 엿볼 수 있었다는 것이 큰 수확이었다. 특히 대학 내 숲속에는 고사목들이 그 상태로 널브러져 관리되고 있고 식물사회와의 공존을 강조한 것이 인상적으로 느껴졌다. 나는 환경문제에 관심이 있어 미국 대학생활을 통해 미국의 생태보존과 환경정책을 경험하고 느낄 수 있어 만족스러웠다. 귀국 후 우리 교수 일행은 그 동안의 워크숍 성과를 전원 공동으로 『국제경영과 전자상거래』라는 책자로 발간하여 보람이 있었다.

3) 미국 캘리포니아주립대 방문교수와 미국 서부 생활

단국대학교의 연구년제가 시행됨에 따라 미국생활의 유익함과 즐거움을 맛본 나는 연구년을 신청하였다. 대학당국은 신청교수 중 연구업적 등을 고려하여 선정하였는데 나는 운 좋게 바로 선정되어 2002년 8월, 가족과 함께 노스리지에 있는 캘리포니아주립대학 기업법학과 방문교수로 미국행 비행기에 올랐다.

1983년 하와이 대학에 이어, 지난 1989년에는 처음, 방문교수로 나가는 미국 대학이어서 명문대학을 선호하여 동부의 콜롬비아대학을 선택하였고 지난해에는 단기이지만 중부의 미시간 대학에서 지낸 바가 있어 이번에는 서부의 대학을 선택하였다. 미국 중서부의 생활은 하여 보았지만 서부는 잘 모르는데다 집사람이 기후가 따뜻한 지역을 원하여 처음부터 미국 서부를 염두에 두고 있었기 때문이다. 이제는 나이도 있어 기왕이면 대접해주는 대학이 좋을 듯하여 캘리포니아주립대로 결정하였다. 대학에서는 나를 위하여 연구실을 깨끗하게 정리하여 주고 컴퓨터와 프린터도 새로 장만하여 주었다. 이 대학에는 미국대학 중 특별하게 기업법학과가 경영경제대학(COLLEGE OF BUSINESS ADMINISTRATION AND ECONOMICS DEPART OF BUSINESS LAW)에 설치되어 있었고 교수진은 대부분 변호사 자격이 있는 사람들이었다. 당시 학과장이던 킴 그린할스(KIM GREENHALH) 교수와 대학 교학과의 도로시 몰튼(DOROTHY MOULTON) 여사는 초면임에도 친절하게 많은 편의를 제공해 주었다. 딸은 무상 교육을 하는 인근 공립학교에 입학시켰다.

이 대학은 연구중심이기 보다는 취업중심이고 강의중심이었다. 나는 이 대학이나 타 대학의 세미나에 참석하기도 하였지만 주로 나의 연구실에서 장기간 집필하고 있는 상사분쟁관리론의 저술에 매진하였다. 저녁에는 부족한 영어공부를 위하여 집사람과 같이 인근에 있는 어덜트 스쿨(ADULT SCHOOL)에 등록하였다. 나는 이민자도 아니고 1년 체류하다 돌아가는 사람이었지만 무상으로 교육을 받을 수 있었다. 이 학교는 영어 외에도 회화 등 여러 과목들을 개설하는 등 다양한 프로그램을 운영하고 있었다. 영어는 시험을 보아 실력에 맞추어 단계별 수업을 받도록 되어 있었다. 나는 시험 운이 좋아 상급자반에서 공부할 수 있게 되었다. 일정 수준의 영어가 되면 커뮤니티칼리지 점수로 인정받을 수 있다 하였다. 어떤 반이건 멕시코 등에서 온 히스패닉이 많고 중국인, 알바니아인 등 다양한 사람들이 수업을 들었다. 강사진은 시정부가 요구하는 일정한 자격을 갖춘 우수한 사람들이었는데 알바니아 출신도 있었지만 한국인은 한 사람도 없었다.

내 반에는 한국에서 이민 온 지 15년이나 됐다는 노인도 있었는데 왜 이런 수업을 듣느냐고 물으니 그 동안 영어를 안 해도 생활하는데 불편이 없어 한국어만 하고 살아 영어를 잘하지 못한다고 하였다. 정규학교는 아니지만 각국 민속의 날 등 여러 이벤트가 있어 학교 가는 것이 즐거웠다. 우리 부부는 저녁시간에 그 학교를 다니며 겸하여 인근 동네도 돌아보고 데이트를 즐겼다. 이곳의 기후는 따뜻하여 겨울에도 히터를 사용하지 않았다. 여름에는 비가 안 와 풀이 누렇게 죽고 겨울에는 비가 와서 풀이 파랗게 살아났다. 아내는 보랏빛으로 황홀하게 피어있는 동네 골목의 자카란다 꽃나무를 좋아하여 수시로 동네 산책을 즐겼다.

집에서 인근 10분 거리 내 산 언덕 지역에 마장이 있는 주택 동네가 있었다. 나는 말이 좋아 집에 마장이 있는 동네를 즐겨 산책하며 마장에서 말을 훈련시키는 것을 바라보곤 하였다. 또한 그 정도 거리에 골프연습장과 골프장이 있었고 그곳에 가면 한국인들을 만날 수 있었다. 나는 몇 차례 외삼촌과 골프를 치는 외에는 골프장에 나가지 못하였다. 학교 동창 등 지인들이 LA 등지에 여럿 살았지만 연락하지 않았다. 이들과 어울리며 골프를 했더라면 보다 즐겁고 정보도 많이 얻을 수 있었을지 모르지만 저서집필 등 내 계획에는 차질이 생기고 우리 가족하고도 많이 어울릴 수 없었을 것이다. 우리 가족은 뉴욕에 있을 때와 마찬가지로 게티센터(미술관)나 LA미술관, 자연사박물관, 디즈니랜드, 유니버설스튜디오 등을 즐기고 요세미티공원 등 국립공원, 샌프란시스코 등 인근지역을 여행하였다. 한인 타운이 있는 LA는 1시간이면 달려갈 수 있어 수시로 그곳을 드나들며 그곳을 중심으로 미국 서부 생활을 맘껏 즐겼다. 나는 연구실에 있는 것이 지루하면 대학캠퍼스의 여러 행사에 기웃거리기도 하고 야구장과 교내 실내농구장에서 행하여지는 미국 대학 야구와 미국 대학 농구경기를 재미있게 구경하기도 하였다. 다만, 프로야구나 프로농구경기 등을 경기장에 가서 보지 못하고, 지근거리에 있는 퍼블릭 코스 등 골프장과 승마장을 제대로 이용 못하며, 인근 국가인 멕시코도 여행하지 못한 것이 귀국 후 후회되었다.

4) 저서 출판과 회갑 기념식

2002년 미국대학 방문교수에서 돌아와 2003년 나는 드디어 20년 이상 매달리던 『상사분쟁중재론』을 출판하였다. 상사분쟁의 예방과 처리를 관리측면에서 접근한 책이었다. 주로 상사분쟁을 비롯한 각종 분쟁의 예방기법과 그것을 해결하고 처리하는 관리기법을 설명하고 사회의 질서와 평화를 위한 사회분쟁해결 시스템을 논한 책이었다. 나의 구상에 맞는 도서 자료를 찾을 수 없어 나 혼자 체계를 세운 창조적인 저서였다. 대체적 분쟁해결 제도인 ADR에 대한 실무경험을 하고 미국중재협회와 미국대학에서 관련 자료를 수집하여 연구하는 등 이론을 정리하여 체계화한 세계 유일한 책이라고 하는 자부심에 뿌듯한 마음 숨길 수가 없었다. 전경련에 근무하며 1979년 『무역자유화와 신관세정책』을 집필, 출판한 후 24년 만이고 『세계경제와 국제통상』을 출판한 지 3년 만이었다. 『무역자유화와 신관세정책』은 정부정책과 국내 기업현실을 직접 경험하며 6개월여 만에 집필, 발간한 것이고 『세계경제와 국제통상』은 다수의 동료교수와 공동 집필진으로 되어 있는 일종의 짜깁기한 공저여서 이 책 발간의 느낌은 크게 달랐다.

그리고 2006년, 내가 육순이 되던 해에 『무역과 생활』과 『캠퍼스의 자화상』을 동시 출판하였다. 『무역과 생활』은 내가 단국대학교에 자유교양과목으로 신청, 개설하여 1998년부터 전교생을 상대로 강의하던 학과목의 강의안을 정리하여 상재한 것이었다. 무역전공자가 아닌 생활인이 자유무역시대를 살며 기본적인 상식으로 알아야 할 수출, 수입과 관련된 내용을 주제별로 정리한 책이었다. 『캠퍼스의 자화상』은 학교 신문 등에 기사화되었던 글과 미국 방문교수 생활을 하며 쓴 기행문 등을 산문과 운문으로 나누어 수록한 책으로 일종의 수상록이나 수필집이었다. 나는 이 책들을 나의 육순기념으로 출판하며 12월 12일 역삼동 르네상스호텔에서 가족, 친지들과 출판기념회를 하였다. 본교 상경대학과 천안 경상대학합동교수회에서는 2007년 나의 회갑을 맞이하여 연례행사로서 역삼동 삼정호텔에서 회갑기념으로 행운의 열쇠를 주었다.

나는 이순을 맞이하며 지난 세월을 뒤돌아보고 앞날을 생각해보게 되었다. 정년 후의 나의 인생에 대한 고민을 하며 5년 후의 정년퇴직을 준비하기로 하였다. 퇴직 후에는 돈을 벌기보다는 보람 있고 가치 있는, 또한 즐길 수 있는 일을 하기로 생각하였다.

2007년 3월에는 단국대학 측의 연구비를 지원받아 집필한 교수법가이드북을 단국대교육개발인증원에서 출판하였다. 이 책은 대학의 학생들에 의한 교수에 대한 강의평가가 실시되며 교수법이 중시됨에 따라 학교 측의 요청에 의해 2004년 경상대학 교수들을 대상으로, 2005년에는 천안캠퍼스 전체 교수들을 대상으로 경상대와 인문대 대강당에서 강의법을 강의한 것을 중심으로 집필한 것이었다. 나는 이 책에서 교수들의 강의평가를 양호하게 하기 위한 단순한 강의기법을 설명하기보다는 교양과 인성을 겸비한 전문 지식인을 양성하기 위한 강의법 내지 교육법을 강조하였다.

5) 경상대학장과 시민사회단체 활동

2004년 7월 경상대학장으로 발령을 받았다. 그 이후 나는 나 개인의 연구와 강의 등 내 일보다는 학교행정을 우선하지 않을 수 없게 되었다. 나는 먼저 경상대학의 국제화와 해외교류를 위하여 단과대학 영문판 소개책자인 경상대학 영문판 안내책자를 만들었다. 경상대 최초로 경상대 전체 교수들이 참여하여 영문으로 집필하고 제작한 것이었다. 그리고 그것을 이용하여 학생들의 해외 인턴이나 단과대 국제화에 노력하였다.

2003년 1월, 한국관세학회 부회장에 이어 2005년 3월 국제지역학회 부회장, 한국무역통상학회 부회장, 2006년 2월 한국중재학회 부회장, 2006년 3월 한국국제통상학회 부회장 그리고 2007년 6월에는 국제상학회 부회장을 맡아 학회 행정에도 봉사하게 된다. 그리고 2007년에는 한국관세학회 학회장에 선출되어 학회 내에 남북교류위원회, 관세대상심의위원회, 윤리위원회를 신설하며 학회 발전에 진력한다. 또한 2004년 7월 관세청개방형직위선발 시험위원에 이어 2007년 8월 관세청세관 선진화추진위원회 위원으로 활동하게 된다.

모두 내 자신이 후보로 나서거나 노력하여 얻은 직책이 아니라 선후배 동료들의 후의와 추천에 의해 맡게 된 자리이지만 성실하게 소임을 다하고자 노력하였다. 이로 인해 내 자신의 일에는 다소 시간도 빼앗기고 개인 연구활동에 불성실하게 된 면도 없지 않았다.

2006년 이순을 맞이하여 살아온 지난 날들을 돌아보며 내 몸 추스르고 나 하나 챙기기에 급급하여 사회에 기여한 것이 없다는 것을 자각하게 되었다. 더욱이 정년을 5년 남기고 30여 년을 생활해 온 천안지역사회에 이렇다 할 기여와 봉사가 없었음을 자성하게 되었다. 그리하여 지역사회 봉사와 기여 방안을 모색하던 중 천안아산경실련 창립에 나서 천안아산경실련추진위원장을 맡아 2년 가까이 고생하게 된다. 그 결과 2008년 12월 3일, 드디어 천안시장 등 100명 이상의 지역인사들이 참석한 가운데 천안아산경실련창립총회를 개최하기에 이른다. 그리고 나는 지

역 경실련 대표로 선출되어 순수한 시민단체로서 정치적 중립을
유지하며 경제정의, 사회정의실현에 앞장설 것을 밝히고 지역사
회의 모순과 부조리 제거 등에 나서게 된다. 또한 매년 지역현안
에 대한 정책토론회를 개최하여 그 해법을 모색해 보게 된다.

한편 생태환경문제와 환경보존에도 각별한 관심을 가져 2009
년 2월 민관협의기구인 푸른천안21실천협의회에 천안부시장과
공동대표로 선출되고 내가 상임회장을 맡아 지구의 날 행사와
나팔꽃녹색커튼조성사업 등의 사업을 추진하게 된다. 인간생활
에서 의식주 문제 못지않게 중요한 것이 생태환경임을 절감하고
환경문제를 천안지역사회에 부각시키고 보다 쾌적하고 안전한
환경조성관련 사업과 활동에 노력하였다.

그 외 2009년 3월 그린스타트 천안네트워크 공동대표로 전국
적인 환경분야 연계사업을 추진하는 한편 동년 10월에는 시민매
니패스토만들기 추진본부 충남본부장을 맡아 지연, 혈연, 학연
이 아닌 정책으로 대결하는 정책선거를 강조하며 공명선거캠페
인에도 나선다. 이로 인하여 지역선거관리위원회로부터 요청을
받고 천안의 번화가인 천안버스터미널 앞 광장에서 공명선거실
천 연설도 하고 거리캠페인도 나서게 된다.

2009년 10월에는 단국대학교 율곡도서관장으로 발령을 받고
소속을 경상대학에서 도서관으로 옮기게 된다. 그리고 도서관발
전계획을 수립하며 단국대학도서관 사상 최초로 사서장 및 3명

의 과장들에게 역할을 분담시켜 도서관발전계획책자를 만들었다. 그리고 대학도서관이 단순히 책이나 신문을 읽고 공부만 하는 장소가 아니라 대학생들의 생활중심공간이 되도록 하고자 하고 도서관의 새로운 역할을 강조하였다. 나아가 지역사회에 기여하고 지역사회와 함께하는 공간이 되도록 하고자 하였다. 그리하여 지역사회에 제한적이나마 도서관을 개방하고 1층 공간은 전시공간으로 활용하며 2층 다목적실을 지역사회에서도 이용할 수 있도록 하고자 하였다. 그리하여 교외행사인 서해경제사회연구원 창립총회를 다목적실에서 할 수 있도록 하였다. 한편 제주도에서 개최되는 전국대학도서관장회의에도 참석하여 정보교환과 도서관 교류도 모색하고자 하였다. 이 자리에서 우연하게 고려대 도서관장이던 학번동기 불문학자 전성기 교수와 조우하게 된다.

2010년 2월에는 천안시민사회단체협의회의 상임공동대표로 선출되어 천안시민사회단체공동사업을 추진하였다. 나는 정치색을 배제한 순수한 시민사회단체의 활동을 강조하였다. 그리고 가급적 정치색채가 적은 사회기여활동을 하고자 하였다.

6) 정년퇴직과 가치 있는 삶

정년퇴직을 앞두고 퇴직 후의 삶, 제2의 인생에 대하여 그 동안 준비해 온 것을 실천하고자 하였다.

그 하나로 2009년 나는 국제환경단체 등의 NGO의 운영과 실태를 파악하기 위하여 두 번째 연구년을 신청하였다. 국내 NGO 단체에 관여하면서 외국 NGO단체의 운영과 실태가 궁금하고 혹시 우리가 그들 단체를 벤치마킹할 것이 없을까 생각한 때문이었다. 그리하여 호주에 1년 체류하면서 호주, 뉴질랜드 등 몇 개 국의 NGO단체를 방문하고 이론과 실무를 공부하기 위하여 호주 NGO단체와 접촉을 하고 있었다. 마음속으로는 정년 후에는 NGO전문가가 되어 본격적인 NGO활동을 하고자 하였다. 미국은 이미 두 차례에 거쳐 2년간 생활하였기 때문에 처음부터 호주를 염두에 두고 있었다. 대학에서는 교수의 연구실적 등을 종합적으로 평가하여 연구년 신청교수들 중 일정 인원을 선발하였다. 당시 미국에서 공부를 하고 가족들은 미국에서 살고 있어 한국에서 기러기 아빠 생활하며 연구년을 신청한 교수도 신청 3회 차에나 선정되는 등 연구년 교수에 선정되는 것이 쉽지 않았다. 그러나 나는 운 좋게도 신청 첫해에 바로 선정되었다. 그러나 그것을 좋아할 겨를도 없이 고민거리가 생겼다. 도서관장 보직 발령이 난 것이다. 전혀 예상치 못한 것이었다. 쉽지 않은 연구년 기회를 포기하고 싶지 않아 집사람과도 상의하고 동료교수들과도 상의하였다. 나는 정년 후의 일을 생각하면 보직 포기하고 연구년을 가는 것이 바람직하다 생각하였다. 그러나 다른 사람들은 대체로 도서관장을 역임한 후 연구년 하는 것이 좋을 것이라고 조언해주었다. 나는 학교당국에 연구년 교수로 선정되었는데 보직을 맡게 되면 연구년은 무효가 되는 것이냐고 문의하였다. 학교 측에서는 연구년 교수 자격은 유지되고 시행만 순연되는 것이어서 보직 역임 후 연구년을 할 수 있다고 하였다. 그리하여 일단 나는 도서관장으로 부임하였다. 그리고 도서관에서 살다시피 하며 도서관 발전을 위하여 진력하였다. 정년 6개월 전 나는 도서관장 사표를 내고 물러나 집사람과 둘이서 호주로 향하였다. 오후 1시에 멜버른공항에 도착하여 아이비스(IBIS)호텔에 여장을 풀기 무섭게 6시, 전쟁방지의료협회(MAPW)가 주최하는 저녁 행사에 참석하였다. 그리고 식사를 같이하며 호주 의사들과 일본 후쿠시마원전 등의 문제에 대하여 의견을 교환하였다. 그리고 다음날 MAPW 사무실을 방문, 사무국 낸시(NANCY) 여사를 만나 단체의 성격과 활동, 재원조달 등에 대하여 문의하였다. 그 후 핵무기폐지운동본부(ICAN)의 팀 라이터(TIM WRIGHTER), 유전자윤리본부(GENE ETHICS)의 밥 펠프스(BOP PHELPS) 등을 만나 그 단체의 업무와 활동에 대한 설명을 듣고 자료를 받아왔다. 다음 집사람과 시드니로 가서 그린피스를 방문하기도 하였다. 시드니에서 뉴질랜드를 다녀온 후 한 달여 만에 집안일로 예정보다 일찍 귀국하였다.

나는 1977년부터 강의를 하여온 단국대학교를 2011년 8월 29일 정년퇴임식으로 마무리하고 종신직 명예교수가 되었다. 그리고 바로 2011년도 외부위촉입학사정관으로 위촉되어 수시입학지원자면접 등 입학사정관 역할을 하였다.

또한 2011년 9월에는 대학교수와 교직원으로 있는 제자들이 주동이 되어 나의 시민단체 활동과 환경단체 활동을 글로 표현한 『시민과 환경』이란 저서를 출판하여 주었다. 그리고 2011년 9월 17일 서울 을지로6가 스칸디나비아 클럽에서 정년퇴임 출판기념회를 하여주고, 동료교수, 제자, 관련 시민사회단체 인사 그리고 동창 및 가족, 친인척들이 참석한 가운데 저서 봉정식을 하여 주었다. 감격스러웠다. 학생은 있어도 제자는 없고, 선생은 있어도 스승은 없다는 시대가 아니었던가! 남여 제자들에게 고마움과 교육자로서의 보람을 느꼈다. 나는 제자들에 대하여 감사하는 마음으로 정년퇴직금의 일부를 대학의 발전기금으로 전달하였다. 도서관장을 하며 서가의 부족함을 잘 알고 있었기에 도서관 서가구입 목적임을 조건으로 내세웠다.

2012년 1월에는 한국매니페스토실천본부 19대 국회의원선거 공약분석위원으로, 2012년 6월에는 천안시주민참여예산지원단장으로서의 역할을 시작하게 된다. 주민참여 예산제는 지역주민들이 직접 지역현안에 대한 사업예산을 편성하는 제도로 브라질에서 처음 시작되어 확대되고 있는 제도이다. 우리나라에 이 제도가 도입되어 법제화됨에 따라 천안시도 시행하게 되어 초기 시행착오 없이 제도가 정착되도록 노력하였다.

또한 고령화 사회가 진행됨에 따라 노인문제가 사회의 빅 이슈가 될 것을 예상하고 노인복지에 관심을 가져 2012년 9월 그동안 노력해 온 사회복지사 자격증을 취득한다. 그리고 천안시

용역과제심의위원으로 위촉되어 시 예산이 낭비되지 않고 알뜰하고 실속 있게 지출되도록 하고자 하였다. 당시 시공무원들은 당면과제를 보다 안전하고 편리하게 처리하고자 외부용역으로 해결하려는 경향이 있었다. 그리하여 용역과제를 까다롭게 심사하고 본인들의 업무를 가급적 힘이 들더라도 자체적으로 처리하고 해결하는 노력을 하도록 하였다. 2013년 2월 (사)젊은농촌살리기운동본부 공동대표에 선출되어 농지보존과 농촌인력확보 및 농촌 활성화와 농업 진흥을 위한 활동에 동참하게 되었다. 직접 농사를 지으며 느끼고 당면하는 과제를 이 활동을 통하여 해결하고 농촌사회발전에 이바지하고자 하는 것이다.

또한 문인의 꿈을 이루어 보고자 그 동안 써온 시와 수필 일부를 국내 문학지 신인상작품모집에 제출, 응모하여 한국생활문학회로부터 시 부문 신인문학상, 한국수필가협회와 한국시문학회로부터 수필부문 신인문학상을 수상하게 되었다. 그리고 늦깎이로 문단에 등단하며 문인의 길을 가게 되었다. 모두가 정년퇴직 후 미약하나마 사회에 봉사하며 남에게 도움을 주고 또 의미 있고 가치 있는 삶을 살고자 새로 시도된 것들이다.

5. 맺는 말 : 새로운 꿈과 도전

돌이켜보면 나는 정년퇴직 시까지 적지 않은 세월 누구 못지 않게 숨 가쁘게 살아왔다. 그러나 무엇 하나 제대로 이루어 놓은 것이 없고 내세울만한 것이 없다는 것을 깨달았다. 지금도 가끔, 나는 타원형의 럭비공을 왼손으로 움켜쥐어 가슴에 품고 오른팔을 거칠게 휘저으며 상대팀 방어벽을 뚫고 돌진하는 꿈을 꾼다. 내 나이 10대에 이루지 못한 럭비선수의 꿈을 70대까지도 꾸는 것이다. 성취하지 못한 미련은 그리도 오래 가는 듯하다. 야구선수를 했더라면 유격수나 3루수로 국가대표급 선수는 했을 것이라는 생각을 해 본다. 어머니를 닮아 운동신경은 좋은 편이고 모든 운동을 다 좋아하였다. 고등학교 때에는 유도를 하였지만 성인에 되어서는 합기도를 하였다. 교수가 된 후에는 30년 이상 스키를 즐기고 있다. 취미생활에는 큰 미련이 없지만 운동선수의 꿈을 이루지 못한 것은 평생 잊혀지지 않고 미련으로 남아 있다.

만일 문학의 꿈을 좇아 30여 년 동안 전업으로 글을 써왔다면 후세에 유산으로 남길 만한 명작 한두 편은 썼을 것이고 지금쯤은 우리나라를 대표하는 문인 중 한 명이 됐을 것이라는 생각도 하여본다. 지난 30여 년 허송세월하였다는 후회가 밀려옴을 금할 수 없다. 또한 나는 경제력이나 경쟁력도 강화하지 못하였다. 돈조차 벌지 못하고 자신을 개발하지도 못한 것이다. 내가 돈을 버는 사업을 해본 적이 없기도 하지만 이재나 투자 한번 제대로 해보지 못하고 성공하지도 못하였다. 나와 같이 직장생활을 시작한 동료들은 결혼 후 전세살이에서 자기 집을 마련하고 부동산투자로 부를 축적하며 사회공헌도 하고 있지만 나는 그러하지도 못하였다. 빈곤과 험난한 시대를 같이 살아온 내 또래는 대부분 무에서 유를 이루고 이것저것 성취하였지만 나는 편안하고 안일한 생활로 아무것도 이루지 못하고 시도조차 해 보지 못한 것이다.

　재직 시 나는 주택도 있고 직장에 근무하시는 부모님과 함께 살아 내 월급은 고스란히 저축할 수 있었음에도 부동산 투자에 대한 비판적 여론을 의식하고 부동산 투자도 하지 못하였다. 집사람이 단독주택에 부모님과 함께 살며 아파트 한 채 마련하자고 졸라대었지만 투기꾼이 되고 싶으냐고 핀잔을 주며 외면한 것이 지금에 와서는 미안하게 생각된다. 특히 국무총리나 장관들의 청문회를 지켜보며 적지 않은 후보들이 위장전입과 부동산투기 등으로 공직을 이용하여 이재를 하며 영악스럽게 살아온 것을 확인하고 만감이 교차하였다. 특히 고시에 합격한 친구가 고위공직자 생활을 하며 결혼 시 입주한 아파트에서 40년 가까이 살고 있는 것과 비교하며 많은 생각을 하게 되었다.

　또한 교수 신분 후보자들의 청문회에서 논문표절 문제와 변명을 지켜보며 경제적인 선진국을 지향하기 이전에 윤리적인 선진국을 추구하는 것이 우선이라는 생각을 가지게 되었다. 물론 논문표절이 정치권을 기웃거리거나 시민 사회단체활동을 통하여 정치권으로 나아가려는 일부 정치교수들에게 두드러진 문제라고 할 수도 있지만 논문표절이 교수사회의 일반적인 이슈가 되고 있기에 교수나 연구자의 윤리, 양심과 의식의 문제를 생각하지 않을 수 없다.

경제성장기 한때 부동산은 사 두기만 하면 값이 오르고 돈이 되었고 논문도 연구자의 양심 외 표절은 큰 문제가 되지 않았다. 우리 사회는 개발도상국으로 먹고 살기에 급급하여 경제성장 외에 양심이나 윤리는 뒷전이었던 것이다. 이는 우리의 의식이나 사회제도에 문제가 있었음을 확인케 하는 것이다. 교직자는 빈부를 떠나 기본적으로 양심이나 윤리를 최우선하지 않으면 안 된다. 남을 가르치기에 앞서 자신을 반듯하게 하여야 하기 때문이다. 공직자는 공직자다워야 하며 재물이나 부의 축적을 우선하여서는 안 될 것이다. 반면 기업인은 이익을 추구하고 부를 축적하여야 할 것이며 풍요롭게 잘 사는 것은 수치가 아닐 것이나 공직자는 같지 않을 것이다. 종래 정직하고 양심적인 사람은 상대적으로 손해를 본 것을 재인식하게 된다.

나는 빈곤시대와 탈 빈곤시대를 겪으면서 어느 것 하나 성취한 것 없이 인생을 헛 살아온 듯하다. 더욱이 남에 비하여 큰 어려움 없이 도전하고 성취할 수 있는 여건이 됐음에도 불구하고 어느 것 하나 시도하거나 이루어 놓은 것이 없다. 두고두고 마음에 걸린다. 새로운 도전 없이 무사안일주의로 편하게만 살아와 부끄럽다는 생각에 얼굴이 벌게짐을 느낀다. 이제 정년퇴직을 하고 할 일을 다 끝냈다는 안도감을 느끼기에 앞서 새로 시작하지 않으면 안 된다는 부담감이나 문제의식을 가지게 된다.

98세의 노 철학자 김형석 교수는 인생의 황금기는 60세에서 75세까지라고 한다. 60세 전에는 모든 면에서 미숙하다는 것이다. 나는 내 자신을 성찰하며 인생의 황금기를 의미 있고 가치 있게 보내기 위하여 정년퇴직 후 내 인생의 마무리를 생각하며 새 꿈을 꾼다. 아직 꿈이 남아 있는 것이 아니라 새로운 꿈을 꾸는 것이다. 이미 「65학번」이란 시에서 읊은 바와 같이 「다시 꿈꾸어라 새로운 비상을, 다시 나서거라 새로운 원점에」를 실천하고자 하는 것이다.

이순을 맞이하며 정년 후를 생각하고 5년간 퇴직 준비를 하였다. 복지문제에 관심을 갖고 이미 사회복지사 자격증도 취득하고 외식경영 아카데미도 수료하며 시민사회단체 봉사활동도 다시 시작하였지만 이에 더하여 새 꿈을 꾸게 되었다. 그리하여 농업은 생명산업이라고 생각하고 오래 전부터 조금씩 가꾸어 온 농사를 중심으로 하는 농부생활 위주의 생활을 시작하였다. 농사일이 서툴고 힘들어 여기저기 다치기도 하고 대상포진에 걸려 3개월 동안 병원을 다니며 치료를 받기도 하였다. 또한 무리한 농기구 사용으로 손가락 방아쇠 병에 걸려 오른손 가운데 손가락을 오므렸다 펴는데 곤란을 겪기도 하였다. 그러나 자연에 살며 가치 있게 땀을 흘리는 삶을 살게 되었다. 우리 할아버지는 한자로만 편지를 쓰실 정도로 한학을 하신 분이고 아버지는 법조인 생활을 하시어 그 동안 보고 배운 바는 없는 농사지만 새로 창업한다는 자세로 다시 시작하고 있다. 더불어 농촌과 농민을 위한 (사)젊은농촌살리기운동본부에서 농민사회단체 봉사활동도 하고 있다. 또한 시인과 수필가로 등단하여 문필활동에도 도전하고 있다. 특히 대학진학을 앞두고 고민하였던 문학의 꿈을 이루기 위해 무엇보다 먼저 시간과 에너지를 투자하고 있다. 정년퇴직 후에 오히려 재직 시보다 더욱 바쁘게 지내게 된다.

예로부터 인생칠십고래희人生七十古來稀라 하였지만 정년 후 제2의 인생을 시작하며 새 꿈과 더불어 주저없이 힘차게 도전하고 있다. 내 꿈과 도전이 언제 멈출지 나 자신도 궁금해진다. 「내 인생에 가을이 오면」이란 시를 떠올리며 다시는 후회하는 인생이 되지 않게 살고자 한다. 언제인가 내 인생을 되돌아볼 때 그래도 양심적으로 성실하게 열심히 살았고 또한 성취도 하고 결코 헛살지 않았다는 평가를 내릴 수 있게 되기를 기대한다.